相墓手札

信 周◎著

重庆出版集团 重庆出版社

图书在版编目（CIP）数据

相墓手札 / 信周著. -- 重庆 : 重庆出版社，2012.1

ISBN 978-7-229-03620-1

Ⅰ.①相… Ⅱ.①信… Ⅲ.①长篇小说—中国—当代 Ⅳ.①I247.5

中国版本图书馆CIP数据核字(2011)第002704号

相墓手札

XIANGMU SHOUZHA

信 周 著

出 版 人：罗小卫

策 划 人：李 子 吉 吉

责任编辑：李 子 李 梅

特约编辑：赵馥琼

装帧设计：华夏视觉

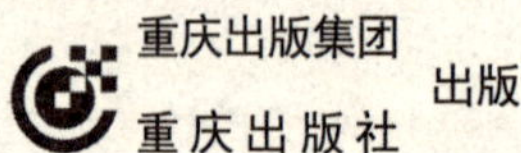

出版

重庆长江二路 205 号 邮政编码：400016 http://www.cqph.com

重庆市伟业印刷有限公司印刷

重庆出版集团图书发行有限公司发行

E-MAIL:fxchu@cqph.com 邮购电话：023-68809452

全国新华书店经销

开本：720 mm × 1000 mm 1/16 印张：19.25 字数：287 千

2012 年 1 月第 1 版 2012 年 1 月第 1 版第 1 次印刷

ISBN 978-7-229-03620-1

定价：29.80 元

如有印装质量问题，请向本集团图书发行有限公司调换：023-68706683

目录

写在前面

“殡葬执事人”是一个古老而又充满神秘色彩的职业，“疙瘩”是北方一些偏僻农村对这个职业的特殊称呼。

一个出色的“疙瘩”，不仅通晓繁琐的丧葬程序和礼仪，最重要的是掌握“相墓之术”，也就是能为死者寻找一个最好的安葬之地。《葬书》云：“富贵官品，皆由安葬所致；年命延促，亦有坟垅所招。”

沐林枫的先祖就是专门从事“疙瘩”这个神秘职业的，而且还是精通“相墓之术”的“疙瘩”。与其他“疙瘩”不同之处，沐家的传人都有一个极为隐秘的身份——“守灵人”。

向沐家始祖传授相墓绝技的道长，交给了沐家一幅《帝葬山图》，上面有多处极为隐秘的帝王陵。道长要求每个继承相墓绝技的人必须担当起这些帝王陵墓的“守灵人”的责任。

没有人想到几百年后这幅《帝葬山图》竟然会变成国宝，中华文明的起源之谜将要通过这幅古图来揭晓，《帝葬山图》的价值突然变得难以估计，因此许多人围绕着这幅传世古图展开了争夺。

楔　子

（1）

命运真的是非常奇怪的东西，有些时候它会在瞬间改变，根本容不得人们去思考和把握。沐林枫虽然不到三十岁，却已经是好几次遇到过这种情况了。

就在不久前的一天中午，在毫无征兆的情况下，沐林枫的命运突然间又被一件离奇的怪事改变了。也许是冥冥之中的安排，从此以后他重操祖业，干起了同死人打交道的活儿，开始了惊险刺激而又神秘莫测的奇异之旅。

在成为“疙瘩”前，沐林枫一直生活在山东半岛中部一个叫青州的古县城里，青州虽然只是个小县城，却是有着悠久历史和深厚文化底蕴的古城。

传说大禹治水后，按照山川河流的走向，把全国划分为青、徐、扬、荆、豫、冀、兖、雍、梁九州，青州便是其中之一。中国最古老的著作之一《尚书·禹贡》中记载“海岱惟青州”。海即渤海，岱即泰山，由此可见青州的历史久远。

从夏商起，青州就设有地方官府，西汉武帝元封五年设青州刺史部。东晋安帝隆安三年，定青州为南燕国都。北宋时期的青州是所辖七州三十八县的大郡，曾有过十三位贤臣，包括寇准、范仲淹、欧阳修等都曾在此为官施政。

古城虽小，却是钟灵毓秀，人杰地灵。著名女词人李清照夫妇曾寓居青州十余年，留下了传颂千古的词林绝唱；贾思勰、燕肃、杨妙真等科学家，民族英雄和起义领袖唐赛儿等人也都在这里留下了足迹。

之所以要把古城青州介绍得这么详细，是因为在如此深厚的历史尘埃下面，封存着许多不为人知的秘密，本书中的许多故事就发生在这里，而且主人公的家族还与其中的一些秘密连接在了一起。

沐林枫的老家就在古城西南二十多公里的一个山村里，村里人多半姓沐，传说明朝开国皇帝朱元璋手下大将沐英，曾经带兵在这里安营扎寨过，周边十个村子分别叫张家营、李家营、高家营等等，这些村名都是以沐英亲兵营统帅的姓氏命名的。

沐林枫的老家沐家营在本地却是最有名的村庄，主要原因就是因为他的祖上曾经是方圆百里最有名的“疙瘩”。

“疙瘩”不同于婚礼主持人，从事这种职业的人不仅要了解当地的民俗民情，通晓整个丧礼和葬礼的程序，还必须熟知丧葬期间要注意的种种禁忌，以及丧葬过程中出现意外情况的处理方法。当然，最重要的还是懂得“相墓”，也叫“相阴宅”。

沐林枫到城里工作之前在部队里待过几年，虽然是个兵，却是人们眼中很神秘的特种兵，就在要提干上军校的头一天，发生了一件意外事件，美梦破灭，他只好带着士官的头衔回到了老家。

在部队里沐林枫是训练标兵，擒拿格斗、化装侦察、射击驾驶样样精通，所以县里很多好单位都争着要接收他。县公安局还有好几家银行，这些都是很多人挤破头想进去的单位，而这个家伙却是狗坐轿子不识抬举，放弃许多人梦寐以求的机遇，去一家星级酒店做了厨师。

在外人眼里，沐林枫就是这样一个怪人，所以快三十岁了也没有一个女孩子愿意嫁给他，至今还是光棍一条。老父亲从他记事起就失踪了，母亲也在几年前已经去世了，因此没有人管他，他也乐得逍遥自在，一个人吃饱了全家不饿。

职业虽然是最普通不过的厨师，不过沐林枫的个人感觉还不错，因为是在县城里唯一的一家三星级酒店里当大厨，在当地也算是高收入的“蓝领”，日子过

得虽然平静却也有滋有味。

今天刚好赶上沐林枫休班在家，厨师都有午睡的习惯，吃过午饭后他正准备上床睡一会，突然传来咚咚的房门声，房门被敲得震天响，声音响亮而又急促，好像是日本鬼子进村了似的。

“是哪个臭小子打扰老子睡觉！别敲了，砸烂了房门给老子赔新的……”

沐林枫很不情愿地从床上爬起来，骂咧咧地去开门，他心想一定是哪个哥们喝多了酒，来找他喝茶或是玩牌。

打开房门一看，沐林枫顿时愣住了……

只见门外站着五六个人，除了师父高鸿进，其他几个人都不认识，几个陌生人的脸上都流露着奇怪的表情。特别是站在最前面的中年男子脸上破了好几处皮，好像是摩擦到什么地方蹭破的，刚刚结了红红的痂，样子怪吓人的。

这个中年男子抢先一步进门，什么话也没说，扑通一声就跪在沐林枫面前，紧接着磕了一个响头。沐林枫被中年男子的意外举动吓了一跳，不清楚出了什么事情，急忙伸手去拉他的胳膊……

这时沐林枫注意到中年男子的胳膊上戴着心形的黑色小牌，上面有一个白色的“孝”。他突然明白过来，这个中年男子家一定是有老人去世了……不过他不明白这个人为什么要来给他磕头，因为他并不认识这个人。

“免了，免了……”沐林枫一边说一边把磕头的中年男子拉起来。

看到沐林枫一脸的疑惑，跟进来的高鸿进急忙对他说：“这位朋友姓朱，叫朱福贵，跟我是同村，今天有事来求你。”

“靠，我一个厨子能办什么事！”沐林枫用一种自嘲的口吻说。

高鸿进拉着沐林枫的胳膊一边向卧室里拽，一边低声说：“来，来里屋，我再跟你说……”

高鸿进是酒店的头勺，厨艺在本地数一数二，沐林枫刚到酒店工作，跟过他一段时间。虽然年龄只比沐林枫大三四岁，因为手把手的教过他炒菜，所以沐林枫一直把高鸿进视为自己的师傅，平时对他言听计从，很是尊重。

虽然也是个厨师，不过这个高鸿进却有一个特长，就是擅长交际，县城内三教九流没有他不认识的，什么样的人他也能搭上话，对于老高的这一个优点，让沐林枫佩服得五体投地，因为这恰恰是他的弱项，沐林枫最头疼的就是同陌生人打交道。

沐林枫这个人喜欢安静，虽然还没有结婚，却早早地买了一套三室二厅的房子，好在这里是县城，房价比较低，只花了三十万多一点，一个人住比较方便。

走进卧室后，高鸿进先转身小心翼翼地关上房门。看到他神神秘秘的样子，沐林枫更加感觉奇怪了，平时大大咧咧的人，今天这是怎么了？

“高师傅，到底出什么事情了？”沐林枫惊讶地问。

高鸿进转身在床边坐下来，一脸怪异的表情，压低声音说：“外面的那个朱福贵家里，今天出了一件怪事。他父亲是两天前去世的，去世后遗体被送到了殡仪馆存放起来，然后在家里设了一个灵堂。按照现在城里的风俗‘排三’，应该今天火化、出殡一起办了，谁也没有想到竟然出了一件匪夷所思的怪事……”

说到这里，高鸿进摆着手，一脸惊慌失措的表情，好像是不敢说下去的样子。

高鸿进说的这个情况在县城里很普遍，因为大家都住单元楼里，老人去世后不能像以前那样在家里守灵，所以就将遗体送到殡仪馆暂时存放起来。然后在家里设灵堂，朝向殡仪馆的方向安放一个灵位或是老人的照片，用这种方法来守三日灵。把该做的丧礼程序办完，最后所有的亲属朋友一起去殡仪馆，再举行简单的葬礼。

人们通常所说的丧葬，严格说应该分为两部分：丧礼和葬礼。丧礼是指哀悼逝者的礼仪，葬礼是指处理死者遗体的方法。现在生活在城里的人，因为受到条件的限制，许多程序都简化了。

看到高鸿进欲言又止的神情，沐林枫催促说：“快说发生什么怪事了，干吗

吞吞吐吐的？好像遇见了鬼似的……”

“哎，跟遇见鬼差不多！”

沐林枫忍不住笑了起来：“都什么年代了还相信鬼怪……”

高鸿进赶紧摆摆手，示意沐林枫不要再说了，眼睛里流露着恐惧的目光，悄悄地说：“因为我们是同村，大家都在城里工作，所以朱福贵的老爹去世后我就一直在他家里帮忙。今天上午十点钟，准备起灵去火化场出殡，谁知道朱福贵抱着他父亲的灵位，还没出门就摔了一跤……”

“操，摔一跤有什么大惊小怪的！看把你吓得……”沐林枫满不在乎地说了一句。

高鸿进赶紧又摆了一下手：“你听我说完，朱福贵的父亲住在三楼，他出门后刚走到楼梯口时又摔了一跤，这一跤摔得更厉害，从楼梯上滚落到中间拐角处，不但把他父亲的灵位摔了，他自己跌得也够呛，你都看到了，脸上蹭破了皮……”

说到这里，高鸿进停顿了一下，用舌头舔了一下干裂的嘴唇。看到他一副紧张的表情，沐林枫急忙站起来说：“我去给你倒杯水喝。”

“不用了，你先听我说完。”高鸿进急忙制止了沐林枫，然后接着说，“亲戚朋友们都感觉这件事有些蹊跷，不过还没有多想。大家赶紧回屋又重新写了一个灵位，没想到朱福贵再次出家门的时候，还没走到楼道口又摔了一跤……把……把他父亲的灵位又摔在了楼梯上……这一次把请来的那个‘疙瘩’吓坏了，说朱福贵父亲的魂不愿意离开家，他办不了这个葬礼，随后脚底抹油溜走了……”

一贯说话流利的高鸿进说这些话的时候竟然磕磕巴巴，看得出他是心有余悸，沐林枫也被这种诡秘的事情惊呆了，情不自禁地说了一句：“了不得，竟然会有这种怪事！”

高鸿进稳了稳心神，然后接着说：“出了这件事后，亲戚朋友都很着急，而且还不敢声张，这种事情最怕让外人知道。你知道时辰不等人，今天必须出殡，大家商量了一下赶紧分头再去请‘疙瘩’，先后又请来了两个‘疙瘩’，人家到场后一听情况，二话不说，立马扭头就走，没有一个‘疙瘩’敢接这个活儿……”

没等高鸿进说完，沐林枫就急忙打断了他的话，疑惑不解地问：“那你们来找我干什么？再说我也不认识做‘疙瘩’的人。”

高鸿进紧盯着沐林枫：“你怎么忘记自己祖上是干什么的了？”

这时沐林枫才反应过来，刚才朱福贵为什么进门就给他磕头，原来是想请他出面主持老人家的葬礼。

沐林枫真恨不得抽自己两个嘴巴子，都怪这张臭嘴，喝醉酒的时候喜欢吹嘘祖上那点儿破事。所以熟悉沐林枫的朋友都知道他的祖上是当地非常有名的“疙瘩”，但是他却从来没有干过一次。

“高师傅，你应该知道我从来没有干过‘疙瘩’，你怎么会突然想起我来？这不是开玩笑吗！”沐林枫急忙推辞。

“兄弟，我清楚你没干过，但是你知道的道道比那些经常做‘疙瘩’的人还多，你不是经常说起祖上的那些故事吗？对于葬礼的程序你比谁都清楚，就是照葫芦画瓢也行，求你帮一次忙吧。”

没等高鸿进说完，沐林枫把头摇得跟拨浪鼓似的：“开什么玩笑，不行……这肯定不行……其他事情可以帮忙，但是这种事可不是闹着玩的……”

“兄弟，就算是哥求你了……但凡有一条路，我也不会带人来求你做这件事……”

高鸿进的话音未落，房门突然被人从外面推开了，只见客厅里的几个人哗啦一下子全部跪下了，五六个大男子冲着卧室齐刷刷地跪在那里，领头的正是一脸蹭伤的朱福贵，显然他们听到了沐林枫跟高鸿进的对话。

见此情景，沐林枫急忙走出来，伸出双手来搀扶朱福贵：“几位大哥，你们这是干什么，赶快起来……”

“兄弟，我斗胆叫你一声兄弟，求你帮帮我了……我……”还没说完，朱福贵哽咽着说不下去了。

朱福贵身后一个年龄稍大的人接着说："沐师傅，我是福贵的表哥，我老舅还躺在火化场等着做'公事'呢，我们真的是走投无路了才来求您，您一定得帮我们一把。"

沐林枫被弄得不知道如何是好，看着跪在地上的几个大男子，真是有点不知所措了，着急地说："各位大哥，不是我不帮这个忙，我从来就没有做过'疙瘩'，如果是其他事情都好说，可是……可是……葬礼是大事，马虎不得……"沐林枫张口结舌不知道说什么好了。

高鸿进从卧室里出来，拍着沐林枫的肩膀说："林枫，实话说大哥是相信你才带他们来找你，这件事你如果出手帮了忙，大家会念你一辈子好。"

"沐兄弟……沐师傅……"跪在地上的朱福贵结结巴巴不知道称呼什么好了，"你如果不答应，我就不起来了。"

沐林枫感觉自己好像被逼进了死胡同，看来不答应是不好办了，只好硬着头皮点头同意了："好吧，请各位大哥先起来，有什么事情咱们好商量。"

见沐林枫同意了，几个人磕了一个响头，然后才站起来。朱福贵激动地说："沐师傅，等老人的'公事'做完后，俺一定好好谢谢您。"

在这里解释一下，因为忌讳，本地人对于丧事的称呼很特殊，从来不用丧、葬、出殡等词语，而一般用"公事"两个字，也有用"后事"。这就如同棺材叫寿材，衣服为寿衣，停尸房叫太平间一样。

某户人家有人去世了，送葬的过程就叫"做公事"。没有人考证过这个叫法的来历，这不仅是出于忌讳，与当地纯朴的民风也有关系。"公事"就是大家共同的事情，家里有人去世了，对于普通老百姓来说这就是天大的事情，不仅是亲朋好友，乡里乡亲、左邻右舍都会主动来帮忙，心里都认为这是大家的事情，所以叫"公事"。

沐林枫急忙摆着手说："先别说谢的事情，高师傅知道我的情况，虽然我的祖辈是做'疙瘩'的，但是我却从没有接触过这个，也从未给人家办过'公事'。

我所知道的一点儿东西，都是在饭后茶余听老辈人说的，如果办不好，不要怪罪就行了。”

朱福贵连声说：“怎么可能怪罪沐师傅，您能答应我就感激不尽了……”

不等朱福贵说完，高鸿进就赶紧招呼大家：“都不要说客套话了，时辰不等人，咱们赶快走吧。”

（2）

几分钟前还躺在床上睡觉，想不到现在竟然被人哀求着来做“疙瘩”，命运真的捉弄人，而沐林枫的命运也从他答应下来的这一刻起改变了……

楼下停着两辆五菱面包车，看来他们是有备而来，无论如何要把沐林枫请去了，有点儿霸王硬上弓的意思。

高鸿进和沐林枫上了后面的面包车，其他几个人都挤到前面的车里。车子开动后，高鸿进趴在沐林枫的耳边低声说：“提前告诉你一声，我这个同村在他的亲戚中名声不太好。”

“是不是对父母有点儿不太孝敬？”沐林枫心里一动马上问。

高鸿进点点头：“嗯，所以遇到这件事情后，亲戚朋友私下里说他是罪有应得，有点儿想看他笑话的意思，但是不管如何总得先把老人安葬了，你明白我的意思吗？”

“这件事情是不是有点儿巧合？不就是摔了三个跟头吗！”沐林枫对这件事仍然有些怀疑。

“实话说具体什么情况我也不清楚，不过我看不像是巧合，怎么可能接连摔三个跟头？这件事的确有点儿诡异，否则前面的三个‘疙瘩’怎么不敢做下去了……”

没等高鸿进说完，沐林枫就用眼瞪着他，有点儿生气地说：“三个‘疙瘩’

都不敢接手的活，你来找我，这不是赶鸭子上架吗！”

高鸿进不好意思地笑了笑：“就算大哥欠你的，朱福贵做得再不对，这个时候也该帮他一把，看在去世的老人面上我也必须这样做。”

“好人让你做了，可是我怎么弄？大哥，实话说我心里真的没谱……”沐林枫苦笑着说。

高鸿进拍拍沐林枫的膝盖：“不管你怎么弄，只要把老人的‘公事’给办了，我就感激不尽了，就算大哥欠你一次，想怎么样随便你。”

说话间，前面的面包车转进了一个破烂不堪的家属院里，猛一看这个家属院跟垃圾场没有什么区别，不仅破烂不堪，到处还堆满木柴和杂物。

沐林枫知道这是那个单位的家属院，这个企业原来是县里的一个事业单位，后来实行了企业改制，没想到变成了全县最烂的一个。企业的负责人姓马，是个无恶不作的流氓，利用企业改制侵吞了五千多万的国有资产，前不久刚被判了死缓。一个好端端的企业就毁在这样一个人的手里，不过最倒霉的还是这些职工们。

这时高鸿进又贴近沐林枫的耳朵低声说：“朱福贵的母亲去世得早，他父亲一个人住在这里。”

“哦，这个朱福贵没跟他父亲住在一起？”沐林枫有些惊讶地问。

沐林枫在交朋友时有一个原则，对父母不好的人绝对不与之来往，对自己的父母都不好的人，怎么可能对朋友好？所以同这样的人交朋友，早晚会吃亏，因此干脆不与这样的人来往，免得日后麻烦。

“他媳妇嫌老人脏，所以让老人自己住在这个老单元楼里。朱福贵在外面买的新楼房，平时不常回来，老人被发现时已经没气了……”

“原来是这样……”

沐林枫心里忽然产生了一个念头，心想借机会整治一下没有孝心的一家子。

院子内站了不少人，每个人的脸上都流露着异样的表情，三五一群在交头接耳，很显然是在议论朱家的事情。俗话说得好，好事不出门，坏事传千里。朱家出了这样的奇闻怪事，怎么可能瞒住左邻右舍？恐怕用不了两天，全县城都会传得沸沸扬扬。

县城就是巴掌大的地方，大家抬头不见低头见，相互之间大多都认识，难怪朱福贵急得不得了。这也应了那句老话，人在做，天在看，只要做了坏事，早晚要得报应……

下车后，高鸿进在前面领着沐林枫朝一栋破旧的家属楼走去，站在楼道门口的人纷纷让开路，在众人好奇的注视下，一行人走进了阴暗的楼道里。

由于长期没有人管理，楼道内又脏又乱，墙壁都变成了黑色，上面贴满了乱七八糟的小广告，有开锁的，有通下水道的，竟然还有卖春药的，真是五花八门。

第一次做“疙瘩”，沐林枫的心里难免有些忐忑不安，仿佛十五只吊桶打水，有点儿七上八下的感觉。走进黑漆漆的楼道里后，沐林枫突然镇静下来，他在心里暗自提醒自己，既然接手了这个活儿就要做好，绝对不能砸了老沐家的牌子。

小时候沐林枫常听母亲讲“疙瘩”的故事，内心对这种职业充满了敬畏，特别是看到有人家出殡的时候，“疙瘩”表情平静地给躺在门板上的尸体整理一切，感觉“疙瘩”是那样的神秘，在“疙瘩”的身上仿佛流露着某种不可思议的力量。

村里的老人常说做“疙瘩”的人不是学来的，天生就是做这个活的。在这一瞬间，沐林枫感觉自己天生就是做“疙瘩”的，因为他的血管中就流淌着祖辈的血液，在他的基因中就带着“疙瘩”的基因，他仿佛生来就是做这种活的人了……

楼梯上站了不少人，大多是朱家的亲戚朋友，每个人的表情各异，不过都带有一丝的恐慌，看到请来的“疙瘩”，都用期待的眼神看着沐林枫。

刚爬上三楼，沐林枫就闻到了一股浓烈的尿骚味，里面还混杂着难闻的恶臭，长期卧床的病人家里常常有这种气味，仅从这一点就知道这家人对自己的老人照顾得不怎么样。

现在顾不上难闻的气味了，沐林枫跟在高鸿进身后走进房间里。这是那种老式的单元房，户型结构简单，一个很小的活动间，外带两个不大的卧室以及厨房和卫生间，全部面积加起来也不过五六十平方米。

进门后是一间只有四五平方米的狭窄活动间，靠东墙有一个方桌，上面摆放着祭品和灵位，看得出这个灵位是刚刚重新写好的，显然原来的那个摔坏了。

丧礼上用的灵位通常用白纸叠成一个六七厘米宽，二十多厘米长的长方形口袋，上面写着死者的名号。把这个写好字的白纸袋用两根筷子撑起来，再把筷子插在一个大馒头上，就是死者的灵位了，以象征死者的亡灵，称作“设重”。出殡时要将这个灵位放入坟墓中一起埋起来，表示把死者的亡灵与遗体一起埋葬了。

因为灵位是用白纸叠成的，摔在地上肯定会被撕烂。

进屋后，沐林枫先为死者的灵位上了三炷香，然后鞠了三个躬，做完这一切后，他站在房间的中间位置，然后装模作样地朝四周巡视了一番。实话说沐林枫现在是狗屁不会，好像在查看着什么，其实是在偷偷地想着对策。

突然间，沐林枫感觉自己情不自禁地打了一个寒战，心里顿时有种冷冷的感觉，就见刚才上的三炷香，香头忽然变得很红，三炷香的烟柱突突地往上冒，笔直的烟柱一直蹿到屋顶。

周围站着的几个人，高鸿进、朱福贵和他的几个亲戚也都看到了突然的变化，大家的脸色瞬间吓得苍白，仿佛看到了什么可怕的东西，几个人都身不由已地往后挪动脚步，生怕有鬼魂扑到自己身上。

沐林枫也不知道发生了什么事情，只是他这个人天生胆大，从来不知道什么是害怕。只见沐林枫向前一步，双手抱拳鞠了一躬，然后嘴里念念有词，其实连他自己也不知道说了些什么……

嘟嘟囔囔一阵后，沐林枫心里也有主意了，心想不管三七二十一，把虐待老人的这两口子整治一下再说，如果去世的老人真的有什么怨言，也一定是对这两口子不满。

想到这里，沐林枫猛地转过身来，用严肃的口气对朱福贵说：“老人刚才显灵了，他告诉我，生前的时候身体多病虚弱，而去黄泉的路上又有很多坎坷，很难到达另外一个世界，所以他不想离开这里……”

一听这话，朱福贵吓得扑通一下跪下了，一把鼻涕一把泪地哀求：“沐师傅，麻烦您跟我爹说一下，请他老人家走好，我一定多给他烧纸钱……”

看着朱福贵的熊样，沐林枫在心里偷偷地乐，不过脸上依然一本正经，缓缓地说：“早知今日悔不当初，你应该对老人好一点儿，临时抱佛脚晚了……”

“沐师傅……求求你……一定把我爹的魂送走……”朱福贵一边磕头一边哀求。

高鸿进急忙靠近沐林枫，他压低声音说：“林枫，不看僧面看佛面，先帮福贵度过这一关。”

朱福贵的那个表哥也凑过来，诚惶诚恐地说：“对对，沐师傅，麻烦您想想办法，先帮着把‘公事’做了，我们以后一定多给老人送盘缠，让老人家在那边过得舒舒服服……”

沐林枫装出沉思的模样，他想了一会儿后，对几个人说：“好吧，我就尽自己最大的能力试试，如果能把老爷子的魂请出这个家，后面的事情就好办，如果不行你们就只好另请高明了。”

“好……好，请沐师傅费心了。”几个人连声答应。

“不过要想把老人的魂请出去，必须要朱家人配合才可以……”沐林枫装模作样地说。

沐林枫知道这个时候说什么他们也会答应，本地有个习俗，如果哪家老人的丧事不能很好地办完，这一家的人很快就会跟着倒霉。这也是“疙瘩”很吃香的缘故，因此让许多狗屁都不懂一点儿的人也跟着浑水摸鱼做起了“疙瘩”。

朱福贵的表哥急忙招呼卧室里和门口外面的亲属进来，特意把朱福贵的老婆和儿子叫到了前面，其他小辈儿跟在后面，本来就狭窄的房间被挤得水泄不通，

大家也都想看看沐林枫这个“高人”要如何“作法”。

见此情景，沐林枫马上装出一副高深莫测的神态，对高鸿进和朱福贵的表哥说：“这里只留下你们两人和朱家夫妻俩就可以，其他人必须回避，否则会惊扰老人家的魂魄，如果再出现意外情况就很难收拾了……”

沐林枫的话音未落，其他人便纷纷退了出去，唯恐避之不及，房间里顿时显得阴森森的，似乎真的有什么鬼魂在游荡。

沐林枫又对朱福贵的表哥说：“安排人用最快的速度去买一只黑爪大公鸡，记住一定要买脚爪后有长长的拐骨的那种。买来后让朱福贵的儿子抱着站在门外，这件事情办好了，咱们就可以开始了。”

“知道了，我马上让人去办。”说完，朱福贵的表哥转身出去安排人去买黑爪公鸡。

沐林枫所说的这种脚爪后长拐骨的公鸡，是指完全在野外散养的土鸡。这种鸡因为需要在土地里刨食，所以脚爪后才有一个很长很尖锐的拐骨，如果是圈养或是笼养的鸡就没有，所以这个特征也是判断一只鸡是散养还是笼养的重要根据。

随后沐林枫又对高鸿进说：“马上去找一碗大颗粒的盐来，最好是颗粒大小不均匀的那种，越快越好。”

“没问题，楼下就有一家专门腌咸菜卖的，我去他家要一碗来。”高鸿进说完就要往门外走，

“等一下。”沐林枫急忙又叫住他，“还要找几个大一点儿的毛蛤皮。”

“没问题。”高鸿进也不问做什么用，答应一声就跑出去了。

看到沐林枫在有条不紊地安排，朱福贵和他媳妇早就吓得脸色苍白，身体不住地哆嗦，看得出两人是既心虚又紧张。

门外的人只能听到屋里的声音，却看不到里面的情景，越是看不到，越感觉好奇，人就是这个心理；再经过沐林枫这番刻意的营造，整个房间里的气氛骤然

紧张起来，变得阴森恐怖……

（3）

不到一分钟，高鸿进就端着满满一海碗大颗粒的盐回来了，沐林枫伸手接过来，只见大的颗粒有花生米大小，小的也有黄豆大小，刚好合适。

这种大颗粒的盐是海边盐场晒出来的原盐，没有经过任何的加工，全部是正方形的颗粒，边角都很尖锐，实话说沐林枫就是想用这个东西来整治一下朱福贵两口子。

只见沐林枫用左手端着大海碗，右手抓起一把盐，然后均匀地撒在供桌的前面，一连撒了好几把，感觉差不多了，又将海碗递给高鸿进。

朱福贵的老婆快五十岁的人了，烫着大波浪，染着黄毛，全身上下透着一股骚劲，今天给老人出殡，竟然还化了淡妆，这已经是犯了大忌。沐林枫虽然不会相面，但是一眼就看出来朱福贵是个怕老婆的人，否则不会让自己的老婆这种打扮，看到这种人他就气不打一处来。

沐林枫踏罡步斗，这种站立的步法相传创自夏禹，故又称禹步，罡是指天罡，而斗是指北斗。手掐灵官诀，手指按一定的方法盘结捏掐而成的形状叫做“诀”，其过程叫做“掐诀”，掐诀可以通真制邪。光看沐林枫的这个架势，的确够唬人的。

面对朱福贵两口子，沐林枫缓慢地说：“你们俩现在就跪在盐粒上，然后默默在心里念叨，把你们是如何对待老人的，认认真真地说一遍，然后求老人原谅你们，后面的‘公事’能不能进行下去，就看老人是否肯原谅你们了……”

一听这话，两口子赶紧走过来，扑通一下跪在了盐粒上，只见两人都禁不住咧了咧嘴，很显然膝盖下的盐粒硌疼了两人，这一招也够损的。

看到两人的表情，沐林枫心里暗自高兴，心想等一会儿就够你们受了。他朝

高鸿进招了一下手，轻声说：“咱们去里屋，不要打扰了他们两口子向老人请罪。”

高鸿进陪着沐林枫走进另外一间屋里，这里有一组陈旧的皮革沙发，还有一张写字台和茶几。看来是家里会客的地方，屋里有几个帮忙的人，见两人进来纷纷起来给他们让座。

坐下后，高鸿进问沐林枫：“林枫，什么时候可以开始？我让楼下的人把去火化场的车提前准备好。”

“等黑爪公鸡买来，就让楼下的车准备好。”沐林枫轻松地回答。

其实这个时候沐林枫的心里真的是很轻松，他并不担心后面的“公事”是否能顺利进行，因为刚才他已经为自己准备了台阶。顺利把丧事完成自然是他的功劳；如果再出现意外，他就会推脱说是朱福贵两口子向老人忏悔得不够深刻，老人的魂魄不答应离开家，让他们另请高明。

等了接近半个钟头，福贵的表哥回来了，一头大汗地对沐林枫说：“沐师傅，黑爪公鸡买来了，已经让孩子抱着站在门外了。”

沐林枫站起来：“那好，麻烦大哥跟高师傅协助我一下，给我搭把手，咱们现在就开始血祭。”

一听“血祭”两个字，屋里的其他人都怔了一下，脸上都流露出恐惧的神色。大家还是第一次听说血祭，纷纷站起来准备看稀奇。

三个人重新来到摆放灵位的活动间，只见朱福贵两口子汗如雨下，满脸痛苦的表情，身体也在微微颤抖着，看得出两人在忍受着很大的痛苦。

沐林枫让高鸿进准备了一个干净的大白碗，在碗里倒入半碗白酒，然后放在了朱福贵两口子的面前。

沐林枫又重新在老人的灵位前上了三炷香，然后转身对屋子里的人说：“要想让‘公事’能够顺利进行，就必须进行血祭，这是为了让你们与老人继续保持血脉连接，而且老人必须得到你们鲜血的扶助，黄泉路上才能一帆风顺，才有力量去往另外一个世界。另外这也是你们向老人表示悔过的一种方式。”

说到这里，沐林枫又对朱福贵的表哥说：“你用毛蛤皮划破他们俩的前额，让两人的血滴到酒碗里去。”

听到吩咐，朱福贵的表哥接过高鸿进递给他的毛蛤皮，走到朱福贵面前，用毛蛤皮在他额头上重重地划了一下，顿时一行鲜血顺着脸颊流下来，朱福贵急忙弯下腰让血滴到面前的酒碗内。

毛蛤是生长在海滩上的一种贝壳类的海生物，与其他贝壳不同的是毛蛤的壳上长着一层棕色的短绒毛，而且在毛蛤壳的边沿有一排同锯齿一样的细齿，所以很容易划破皮肤。

随后朱福贵老婆的额头也被划破了，同样把血滴到酒碗里。

鲜血滴进酒碗里后，朱福贵要抬手去擦脸上的血迹，沐林枫急忙制止他：“千万不要擦，脸上的血迹一定要留到做完‘公事’后才能洗去，后面还要进行‘割体葬礼’，一定要有血迹才行。”

听说还要进行“割体葬礼”，把朱富贵两口子都吓了一大跳，两人都猜不出后面还要经受什么样的痛苦，不过无论如何两人都只能忍受了。

最可笑的是朱福贵的老婆，额头的血从鼻子两侧流淌下来，仿佛是从眼睛里流出的血泪，猛然一看像一个恶鬼一样，看上去既恐怖又好笑。

看着两人的鬼模样，沐林枫一个劲地偷着乐，很欣赏自己的这个恶作剧，心想让外面的人看到这两个人的模样，一定会大吃一惊，这两口子算是丢人丢到家了。

事实上这种割体葬礼并不是沐林枫想象出来的，在我国的古代许多地区就有这种风俗，死者的亲属自残身体，以祭祀死者，不仅是为了表示哀悼，也有“献祭”的意思。

不仅是在我国古代，世界各地都有这种丧礼风俗，在日本、美国、澳大利亚等国家的部分民族，死者的子女在参加葬礼时用贝壳割破自己的额头，还有的是割裂手腕、大腿、胸部等部位，把自己弄得血淋淋的，以示对死者的哀悼。这种自残的方式还可以缓解生者内心的悲伤，同时也减少对死人的恐惧。

等大碗里的白酒变成鲜红的颜色后，沐林枫弯腰端起酒碗，嘴里念念有词，然后绕着方桌把带血的酒撒了一圈，最后把碗内剩余的少许血酒滴在了插灵位的馒头上。

做完这一切，沐林枫对朱福贵的表哥说：“好了，现在可以去殡仪馆了，赶快叫几个人来，搀扶着他们两口子下楼。”

说完，沐林枫从方桌上把灵位捧起来，然后交到朱福贵的手里，这时从另外一间屋里出来几个帮忙的朋友，一边一个把他们两口子从地上架起来。

这两口子已经跪了半个多钟头，此时双腿已经麻木了，肯定站不起来，更别说下楼，所以沐林枫才叫人来搀扶他们。

朱福贵和他老婆被人搀扶起来后，沐林枫注意到两人膝盖处的裤子，有血迹渗透出来，再看地板上的盐粒也融化了一些，两人一定吃了不少苦，也算是对他们的一点儿惩罚。

朱福贵两口子一脸血迹被人搀扶出去，外面的人看了后都吓一跳，纷纷往后躲避，如同看见了令人恐怖的鬼怪一样。

说来也怪，这一次朱家人竟然能平安无事地来到楼下，坐上面包车后赶紧去城外的火化场。也许是阴差阳错，沐林枫出的这些怪招刚好把可能要出现的魂变化解了。

其实沐林枫所出的这几招也并不是没有依据地乱来，因为他以前也听母亲讲过一些类似的故事。

朱家出现的这种怪事用“疙瘩”的行话叫“魂悲”，是魂变的一种，用死者后人的鲜血进行“血祭”，就是应对魂悲的唯一方法，而在出殡过程中，用一只黑爪大公鸡跟随，则是为了防止后面发生魂变。

大家都相信是沐林枫的“法术”起了作用，事实上他是误打误撞，没想到这件事情竟然让沐林枫一下子名扬整个县城，而他的命运也因此发生了改变……

第一章

从朱福贵家里出来，到火化场进行的葬礼过程就容易多了，举行了一场简单的追悼会，随后把遗体火化了，最后再把骨灰送到县里统一修建的奉安堂内安放。这样的葬礼省去了许多繁琐的礼仪和环节，很快整个“公事”就结束了。

葬礼因为被出现的怪事耽搁了几个小时，等到去奉安堂举行一个简单的仪式，再把骨灰安放好后，天色也黑了下来。

朱家人和高鸿进一再挽留沐林枫去吃晚饭，这也是当地的习俗，逝者下葬后，亲戚朋友和帮忙的人都要在一起吃顿饭。

不过沐林枫却坚决地推辞了，因为他的心里一直有种异样的感觉，具体是什么自己也说不出来，反正是很奇怪的感觉，好像有什么事情要发生，所以他急着赶回家，想一个人静静地思考一下。

回到家里，沐林枫才感觉到有些疲惫，他半躺在客厅的沙发上，眼睛看着天花板，静静地回忆着今天发生的事情。

实话说今天的经历好像是在做梦，沐林枫自己也感觉很奇怪，对于做“疙瘩”就像是轻车熟路，仿佛是祖先的神魂附着在自己身上，在冥冥中提醒和指导着自己，或许是祖辈留在他身体内的遗传基因被唤醒了。

忽然间，沐林枫感觉内心有个声音在提醒自己，应该继承祖业了，就在这一刹那，沐林枫意识到也许做一个“疙瘩”才是自己最终的选择。

想到这里，沐林枫马上站起来走进书房里，在始祖的神位前上了一炷香。这是老沐家的传统，家里一直供奉着老祖宗的神位，因为家里只有他一个孩子，父亲失踪后老祖宗的神位就传到了他这里。

随后沐林枫从书桌下面的抽屉里取出一个黝黑发亮的木匣，里面盛放的是沐家的家谱。

沐林枫轻轻打开盒盖，露出了一本已经发黄的八开大小，折叠起来的书，书是用粗麻线装订，边沿部位也破碎了，显示着它的沧桑。

这本家谱并不是一个总谱，仅仅是他们家族的这一个分支，起始时间是明朝初期，以搬迁到沐家营后的沐姓人为第一代始祖，传到沐林枫这里已经是第二十一代了。因为从曾祖父起就一直是单传，所以这个家谱才会到沐林枫的手里，家谱的传递也是有严格规定的，必须是长门长子才有保管的资格。

沐林枫轻轻地翻开家谱，找到自己的名字，家谱上的字都是用小毫毛笔写的正楷，一笔一划非常工整。

这本家谱已经有几百年的历史了，沐林枫这个名字在他出生前好多年就已经有了，他也不知道这个名字是哪位先祖给起的，反正已经写在了家谱上。如果没有这个人，这个名字就空着，只要有就叫这个名字，而且在沐林枫的名字的下面，他的儿子甚至孙子的名字也已经排列上了，而且还都是好几个。

看到这里，沐林枫忍不住咧嘴一笑，在心里说老祖宗一定没有想到现在会施行计划生育，别说是三四个儿子，有一个就不错了，弄不好还是女儿，不过女人在家谱中是不出现的。这恐怕也正是孟子所说的“不孝有三，无后为大”的缘故。

事实上孟子所言的“无后为大”，也是古人对死后的祭祀进行的考虑。

去世的先祖接受子孙的祭祀叫做“血食”或“歆享”。古人在祭祀先人时特别强调：“神不歆非类，民不食祀非族，神不食非其宗。”意思就是说祭祀去世的先人时，必须是先人真正的骨血，否则先人不歆享。

因此在当地的扫墓风俗中，如果没有后代祭祀和上坟添土是非常严重的事情，就表示断了香火，祖先就会变成抢食别人祭品的强神饿鬼，这样不仅是后代不孝，还让先人不寒而栗，所以才会有“不孝有三，无后为大”之说。

沐林枫把思绪拉回到现实来，他忽然感觉有点儿饿了，这时他才想起来还没吃晚饭，抬头看了一眼对面墙壁上的石英钟，不知不觉中已经是晚上十点钟了，一个人生活就是这样，经常没有规律。

沐林枫准备去厨房煮碗面条吃，就在这时，门铃突然响起来，这么晚了谁还能来？该不会是高鸿进喝多了跑到这里来了吧，在丧宴上喝醉了的事情不是没有，而高鸿进又喜欢喝口，沐林枫一边念叨着一边去开门。

走到房门口，沐林枫伸出手去刚要开门，突然又停住了，心想先看看是谁；如果真的是高鸿进喝醉了，自己就装作没在家。这个家伙喝多了就兴奋，能跟人聊一个晚上，自己明早还要上早班，如果让他进来，今晚就别想睡觉了……

想到这里，沐林枫把一只眼贴近门镜，借助走廊里的照明灯，他看到门口外站着两个陌生的男人，前面的一个人三十多岁，穿着很正式，深色西装白衬衣，不过没扎领带，后面的人被挡住了看不清楚。

看到来人不是高鸿进，沐林枫顺手打开门，然后扫视了一下站在门外的两个人。这时他也看清了后面的那个人，二十多岁，牛仔裤夹克衫，穿着很休闲，小平头显得很精神。

站在前面的那个人透露着精干，很客气地问：“请问你是沐林枫沐先生吗？”

沐林枫点点头：“你们是？”

穿西装的男子打开黑色手包的拉链，取出一本警官证递给沐林枫：“我们是国安局的，可否到屋里说话？”

听到“国安局”三个字沐林枫愣了一下，因为国家安全局总是给人很神秘的感觉，好像离自己很远，他看了一眼警官证那黑色封面上的银色国徽，急忙把身体往旁边一闪，同时说：“好，屋里请。”

等两位客人进门后，沐林枫伸手把防盗门带上，他感觉很纳闷，国安局的人找自己做什么？自己就是一个厨师，好像涉及不到国家安全方面的事情。

沐林枫没有细看就把手里的警官证又还给来人，同时好奇地问：“请问两位警官来找我有什么事情？”

穿西装的男子笑了笑说：“先自我介绍一下，我姓李，李建平，这位是我的助手小曹，我们俩目前负责一个国家重点课题组的安全工作。我们来找你的目的，是想请你跟我们走一趟，这个课题组的负责同志想见见你……”

没等李警官说完，沐林枫就一脸惊讶地问：“你们没有搞错吧？我是一个厨师，不是什么科研工作者，课题组的负责人见我干什么？”

“对不起，关于会见的内容我们就不知道了，因为这不在我们的工作范围内……”

说到这里李建平停顿了一下，似乎是在考虑什么，随即接着说：“沐先生，说实话在来之前我们对你进行过调查，你曾经是名优秀的军人，有些事情不必我细说就应该明白。这个科研项目之所以要我们国安局负责安全工作，是因为我们已经了解到国外的某些机构对这个课题非常感兴趣，更确切地说已经掌握了他们开始行动的信息。所以我们才会在晚上来请你，就是防止有人了解到情况……”

听了李警官的话，沐林枫更是如坠迷雾中摸不着头脑了，心想今天这是怎么了，上午的经历就够离奇了，而现在这件事听起来更离谱，一个厨子突然之间竟然跟国家重点科研项目联系起来了，谁听了也像是天方夜谭。

看到沐林枫疑惑不定的神情，李建平笑着说：“沐先生请不要多心，我们不会对你有任何伤害，再说你自己也知道没做什么……”

警察说话就是直接，没做亏心事，不怕鬼敲门，沐林枫摆摆手：“哦，我不

是担心这个，只是奇怪我能为国家的重点研究项目做些什么……”

“哈哈……沐先生去了后就知道了。”

沐林枫突然冷冷地说：“我要是不想跟你们去呢？”

李建平微微怔了一下，可能没有想到沐林枫会说这样的话，随即平静地说：“呵呵，我相信沐先生不会拒绝。”

“为什么？”沐林枫好奇地问。

“因为当过兵的人，在他的意识中已经深深地刻上了报效国家的印迹，更何况沐先生还是当过六年的特种兵……实话说我也是军人出身，所以能深刻地体会到这一点……”李建平非常清楚什么样的语言能打动对方的心。

看来又是个霸王硬上弓，不去是不行了，另外李建平的话的确说到他心里了，沐林枫点点头：“好吧，现在就走吗？”

“不错，我们的车就在小区外面。”李建平马上回答。

看来对方说得不错，防止被人注意车都没有开进来，沐林枫不再说什么，走进卧室穿上外衣，刚要往外走，忽然想起一个问题：“李警官，我什么时间能回来？”

“对不起，这个问题我真的回答不了。”李建平如实地说。

沐林枫急忙说：“我就歇了一天的班，明天早上六点前还要上早班给客人做饭呢，如果旷工这个月的效益工资就泡汤了，到时候我跟谁要去？”

“哈哈，沐先生一个月的效益工资有多少？”李建平用开玩笑的口吻问。

“不算太多，也就两千多块钱，不过旷工的名声不好听，还会影响到年终奖……”

李建平摆摆手：“放心吧，我们不会让沐先生为难，到时候有人会给你们领导打招呼。快走吧，咱们还有两个小时的路程。”

两个小时的路程，那明天早上肯定是回不来了，沐林枫心想这个月的效益工资有可能泡汤了，他也不说什么话了，跟随两人一起离开了家。

三个人从小区出来后并没有停下脚步，李建平走在前面，他边走边摸出手机打了一个电话。

随后一辆越野车从前面的路口疾驶过来，悄无声息地停在了他们身边。李建平向沐林枫抬手示意了一下，随后他们两人上了车的后排，而那个小曹则坐到了前面的副驾驶位。

沐林枫对车很有研究，知道这是辆丰田陆地巡洋舰，现在的名称叫“兰泽酷路泽”。除了这个名字，这部越野车挑不出任何毛病来，堪称真正的越野车。原来的陆地巡洋舰多么响亮的名字，改成了“兰泽酷路泽”，什么狗屁名字，只有脑瘫的能想出这样的名字。

越野车起步后，车内的四个人都沉默不语，没有一个人说话。沐林枫的眼睛透过前挡风玻璃，紧盯着前面的路，他想知道自己被带往什么地方，实话说他的心里隐隐有种被绑架的感觉。

越野车向北驶出城区，很快就上了济青高速，然后飞快地向东驶去。沐林枫心里暗暗盘算，按照刚才李建平说的两个小时的车程，很显然目的地是青岛。

夜晚的高速路上车辆少了很多，越野车以110迈的速度飞速地行驶，陆地巡洋舰不愧是越野车中的王者，跑这样的速度坐在车内丝毫不感觉颠，跟坐在家中的客厅里差不多。

车内静得让人心慌，沐林枫实在憋不住了，轻声问身边的李建平：“李警官，让我去的这个课题组是研究什么东西的？不会是与吃有关吧？”

“到了以后你就知道了。”说完李建平又闭上嘴不说话了。

见此情景，沐林枫也只好沉默不语了，一个人静静地琢磨着，猜想找自己去的目的。

果然，不到两个小时越野车从青岛高速出口出来后，驶入新修建的环城高速，这条路还是为了奥运帆船赛而修建的，可以从济青高速公路直达“奥帆”基地。

半个小时后，越野车在一个没有任何标志的大门口前停下来，从门口旁边的岗亭里出来一位士兵，检查过通行证后才启开自动大门，将车辆放行。

这时坐在沐林枫旁边的李建平开口说了一句："课题组暂时借用部队的地方。"

沐林枫猜不出李建平跟自己说这句话是什么意思。

这里应该是北海舰队的一处军营，因为门口的警卫穿着海军军装，汽车驶入军营后沐林枫感觉悬着的心稍微放松了，军营对他来说是最熟悉的地方，也是他记忆最深，而且是刻骨难忘的地方。熟悉的环境可以让紧张的情绪放松，虽然这里是海军的军营，但是军营内的气息是一样的。

心情虽然放松了不少，不过更大的疑问却又浮现在沐林枫的脑海里，这是一个什么重要的科研项目，课题组竟然会设在军营里？刚才李建平说是暂时借用这里，军队的地盘可不是什么人都能借用的，除非是国家需要。

陆地巡洋舰在一栋灰色的楼房前停下来，下车后沐林枫观察了一下周围的环境；楼房只有三层，从外观看像是办公楼。楼房门口笔直地站立着一名警卫，看到过来的李建平后，警卫行了一个军礼，显然认识李建平他们。

沐林枫被领到了二楼的一间小会议室，李建平告诉他，很快会有人来找他谈话，请他稍等一会儿，随后就离开了。

沐林枫把会议室巡视了一圈，屋内摆设很简洁，中间有一张椭圆形的会议桌，周围摆放着十多张皮座椅，一个墙角处还摆放着橱柜，除此之外没有什么了。

两个向外的窗户都拉着避光窗帘，一面墙壁上有一个投影用的屏幕，其他墙壁都空着。一般会议室内都有一两句的口号或是标语，要么就有一幅壁画，而这里却什么都没有，显得有些神秘。

沐林枫坐在桌边的皮座椅上，等了没几分钟，会议室的门一开，走进两个人，两人都穿着便衣，手里拿着文件夹，进门后跟沐林枫打过招呼后坐在了他的对面。

两人坐下后打开文件夹，其中一个中年人看着沐林枫很严肃地说："沐林枫同志，在我们课题组的负责同志与你谈话前，需要同你签一份保密协议，对于今晚的谈话内容，以及你所看到的听到的一切都要保守秘密，不能透露给任何人，听清楚了没有？”

中年人说完，没等沐林枫有所表示，就示意坐在身边的一个年轻人把文件夹递给他。

沐林枫起身接过对面递过来的文件夹，打开看了一眼，里面一张纸上打印着几条内容，在部队时就学习过保密条例，对这些内容很清楚，他也没细看，拿起笔在下面签上了自己的名字，心想反正已经来到这里，也没什么好说的了，另外好奇心也促使他想尽快知道让他来的目的……

签过名后，沐林枫一句话不说，合上文件夹，探身又将文件夹递给会议桌对面的中年人。

中年人看了一眼沐林枫的签名，然后朝身边的年轻人点了点头，年轻人什么话也没说，起身走出了会议室。

随后中年人看着沐林枫说：“自我介绍一下，我姓王，单字一个照，是我们这个课题组的副组长，负责整个课题组的后勤事务，简单地说除了课题研究，其他事情都归我管……”

沐林枫没等王照说完就着急地问：“王组长，能先说一下把我找来的目的是什么吗？”

王组长的口气变得温和了许多，笑着说：“呵呵，这个得由我们课题组的负责人东方教授来告诉你，教授马上就会过来。提前向你介绍一下，东方夏明教授是咱们国家著名的考古学家和历史学家……”

王照组长的话音未落，会议室的门从外面打开，一个鹤发童颜的老者走了进来，看年龄应该有七十多岁了，不过步履稳健，精神矍铄，不用说这位老人一定就是东方夏明教授。王照急忙站起来，帮东方教授拉开皮座椅，让教授坐下。

看到东方教授进来后，沐林枫也身不由己地站起来，教授的身上很自然地流露着让人肃然起敬的气质，沐林枫忽然间不知道该如何称呼教授，关键是他也不

能确定进来的就是东方教授，只好向老人笑了笑。

东方教授微笑对沐林枫说：“我看过你的档案，本人比照片还要英俊潇洒……”教授一边说一边招手示意沐林枫坐下。

东方教授的一句玩笑话立时拉近了两人间的距离，让沐林枫感到一种特别的亲切，他面带惊讶地问：“东方教授了解我的情况？”

“沐林枫，今年刚满二十八岁，当过六年的特种兵。你们沐家世代做殡葬执事人，用你们当地的话说叫‘疙瘩’，而且你的祖辈们善于相墓之术，在鲁中地区一带非常有名，我说得对不对？”

沐林枫连连点头：“教授讲的一点儿都不差，您能告诉我为什么要对我了解这么详细吗？”

教授没有正面回答沐林枫的问题，而是笑着问他：“据我了解，你是一个各方面都很优秀的青年，为什么要去做一名厨师呢？”

“做厨师有什么不好吗？”沐林枫不假思索地反问道。

“哈哈……”东方教授笑了起来，“我并不是说做厨师不好，我的意思是一个人应该发挥自己的优势，如果做更能施展才华的工作，对国家和自己都有好处。因为有的工作大多数人都能做，而有的工作却需要有特殊技能的人才能完成……”

沐林枫摇着头，很认真地说：“我没发现自己有什么特别的技能和才华，实话说我喜欢厨师这个职业，看着自己制作出来的菜肴，我有种满足感。”

“金子只有从泥土中挖掘出来才会发光，一个人的优势和才华同样需要机遇才能得以发挥和施展，现在就有一个让你发挥才能的机会，不知道你是否愿意把握？”说话的同时，东方教授用期待的目光看着沐林枫。

沐林枫笑了笑说：“人往高处走，水往低处流，谁都愿意得到更好的发展，不过我一个干厨师的除了做饭还能做什么？”

东方教授点点头：“好，只要你想得到更大的发展就好，那么你是否愿意加入到我们的课题组里来？”

沐林枫心想你们还没说让我来干什么，我怎么能答应，于是开玩笑地说：“是不是你们这里缺少厨师，让我来给大家做饭啊？”

东方教授和王照都被沐林枫的话逗乐了，两人相互看了一眼，随后王照对沐林枫说：“林枫同志，我现在就把请你到这里来的目的告诉你，有什么不明白的地方，教授会向你说明……”

随后王照开始向沐林枫详细解释把他请来的目的。

王照轻轻地咳嗽了一声，清了一下喉咙，然后缓缓地说：“我们这个课题组研究的课题是‘华夏文明的起源’，这是我们国家在考古学方面最为重要的一个研究项目，国家对这个课题的研究极为重视，关于这个课题的重要意义我不多讲了，只说几个实质性的内容……”

说到这里，王照侧身向站在门口的年轻人做了一个手势。东方教授进来后，沐林枫的注意力都放在教授身上，所以没有发现去请教授的那个年轻人也跟在后面进来了，不过他没有坐下，而是站在了会议室的门口边。

后来沐林枫知道，这个年轻人是东方教授的助手，名叫凌霄，也是教授的得意门生。

凌霄一看王照的手势就明白了他的意思，马上走到会议室的一角，在那里有一张角橱，他打开了放在角橱里的投影仪，会议室正面墙壁的屏幕上马上出现了一幅甲骨文的画面。

王照侧身看着屏幕上的画面接着说：“一个文明出现的主要标志就是文字，华夏文明也不例外，所以先从文字说起。咱们的汉字就是由甲骨文演变而来，这是毋庸置疑的，但是有一个事实我们必须面对，那就是甲骨文在我国古代是突然出现的，目前国内考古界掌握的证据，甲骨文是在大约3300年前的商朝出现的，考古界至今还没有寻找到甲骨文的起源。接下来请看第二幅图画……”

王照的话音刚落，凌霄就把第二幅图画投影到了大屏幕上，是一幅青铜鼎的画面。

“青铜器的出现也是华夏文明的一个重要标志，我们引以为自豪的青铜器也是在商朝突然出现的。在我们以往的考古挖掘中，至今没有发现青铜器的探索期，也就是说我们现在已知的这些青铜器，都是非常成熟的产品了。另外还有马车的出现，殷墟出土的车马坑，都说明这些先进的工具是突然出现在中原大地上的，在以前的考古挖掘中，一直没有发现包括青铜器在内的这些先进工具的早期产品，因此考古学家们推断，这些东西从外来引入的可能性非常大……”

说到这里，王照转身看着沐林枫问：“林枫同志，你明白我所说的意思吗？”

“您的意思是咱们华夏文明的诞生很可能在其他文明的基础上演变而来？”

东方教授和王照都微笑着点点头，两人都很满意沐林枫的领悟能力，王照接着说：“我们华夏文明的诞生明显地晚于世界某些地区的文明，所以受到其他文明的影响和推动不是没有这种可能，不过这需要证据来证明……”

王照说话的同时又向凌霄做了一个手势，很快屏幕上又换了一幅画面，这次出现的是一幅古地图，沐林枫一眼就认出地图上陆地的轮廓是山东半岛。

“甲骨文、青铜器这些华夏文明标志的出现时间都是在商朝时期，而商朝的发源地就是我们现在所在的山东半岛，这也是为什么我们这个课题组在这里的原因。”

听王照说到这里，沐林枫一脸疑惑的表情问：“您所说的这一切都是考古学家研究的问题，跟我这个厨子好像没有什么联系吧？”

“哈哈……”东方教授又被沐林枫的话逗笑了，他接着王照的话说，“经过长时间的深入研究，我们已经破解了华夏文明的起源之谜，不过谜底还在保密中，因为还需要令人信服的证据来证实我们的结论，这就需要得到你的帮助……”

“需要得到我的帮助？”教授的话让沐林枫感到很惊讶，随即疑惑不解地问，“我能够给你们提供什么帮助？”

东方教授没有急于回答沐林枫的问题，他继续说：“刚才王组长已经说了，甲骨文、青铜器这些华夏文明的标志物，都是出现在夏商时期，所以我们必须寻找到夏商时期遗留下来的实物来证实我们的研究结果，而最有可能有那个时代遗物的地方就是古墓……”

听东方教授说到这里，沐林枫似乎领会到对方找自己来的目的了，他轻声说：“我知道了，你们是不是想利用我们家传的相墓绝技来帮你们寻找商代古墓？”

“哈哈……”东方教授会心地笑了起来，不过他没有对沐林枫的话表示认可，而是用轻松的口吻接着说，“《易·系辞下》中提到：上古墓葬不封不树。意思就是上古时候的墓葬，既没有坟茔也不种树。《汉书·刘向传》中有：殷汤无葬处，文武葬于毕，皆无丘垄之处……这说明商周时期帝王的墓葬都没有任何标志。《政论》一书中也有：古者墓而不坟，文武之兆，与平地齐。‘兆’是指坟墓的界址。近代考古也发现，古代许多墓葬包括很多王侯都没有筑坟的迹象。正因为古时许多墓都没有任何标志，所以只有精通相墓之术的人才能找到，一般人根本发现不了真正有价值的古墓。”

从教授的话中，沐林枫肯定了自己的判断，他看着教授很认真地说：“教授，您也许不知道，我们家祖传下来的相墓绝技到我父亲这一辈就终止了，我根本不会什么相墓之术，所以也就无法帮助你们寻找古墓了。”

东方教授似乎很清楚沐林枫所说的事情，依然不急不躁地说：“在你很小的时候你父亲就失踪了，我想这可能就是没有将家传的相墓绝技传授给你的原因吧？”

沐林枫想不到连这件事教授都知道，看来对方真的是详细调查过自己，既然知道自己不会相墓绝技，为什么还把自己找来？沐林枫有些纳闷。

这时一段时间没说话的王照又开口了：“林枫同志，你误会了，我们找你来的目的并不是让你寻找古墓。”

“那找我来做什么？”沐林枫好奇地问。

王照指着投影屏幕上的古代地图说："在山东半岛这块土地上，隐藏着许多没有解开的秘密，需要我们证实的华夏文明的起源与这里也有很重要的联系。这里不仅是商朝的发源地，而且也是商朝的政治经济中心，另外商代末期还有一个重大事件也发生在这里。公元前1000多年前武王伐纣，在商殷灭国之际，攸侯喜率领的十万殷军勤王未果，随后神秘失踪了，而从攸侯喜所率军民留驻东夷'人方'的地点看，正处在今天的山东半岛上，也就是说有十万殷军从这块土地上神秘消失了……"

"十万大军神秘消失了！怎么可能？"沐林枫像是在自言自语，"他们一定是乘船出海了吧。"

东方教授用赞赏的目光看着沐林枫，看得出教授越来越喜欢这个年轻人了："林枫，你很聪明，也爱思考，你说的不错，这十万人马的确是在攸侯喜的率领下渡海外出了，这就是引发无数学者争论的'殷人东渡'事件。经过多方考证，'殷人东渡'在历史上的确存在，这里有一个问题需要说明，在十万殷军消失的相同时期，在中美洲突然兴起了具有浓郁殷商文明特质的奥尔梅克文明，因此有学者说美洲的早期文明有可能起源于华夏文明，甚至称印第安人的祖先是中国人，这种言论有些夸大其词。事实上在东渡过程中真正到达美洲的殷人不到百分之一。可以想象一下，就是今天的普通船只横渡太平洋都几乎不太可能，更何况三千年前，所以最后只有极少数的人成功到达了美洲，大多数人葬身大海或是老死于中途的岛屿上。现在可以确定，在墨西哥有一支殷福布族的印地安人为中国血统，他们是殷人后裔……"

沐林枫一边听教授讲，一边使劲摇晃了一下脑袋，突然间被灌输了如此大量的信息，他感觉自己的头都有些变大了，甚至有些头昏脑胀，关键是到现在为止他还不清楚教授把他找来的目的，所以他的大脑也在不停地思考着，希望从教授的话语中听出点儿什么来。

沐林枫的神态没有逃过教授的眼睛，东方教授心里很清楚沐林枫在想什么，于是笑着说："呵呵，年轻人不要心急，马上你就会知道请你来的原因了。"

这时，凌霄把投影仪的画面换成了一幅太平洋的海图，他很清楚教授后面要讲什么内容。

东方教授接着说："我先讲一下这个攸侯喜，'攸'是地名；'侯'是爵位；'喜'才是人名。攸侯喜的封地位于今江苏一带的淮夷一部，是殷商末年重要的一个诸侯。据考证，殷商末年，商纣王致力开辟人方、林方、虎方等地。大约在公元前1045年，殷历正月间，商纣王由山东人方回殷都朝歌过年。甲子日，周武王率军渡孟津，商纣王仓惶发奴隶兵七十万迎战于牧野。奴隶兵倒戈，纣王兵败，鹿台自焚。商王失败的主要原因是他的精锐部队因征林方而留在了东夷，也就是现在的山东半岛，所以朝歌空虚而被武王所破。留驻东夷的十多万精兵由能征惯战的将军攸侯喜统领。攸侯喜率十万大军勤王未果，被迫出海东渡……"

"教授，您说的'勤王未果'是什么意思？"沐林枫突然问，刚才王照提到勤王未果他就没明白是什么意思。

"哦，这个'勤王'是指君主制国家中君王有难，臣子起兵救主，夏商周时的国君都称王。'未果'很好理解，就是指没有成功。"

东方教授一边解释一边微笑着朝沐林枫点了一下头，教授显然对沐林枫不明白就问的态度很满意，随后教授接着说："殷商还处于奴隶制时代，战败的俘虏、亡国的臣民，都要被战胜国当做任人宰割的奴隶，所以直到现在还有'亡国奴'这种说法。周武王由西边进攻过来，于是殷军没有退路，就只有东渡。征人方的攸侯喜就成为领导殷人东渡的领袖，他们在东渡时也将所有有价值的东西全部带上船，而这些物品和资料就能够证实我们华夏文明的起源。经过考证，攸侯喜并没能到达美洲，他在途中就病逝于太平洋的一个岛屿上，这个岛屿被北美的殷福布族人称为'天之浮桥岛'。随行的殷军为攸侯喜在天之浮桥岛上修建了陵墓，并将携带的大量财宝以及有价值的物品都作为陪葬物一起埋入攸侯喜的陵墓中……"

听到这里，沐林枫终于明白了，脸上带着恍然大悟的表情问："教授的意思是不是让我去寻找攸侯喜的陵墓？"

东方教授微笑着点点头："你说得也对，也不对。"

教授的话令沐林枫如坠迷雾中，他疑惑不解地问："我听不明白教授是什么意思？"

"呵呵，你刚才已经说过了，你并没有得到家传的相墓绝技，所以即便是登上了岛上也无法找到攸侯喜的陵墓，另外我们并不知道埋葬攸侯喜的天之浮桥岛在太平洋的确切位置，所以也无法去寻找陵墓。"

东方教授的话音未落，沐林枫就着急地问："那把我找来做什么？"

东方教授表情平静地望着沐林枫："你有没有听家里人说起过《帝葬山图》？"

沐林枫肯定地点点头："我小时候曾经听母亲提起过《帝葬山图》，只知道是一幅古画，不过我没有见过，具体是什么内容也不清楚。"

"我来告诉你《帝葬山图》是一幅什么样的古画，《帝葬山图》上记录着十座古代最为隐秘的帝王陵墓，其中就有刚才说过的攸侯喜的陵墓，所以只要找到了《帝葬山图》，就能知道攸侯喜陵墓的确切位置，而攸侯喜陵墓中的陪葬品则能够解开我们华夏文明的起源之谜，现在你应该明白请你来的目的了吧？"

原来找自己来的目的是为了《帝葬山图》，沐林枫终于长舒了一口气，随即说："《帝葬山图》虽然是我们沐家的传家之宝，可是我并不知道它藏在什么地方，也从未听前辈们说起过……我……更不知道怎么才能找到《帝葬山图》……"

东方教授向沐林枫轻轻地摆了摆手："先别着急，听我把话说完，你的情况我们作过详尽的调查和了解，事情的确如你所说，你对家族传下来的东西没有任何接触，不过作为沐家唯一的传人，相信你一定比其他人更有找到《帝葬山图》的可能性，这里面也有一个机缘的问题。我想对你说的是，你后面的任务不仅是要寻找《帝葬山图》，还要想办法掌握你们沐家的相墓绝技，因为如果不掌握沐家的相墓之术，即便是拿到《帝葬山图》，恐怕也很难发现陵墓的入口。"

教授的话让沐林枫心里一动，急忙问："教授，听您的话里好像还有人在寻找《帝葬山图》？"

王照接过话去，很严肃地对沐林枫说："不仅是有人在寻找《帝葬山图》这么简单，实际情况比你想象的还要严重。据可靠消息，国内有组织也在关注着我们这个课题，他们也在想尽办法，不择手段地寻找《帝葬山图》与天之浮桥岛，无论是谁提前发现了攸侯喜的陵墓，找到了里面的陪葬品，都将会轰动整个世界，可能历史将因此被改写……"

"啊！"沐林枫情不自禁地发出了一声惊呼，有些怀疑地问，"攸侯喜的陵墓真的如此重要？"

东方教授缓缓地点了一下头，神情肃穆地说："我们这个课题的真正价值不仅在于改写历史，最主要的是对人类的未来发展有特别重要的借鉴意义。在人类文明的发展过程中，存在着一个非常惊人而奇怪的规律：曾出现过超高度文明的民族和地区，最终都难逃被毁灭的命运。如印度的摩亨佐·达罗、新大洲的阿兹特克、玛雅文明、亚特兰蒂斯等等。在这些神秘消失的古代文明中，发展状态越是超前的，毁灭的程度越严重，甚至是被彻底摧毁……"

说到这里，教授稍微停顿了一下，轻轻喘了口气，然后才接着说："我们中国是世界文明古国中唯一没有中断文化传承的古老国家，有文字记载的连续不断的文明史达五千年以上，也就是说华夏文明是世界上唯一没有遭受破坏和毁灭的文明，因此研究华夏文明的起源，了解并掌握华夏文明的发展历程，对于未来人类文明的发展具有特别重要的意义，这也是为什么国家对于这个课题特别关注的原因。"

沐林枫心中的所有疑问至此全部被解开了，他终于明白为什么课题组会设在军营里，而且由国安局的人负责全部的安全工作。忽然间沐林枫感到了前所未有的自豪，如果能为如此重要的研究项目贡献自己的力量，对自己来说是一种幸运和责任。

想到这里，沐林枫激动地对东方教授说："教授，只要我能办到的事情一定会全力以赴，您只要告诉我如何去做就可以。"

第二章

沐林枫斩钉截铁的回答让东方教授很欣慰，教授知道自己没有看错人，脸上露出了满意的微笑。

东方教授看了一下手表，发现已经是早晨六点多钟了，不知不觉中谈了一个晚上，于是对沐林枫说："所有人事方面的工作都由王照主任负责，你的具体工作王主任会做详细的安排，外面天已经亮了，都累了，也该休息一下了，先去吃早饭，然后睡一觉。"

听教授这样说，凌霄走到窗户前，将避光窗帘拉开，耀眼的光线立刻照射进来，让会议室里的人感觉有些不适应。

看到天都亮了，沐林枫匆忙摸出手机，着急地连声说："坏了，坏了，六点前还要上早班呢，我得赶紧请假，否则算我旷工，这个月的效益工资就没了……"

沐林枫的话把东方教授和王照逗得又笑起来，两人不约而同地相互看了一眼，沐林枫的诚实让他们觉得很踏实。

几个人去食堂吃过早餐后，凌霄把沐林枫领到三楼的一间客房休息，两人的年龄相差没几岁，很快就熟悉起来，沐林枫又向凌霄了解了一些关于这个课题组的情况。

课题组一共不到十个人，一直在全国各地跑，半年前研究结果出来后才到了青岛。凌霄同时告诉沐林枫，课题组的研究成果现在还处于保密中，因为发现有陌生人跟踪课题组，想窃取研究成果。所以才搬进海军的军营里，同时国安局派出人员负责课题组的安全。

凌霄离开后，沐林枫躺在床上翻来覆去睡不着，脑海里总是浮现着教授讲的那些事情，他做梦也想不到家传的《帝葬山图》竟然还与这么多故事联系在一起，不过对于能不能找到《帝葬山图》，他心里还真的没有底。

沐家的相墓绝技传授非常严格，不仅是传男不传女，而且是只传长子，也就是说一辈人中只有一个人掌握相墓之术和《帝葬山图》。从曾祖父到沐林枫这里，四代都是单传，家里只有一个男丁，而且上三代人都神秘地失踪了。

沐林枫的曾祖父、爷爷，包括他的父亲相继不知去向，村里的人说沐家的人都得道成仙了，所以才会离开家，当然，也有人说的非常难听。对于曾祖父的失踪，在村里，甚至在青州城都流传得很广，至今还常有人说起他曾祖父的故事，因为他的曾祖父是带着一帮日本兵一起消失的，老百姓都把他的曾祖父视为英雄。

在胡思乱想中，沐林枫迷迷糊糊地睡着了，也不知道睡了多久，睡梦中沐林枫感觉有人叫自己，一骨碌爬起来，只见凌霄站在床前，微笑着看着他。

屋内的光线有点儿暗，也不知道什么时间了，沐林枫愣愣地问了句："几点了？"

"到吃晚饭时间了，你这一觉睡了接近一天，看你睡得很香我也没叫醒你。"

沐林枫急忙下床，去洗手间洗洗脸，解决个人问题。出来后凌霄对他说："我先陪你吃饭，然后王主任和李处长会同你谈工作的事情，另外今天晚上还要把你送回青州。"

"噢，李处长是谁？"沐林枫一边穿外衣一边问。

"就是接你来的李建平，他是国安局某处的处长，具体负责课题组的安全保卫。"

“国安局主要针对间谍案，难道说国外的间谍组织真的盯上了课题组的研究成果？”沐林枫有些不太相信地问，在一般人的意识中间谍似乎离是自己很远的事情。

凌霄点点头：“具体情况李处长会向你介绍，咱们先去吃饭吧。”

住在部队里也挺好，吃住都很方便，去食堂里吃过晚饭后，凌霄把沐林枫又领到昨晚谈话的那间小会议室。

沐林枫一个人在会议室等了没几分钟，王照和李建平一起走进来。王照笑眯眯地跟沐林枫打招呼：“休息得怎么样？”

沐林枫笑了笑：“跟在家里一样，在军营里的我感觉特别亲切，所以睡得很香。”

“哈哈……当过兵的人回到军营都有这种感觉。”李建平也笑着说。

王照接着说：“林枫同志，今天晚上还要把你送回去，闲话就不多说了，重点商谈一下后面的工作，你看如何？”

沐林枫点了点头没有说话，他想听听课题组如何安排他的工作。

李建平首先开口说：“根据我们掌握的情况，有个受西方某国家控制的研究机构与国际上一个臭名昭著的文物走私集团联合起来，准备抢在我们之前找到攸侯喜的陵墓。这个文物走私集团内有多个世界上顶尖的盗墓高手，其中有一个是华人，我们只知道这个人姓马，出身盗墓世家，解放前举家迁往国外。根据情报，这个人已经潜入国内，目标就是你们沐家的《帝葬山图》……”

为了让沐林枫意识到问题的严重性，李建平停了一下，然后才接着说：“这也就是为什么我们把你秘密接来的原因。事前我们研究过，不能让对方了解到我们已经与你有过接触，这样便于你后面开展工作，也是为了你的安全考虑。我们意见是前期最好是秘密地进行寻找，这样你在明处，我们在暗处，也便于了解你周围的情况。”

王照接着对沐林枫说：“我们已经向上级领导汇报过你的情况，如何去寻找《帝葬山图》，由你来决定，关于你的身份、工资待遇等问题组织都会安排好，这一点请放心。因为你的任务不仅是寻找《帝葬山图》，后面还要参加寻找攸侯喜陵墓的行动，课题组以后很多工作都需要你的参与。最后一点，你有什么个人方面的要求尽管提出来，我们一定向上级组织汇报，最大限度满足你……”

沐林枫摆了一下手，轻声说：“我没有什么要求，一切听从组织安排。关于如何寻找《帝葬山图》，这个问题我已经考虑过了。昨天上午刚好遇到一件很奇怪的事情，一位同事把我拽了去给他的同乡主事丧礼，回来后我就想到要继承祖业做‘疙瘩’，正在考虑这件事情的时候，李处长去把我找来了。我想只要继承了祖业，就没有人对我的行为怀疑了。”

李建平和王照相互看了一眼，目光交换了一下意见，看来两人都同意沐林枫的这个想法，用殡葬执事人的身份去寻找《帝葬山图》，肯定不会引起人们的猜疑。

王照随即对沐林枫说：“可以，你继承祖业做‘疙瘩’合情合理，这个身份对寻找《帝葬山图》是很好的掩护。另外一定要记住我和李处长的电话，随时与我们保持联系，有什么事情及时通报，从现在起你就是我们这个团队的一员了。”

最后这句话让沐林枫有种特别的感觉，人是群居性动物，聚集在一起才有安全感，所以在每个人的潜意识中都希望加入一个组织，这就是多数人不希望单打独斗一个人创业的原因，加入一个团队让人感觉有保障，更容易做出成绩。

随后李建平把需要注意的事情讲了一下，三个人又一起商量了后面可能遇到的情况。

晚上十点钟，李建平和小曹又把沐林枫送回了青州。

沐林枫回到家时已经是十二点了，因为白天睡了一天，所以一点儿困意也没有，而且还感觉精神头十足。

进家门后的第一件事就是赶紧插上电壶烧水，沐林枫有喝茶的爱好，一天三壶茶，雷打不动的习惯，今天一天没喝一口茶水，口干舌燥，心里火烧火燎的不好受。

泡上一壶浓浓的铁观音，一股淡淡的清香飘进鼻孔里，顿时让人神清气爽。

沐林枫一边喝茶一边想着发生的事情，实话说这两天的遭遇仿佛是在做梦，到现在为止他还感觉有些意外，不太相信这一切是真的。

命运真的是太难琢磨了，昨天还是个厨师，现在竟然变成了肩负秘密使命的国家公职人员，这种奇事只有在电影里看到过，没想到真的让沐林枫遇到了。

想到自己的任务，沐林枫马上把思绪拉回到现实来，开始考虑如何寻找《帝葬山图》。虽然《帝葬山图》是他们沐家的传家之宝，但是沐林枫的心里隐约感觉要寻找到《帝葬山图》不会是件很容易的事情。对于李建平提到的从国外来的盗墓人，沐林枫并没有放在心里，因为他知道自己的祖上就经常与盗墓人打交道，没有一个盗墓人从他们沐家得到过什么。

沐林枫觉得最关键的应该是要学会如何做一个“疙瘩”和祖传的相墓之术，因为在沐家只有做“疙瘩”才能接触到《帝葬山图》，想到这里，沐林枫起身走进书房，昨天晚上拿出来的家谱还原样摆放在书桌上。

沐林枫坐下来，看着家谱上先祖们的名讳，他的灵魂仿佛穿越了时间的长河回到了数百年前，脑海中浮现出了关于先祖们的种种神奇传说。

沐家从搬迁到青州沐家营来的第一代始祖开始就做“疙瘩”，这个职业在以前是非常受人尊重和敬畏的，而且收入颇丰，所以从事“疙瘩”的人家境都非常殷实。

而沐家更是因为有相墓的独门绝技，所以在方圆百里是非常有名望的。如果哪家有人老了，能请到沐家的祖上做丧葬的执事人，那是非常荣耀的事情，而能让沐家的祖上为死者选定墓地，更是千金难求的事情。

根据史学家考证，最早的丧礼执事人都是由部落里的巫师来主持，后来丧葬之礼发展成了一套很规范严格的礼制，丧葬执事人就逐渐形成了专门的一个职业。

商代以前的丧葬礼制已经无法考证，根据史料记载，从周朝起就已经有了一整套非常完整的丧葬礼制，并被称之为“凶礼”，属于周礼的五礼之一，数千年来对中国的丧礼一直起着规范作用，从周朝起就有了专门相礼的行当，称作“儒”。

孔子青年时就以“儒”为业，他熟知周礼和养生送死的各种礼仪，因此，从事“疙瘩”这个行当的人也把孔子奉为师祖。这也是中国人的习惯，每个行业都要找出一个祖师爷，没有的也会千方百计攀上一个古代的名人，似乎只有这样才显得自己这个行当是名正言顺的。

从沐林枫记事起，在爷爷的小屋里就供奉着一幅孔子像，虽然他没有再做“疙瘩”，却也沿袭这个习俗，在自己的书房里一直供奉着祖师爷的像。

衡量一个好的“疙瘩”的关键，不在于他是否能主持葬礼，真正见功夫的还是这个“疙瘩”能够替死者寻找一处好的葬身之地，也就是所说的“相墓”。

相墓的鼻祖是两晋时期的郭璞，他著有《葬书》。相墓主要有望气、风水、龙脉等门派。而沐家祖传的相墓之术却与其他门派都有所不同，融合了几派的精髓独成一体。

因为沐家祖上对传授独门绝技非常严格，不仅是传男不传女，而且是只传长子长孙，就算是沐家子弟，如果不是嫡系长门后代都没有继承的机会，所以真正掌握这项绝技的人少之又少，沐林枫对其中的内容也仅仅是听说而已。

“峰峦矗拥，众水环绕，叠嶂层层，献奇于后，龙脉抱卫，砂水翕聚，形穴既就则山川之灵秀……”这些内容都是风水、龙脉等派相墓的根据，然而沐家祖先的相墓之术却完全与之不同。

有关资料显示，以前各代以“风水”相墓的，都以“背倚山峰，面临平原”为好，即指坟墓宜葬在两山环抱的山腰上，面临开阔的平原。还有相墓书上说，前有池塘，后有丘陵，东有流水，西有长道，称为正穴，也就是最好的坟墓之地。但是在高山峻岭之中难以找到水塘，在水边难以求到山丘，即使山水俱有也难以四样都具备，事实上这样的“正穴”几乎不存在。

所以说绝大多数的相墓之术都是骗人的，而真正的相墓与山水风景没有任何关系，平原上依然有非常好的正穴。沐家祖上的相墓之术与风水、龙脉没有一丝联系，完全根据死者与地域的阴阳五行而定。

独特的相墓之术，不仅能为死者选定好的穴地，而且能一眼看出哪里藏有重要的墓穴，不论是一望无际的平川，还是丘陵高山，只要下面有古墓，上面所散发的五行之气就与周围不同。利用沐家的相墓之术，还能判断出下面墓穴的大小和规模，甚至是墓穴的形状。

沐林枫听母亲说祖上不仅有这个相墓绝技，而且还有一张古图，就是东方教授所说的《帝葬山图》，图上的内容除了得到相墓真传的本家长子外，任何人都不得而知。

沐家的相墓绝技与这幅古图都是盗墓贼梦寐以求的宝物，如果得到了其中的一项就不得了，天下的古墓就任由他们盗取了，这自然让盗墓贼趋之若鹜。

数百年来，许多盗墓贼都曾出重金想从沐家祖上学到相墓绝技，或是购买《帝葬山图》，最终没有一个盗墓贼能如愿以偿。

每一行都有自己的职业操守，作为最神秘的“疙瘩”更是如此，再多的金钱都难以让其背弃职业道德，特别在我们这个对祖先崇拜的民族里。

中国人把祖先和祖坟都看得非常重要，盗掘别人家的祖坟是非常缺德和大逆不道的事情。司马迁曾云：“掘冢，奸事也。”

古代的金石学家都知道陵墓中藏有大量的金石器具，但是没有一个金石学家敢去挖掘，甚至想都不敢想，因此中国古代的金石学迟迟不向野外的考古挖掘方向发展。

基于上面的原因，盗墓贼在中国也是极为隐秘的一群人，从不敢让人知道自己的身份，都把自己隐藏得很深，甚至有的盗墓人连自己的老婆孩子都不知道他们的行径。实话说，从事盗墓职业的人连做盗匪的都不如。

到了沐林枫的曾祖父这一代，从南京那边过来一帮专门从事盗墓的高手，据说这些人是一个非常厉害的门派。他们也想从沐家人手里弄出《帝葬山图》来，不过他们知道无法用金银打动沐家人，于是就使用了美人计。

详细的情节无从知道了，据说这个由盗墓人安排到沐林枫曾祖父身边的女子反而被其曾祖父吸引，真心实意跟他曾祖父过起了日子，后来成了他的曾祖母，而且还生了沐林枫的爷爷。

沐林枫的这个曾祖母三十多岁就得痨病死了，咽气前把实情告诉了他曾祖父，想让他曾祖父原谅她，没想到沐林枫的曾祖父对她说，自己早就知道事情的真相，只是一直不想把这层窗户纸捅破。最后这个女人在惊愕中心满意足地走了。

曾祖母病逝后，沐林枫的曾祖父虽然只有三十多岁，却再也没有续弦，看得出他对曾祖母的深爱。

盗墓贼一计不成又使出了更狠毒的一招，在沐林枫的曾祖母去世后，恰逢其曾祖父情绪低落的时候，诱使他抽上了大烟，致使祖上留下来的万贯家财被其曾祖父抽干净了。

沐林枫听母亲说，祖上做“疙瘩”挣下了万贯家财，仅仅是山林就有数百亩，家里有十多匹高头大马，看家的狗都养着七八条，在方圆百里都算是大户，最后都被曾祖父抽大烟抽没了。

曾祖父也知道着了人家的道儿，但是大烟却戒不了了。曾祖父把一个殷实的家抽成了四壁空空，但是始终没有把相墓绝技和《帝葬山图》卖出去。曾祖父心里很清楚，如果他违背了祖训，把相墓之术传给了盗墓贼，到地下后他就无法面对列祖列宗了……

就在沐林枫的曾祖母去世后没几年，也就是1938年初，日军板垣师团从青岛登陆，然后沿胶济线向西推进，很快就占据了铁路沿线地区，青州古城也被踩在了日本鬼子的铁蹄之下。

日本鬼子占领青州两年后的一天，沐林枫的曾祖父得到一个消息，守城的一个日本军官派人到处打探他的情况。曾祖父似乎已经猜测到日本人找他的目的，暗中将沐林枫的爷爷送走，并且尽快把自己的后事安排好。

此后不久，沐林枫的曾祖父被日本鬼子设计抓住，日本鬼子抓他的目的是为了本地有名的衡王陵，日本人想要挖掘衡王陵中的宝藏。

明朝宪宗第七子朱佑榰，被封为衡恭王，弘治十二年就藩青州，嘉靖十七年死去，据说是葬于三阳山下，而现在青州王坟镇正是因此得名。

沐林枫的曾祖父带着一队鬼子进山去挖掘衡王陵，令人震惊的是曾祖父和那些鬼子再也没有从山里出来，全都消失得无影无踪。没有人知道他的曾祖父把十多个日本兵弄到了哪里，但是人们心里都明白，沐林枫的曾祖父一定是为了保护衡王陵与日本鬼子同归于尽了，至今当地还流传着这个故事。

沐林枫的爷爷被送走的时候不到十岁，日本鬼子投降后才重新回到村里，这时家里已经不成样子。一年后，也就是在他爷爷十六岁的时候，把他奶奶娶回了家，那时家里穷得揭不开锅了，沐林枫的奶奶一共生了六七个孩子，大多很小就夭折了，最后活着的只有他父亲一个人。

祸兮福所倚，沐家多亏了其曾祖父抽大烟，否则沐林枫的父辈就都倒霉了。解放后村里划分地主、富农还有贫下中农。都是根据家里有没有土地和家境情况来划分，到他爷爷这里，他们家已经是一穷二白了，所以划成分时被划为了贫下中农。在那个越穷越光荣的年代里，贫下中农的头衔可是不得了。

而沐林枫的爷爷有一个叔伯兄弟，因为家里有几亩土地而被划为了富农，在后来人所共知的十多年里，三天两头的挨批斗，吃尽了苦头。所以沐林枫的母亲常开玩笑地说：抽大烟也有好处，至少对我们老沐家来说是如此，让我们后代人没有遭殃……

从沐林枫的曾祖父开始，厄运似乎一直伴随着沐家，从他父亲往上的三代人都是活不见人，死不见尸，沐林枫的爷爷、父亲也都相继失踪了。所以，到沐林枫这里才没有再做“疙瘩”，而祖上流传了整整二十代的相墓绝技也不知道弄到哪里了……

沐林枫静静地看着摆放在书桌上的家谱，心里突然闪过一个念头，自己的祖上是专门做“疙瘩”的，比其他人对中国人养育子女的价值观念体会更深，因此老辈人绝对不会轻易让家传的绝技失传。

养老送终、上坟添土、祭祀祖先，这些就是古代中国人生儿育女的价值所在，没有后代子孙就意味着所有的丧礼形式都要落空，祖先也会成为恶鬼，坟墓就会成为绝户坟，将会出现狐兔穿穴、断碑仆地、树死枝枯的凄惨场景，这是先人最不愿意看到的。

从古代开始，中国人就特别重视对子孙的投入。《礼记·曲礼》曰："君子抱孙不抱子。"之所以有这种思想，与葬礼中的祭祀有直接联系。因为在葬礼结束后的"虞祭"环节中，孙子能充当死者的"尸"。

虞祭，是从先秦时就流传下来的祭祀礼仪，是死者葬后进行的一项重要祭祀活动。虞祭在山东这一带的农村仍然被保留着，而且是葬礼后必须进行的一个重要祭祀环节。

在进行虞祭时要迎"尸"入门，也就是把埋葬了的"人"请回家来，这个"尸"是代表死者受祭的活人，都以死者的孙子充当。因为鬼神听之无声，视之无形，所以用活人来代替，"座尸而食之，尸饱若神之饱，尸醉若神之醉"。如果死者没有嫡系孙子就临时过继一个孙子给死者，一般是旁系亲属的孩子。

沐林枫心想，自己的先辈是做"疙瘩"的，熟知所有的祭祀礼节，不可能对后代子孙没有交代。按照古人"君子抱孙不抱子"的理念，自己的曾祖父即便是不把相墓绝技和《帝葬山图》传给爷爷，那么他也一定会想办法传给父亲或自己。

想到这里，沐林枫突然站起来，来回在书房里走动着。他有个习惯，思考的时候喜欢默默地走动，身体动起来后，感觉大脑也随之活跃起来。

如果先祖想要把相墓绝技留给后人，会把东西藏在什么地方？沐林枫一边走一边思考。

突然，一个灵感闪过沐林枫的脑海：祖坟！

沐林枫顿时激动起来，自己的先辈都是身怀相墓绝技的"疙瘩"，他们最熟悉的地方当然是坟墓，所以，如果有宝贝一定会藏在坟墓中。

沐林枫首先想到了曾祖父的坟墓，因为曾祖父的坟墓所在的位置很奇怪，没有同家族里的其他坟墓在一起，而是单独在离老宅不远处的槐树林里。

曾祖父是相墓高手，曾祖父的坟墓是他二十多岁亲自选定的，三十多岁时就修建好了。曾祖父带着日本鬼子失踪后，修建好的坟墓就成了他的衣冠冢，如果曾祖父想要把什么重要东西留下来，一定会藏匿在他的坟墓里。

想到这里，沐林枫决定天亮后就回老家一趟，也许从曾祖父的坟墓里就能找到《帝葬山图》。

沐林枫的老家沐家营位于县城西南二十多公里的山里，这里四面环山，周围的山上长满各种树木，山下的河沟里常年有水，虽然算不上风景秀丽，却也是有山有水，透着灵气。

早些年，这里只有一条山路与外界连接，山不算高，但山势陡峭险要，难怪大将军沐英会选择这里安营扎寨。

青州地区自古就出现过多个农民起义军，自称“黄巾”的孙古朴，还有著名的女起义军首领唐赛儿，也都是看中了本地险要的地势。

如今，有一条省道从村子下面的山脚穿过，原来在半山腰上的村庄逐渐都搬迁了下来，绝大多数人家在公路两边建了新房。山上的村子都是些老房破屋，只有为数不多的老人不愿意下来，仍然住在上面。

虽然离县城不是很远，沐林枫一年之中也回来不了几趟，村里没有了直系亲属，有的只是“五服”以外的叔伯兄弟，所以只有节日里和上坟祭祖的时候才回来。

因为母亲的坟墓也在村子后面的山上，一年几次的扫墓是必须要回来的，这时沐林枫突然意识到，维系着自己跟这里的那条看不见的线，就是对先人的祭祀。

清明节、阴历的六月六、十月一还有年三十，这几个节日是必须给去世的老人上坟的，其中清明和年三十是全年中最重要的两个节日。

唐玄宗开元二十年，正式下诏：“寒食上墓，宜编入五礼，永为恒式。”这是国家第一次以礼法的形式，将扫墓的时间定为“寒食节”，也就是清明节。

为先人的坟墓添土，是清明节祭祀中最重要的一环，民间之所以把扫墓叫“上坟”也是来源于此。为了防止坟墓被雨水冲坏，使其保持一定的高度，修整坟丘，培添新土，称为“上坟拜土”。

不过，在当地农村最热闹的扫墓祭祀还是在年三十的下午，这是只由男人才能参加进行的扫墓祭祀活动，也是一年中最为隆重的祭祀，是过年所有的活动中最重要的环节。

在沐林枫的童年记忆中，年三十的祭祀是最令他期待的事情，因为家族里的所有人都聚在一起，这是一年中家族里的男人能够聚在一起的机会，还要放很多鞭炮。

首先，是各家各户单独给先人上坟，一般都是“五服”以内的亲属一起上坟，十多口甚至几十口人一起，到祖上的坟墓前摆上供品，然后开始燃放鞭炮，哪家的鞭炮放得多，放得响，就预示着哪家的人丁旺盛，所以家家户户都是比赛着放鞭炮，坟地里的鞭炮要放一两个小时，热闹非凡。

各家的扫墓结束后，整个过年中最为隆重的一个活动就开始了，用本地的土话叫“迎太公太母”，这是祭祀祖先的重要活动。由本姓大家族统一行动，一般都是数百人参加，到村外的公墓把列祖列宗的神位一起请回村里的祠堂，同大家一起过年，过了正月十六后，再送回去。

这个祭祀活动的场面非常宏大热闹，几乎是全村的老少爷们全部出动，在本族长辈的率领下，数百人一起磕头祭拜，场面非常宏大，应该说是每个村里最大的集体活动了。

沐林枫的脑海里浮现出童年时的画面，不知不觉中沿着盘山小路爬到村子边上。因为是从小路上来的，所以就直接来到了村子的中间位置。村头有一条可以通车的大路，不过沐林枫很少从那里走，每次回来都是沿着小路上来，因为走小路会让他回忆起很多往事来。

看到村子里那些熟悉的、用大小不一的石块垒砌起来的矮墙和小屋，沐林枫的心里有种说不出的亲切感，每一次回来他都要在村子里走一走，看一看。这里的一草一木、一砖一瓦，甚至村里特有的气味都令他心醉。

走在青石板铺就的村内小路上，心里有种安逸平静的感觉，外面世界的事情都会暂时被抛到脑后，心灵会得到瞬间的放松，每次回来沐林枫都会享受这种感觉。

不时地遇到本村的叔叔大爷，他们都热情地同沐林枫打着招呼，山里的人总是那么朴实。现在大家生活都富裕了，不用再为生计操劳，所以老人们三五成群坐着马扎，在老柿子树下喝茶闲聊，一幅祥和安逸的画面。

沐家的老宅子在村子的最后面，位置最高且三面被树林环绕，用有些人的话来说就是全村风水最好的地方，不过沐林枫却不认同"风水之说"，他认为那多是骗人的东西。

这座老宅子不仅是村子里位置最好的，而且还是占地最大的，大约有一亩多地，三进院落，在方圆百里都称得上是大户，不过现在只剩下断壁残垣了，房顶也都坍塌下来。只有大门口宽大的五级石头台阶还显示着这座老宅曾经的辉煌。

门口两边的两个石狮子依然还在，破"四旧"的时候被推倒了，后来又被竖起来，其中一尊狮子的头部还被砸掉了半边。

看到石狮子，沐林枫又想起童年的时光，那时经常骑在这上面玩耍，有时为了争抢骑狮子，时常跟伙伴打起来，多数情况下他总是胜利者，不仅因为身体强壮，当然也占据着天时地利。

不用走进院子，就能想象得出里面一定是杂草丛生，难以下脚。沐林枫从墙外的小路绕到后面的山林里去。他曾祖父的坟墓就在老宅后面的这片山林子里，离老宅不到百米远。

沐家的其他祖坟都在离村子一里外的山坡上，村里的坟墓大也多数都在那里，沐林枫一直搞不明白为什么曾祖父把他自己的坟墓选择在这里，显得既冷清又孤单。

这次回来沐林枫忽然意识到，曾祖父把自己的坟墓选择在这里难道是别有用意？沐林枫的心里有种预感，自己一定能从这里发现些什么。

这片林子里的树是山上不常见的槐树，整个林子都是老槐树，许多大树一个人都搂抱不过来。因为槐树长得歪歪扭扭不能成材，又因为曾祖父的坟墓在这里，所以这片林子才得以保存下来，否则在前些年就被砍光了，从这也能看出沐林枫的曾祖父在村民们心中的地位，他一直被视为沐家营的英雄。

树顶上成群的灰喜鹊嘎嘎直叫，让原本幽静的树林里带有一些阴森森的感觉。沐林枫小时候从来不敢一个人来这里，就是因为这里有曾祖父的坟墓，特别是到了傍晚，他连树林边都不敢靠近，总感觉林子里有鬼影在飘来晃去，再伴随着几声猫头鹰凄厉的鸣叫，更让人心惊胆颤。

沿着林间的小径向前走了几十米，隔着一段距离就看到了一座高大的坟墓，这就是沐林枫曾祖父的坟墓了。

沐林枫已经有半年多没有来这里了，这座坟墓在村里算是最大最气派的了，建造在一个边长七八米的方形基座上，基座全部是用青石条垒砌的，三米多高的坟墓，周围一圈同样是用长方形的石块砌起来，坟前有一块两米多高的墓碑。

沐林枫知道曾祖父的这座坟墓是在他抽大烟以前就修建好的，否则等他开始抽大烟后肯定没有钱建如此气派的坟墓了。

中国人往往活着的时候就修建坟墓、做好棺材和寿衣等东西。就是现代社会依然有人这样做，人们这样做决不是急着要死，而是趁着还没死，把该办的事情都办好。其实不仅是老百姓，古代的皇帝只要登基后，就立刻着手修建自己的皇陵。从丧葬文化看，厚葬、久祀是中国丧葬祭祀的最大特点。

走进坟墓后，沐林枫忽然发现坟墓的周围好像被人打扫过，石头基座上非常干净，没有一点枯枝落叶。

他感觉有些奇怪，现在又不是扫墓的节日，谁会来打扫曾祖父的坟墓？况且墓碑前的石头祭台上并没有任何供品，也没有烧纸钱的痕迹，显然应该没有人来扫墓祭奠。

沐林枫绕着曾祖父高大的坟墓转了一圈，除了清扫得非常干净外没有其他变化，心想难道是风把这里的树叶都吹走了？不过以前怎么没有发现这一点？

就在沐林枫疑惑不解的时候，突然听到一阵吱吱的叫声从坟顶传来，他急忙抬头往上看，原来有一只黄鼠狼蹲坐在曾祖父的坟头上。

这只黄鼠狼的个头比平常见的大许多，溜圆的身体膘肥体壮，一身黄色的毛油光明亮，两只前爪抬起来，黑色的嘴巴，两只圆眼睛直盯着沐林枫，似乎一点儿也不害怕的样子。从其毛色和黑色的嘴巴能看出这是一只老黄鼠狼。

黄鼠狼在当地是一种令人敬畏的灵兽，人们都习惯称呼为“皮仙”，因为黄鼠狼能上人身，沐林枫就曾经亲眼见到过有人被皮仙“上身”的情景。

“上身”是本地一种俗语，意思就是被某种魂魄附身了，不仅“皮仙”可以上身，其他鬼怪神仙也能上身，对于这种现象还没有一种令人信服的解释，不过在当地农村的确经常出现。被上身的多为妇女，而且是些老实巴交，性格纯朴的农妇，如果仔细观察能看出她们绝对不是装出来的，被上身后语言和举止就完全变为了另外一个人，手舞足蹈，又说又唱。

在沐林枫上小学的时候就遇到过一件这样的事，离沐家老宅不远处，居住着本家族的一个二婶，有一天突然被黄鼠狼上身了。当时刚放学，沐林枫正准备回家吃晚饭，忽然看到有几个人往二婶家跑，感到好奇他也跟着跑进二婶家。

二婶当时只有三十多岁，平时很爱干净的二婶披头散发躺在院子里打滚，好像突然变了一个人，嘴巴泛着白沫，吱吱呀呀叫个不停，样子非常吓人，两三个人都按不住她，吓得年少的沐林枫躲在树后一动不敢动，只是偷偷地观看。

二婶折腾了一会儿后突然又不动了，两眼直勾勾地盯着前方，嘴里尖声尖气地说个不停。

因为害怕而不敢靠近，沐林枫也听不清她说了些什么。有一个上岁数的大娘好像听明白了，赶紧对帮忙的两个大男人说：“虎子他娘是被皮仙上身了，她说自己在村后的槐树林子里被套子套住了，你们赶快去看看。如果有就赶快把皮仙放了，记住千万不要弄伤了皮仙……”

两个大男子转身跑出院子，过了不一会儿，二婶突然清醒了，跟没发生什么事似的从地上站起来，好奇地看着院子里的人，不知道自己出了什么事情。

不多时，两个男子又跑回来了，说在槐树林里果然套住了一只黄鼠狼，而且还是一只黑嘴的老黄鼠狼。后来一打听，原来林子里的套子是二婶的男人下的，难怪皮仙会找上她。

他们说的槐树林子就是有曾祖父坟墓的这片树林，自从出了这件事情后，老宅后面的这片树林更增加了许多神秘气息，沐林枫都不敢一个人走进这片林子。

现在看到坟头上的这只黄鼠狼也是黑嘴巴，沐林枫突然想起来被二婶的丈夫套住的那只黄鼠狼也是黑嘴巴，心想不会是同一只吧？如果真的是同一只，那么这只黄鼠狼一定是成了精的“皮仙”。

以前听村里的人说，皮仙只上女人的身，从来不上男人的身，所以沐林枫并不感觉害怕。他扬起手朝黄鼠狼挥了一下，同时大声吆喝了一声，想把黄鼠狼吓跑。

沐林枫感觉黄鼠狼站在曾祖父的坟头上对曾祖父总是有些不敬，哪知道这个小家伙对他的恐吓竟然置之不理，一副泰然自若的神态，依然用一对圆溜溜的眼睛直视着他，嘴巴里还不时发出吱吱的叫声，不过这叫声并不像是发怒的声音。

沐林枫低头往四处巡视了一圈，想寻找一块小石头之类的东西，干净的地面上什么都没有。这时沐林枫忽然想起村里老人的警告，遇到皮仙的时候千万不要伤害它，否则它会用相同的方法回击你的家人。

几年前，邻村就发生过一件这样非常奇怪的事。负责看山林的一个年青人，看到一只黄鼠狼，他举起手里的猎枪对准黄鼠狼开了一枪，没想到这一枪却击中了他父亲的腿上，当时他父亲是在几里外的菜地里干活。这个年青人在中学时与沐林枫是同级不同班的同学，他认识这个人，所以对这件事深信不疑。

看到这个小家伙对着自己吱吱叫个不停，沐林枫突然意识到它也许是在对自己说什么，于是好奇地看着这种被称为皮仙的神奇小东西，轻声问：“黄大哥，你要告诉我什么事情？”

奇怪的是当沐林枫说完，黄鼠狼忽然不叫了，只是用一种奇怪的眼神静静地看着他……

就在这一瞬间，沐林枫像被施展了魔法一样，突然变得恍惚起来，在毫无意识的情况下，手脚并用慢慢爬上了面前的坟顶，不过在他爬上坟顶后，那只黄鼠狼却突然不见了。

沐林枫茫然地站在坟顶上，朝四周巡视了一圈，寻找刚才那只黄鼠狼，竟然什么也没有发现。就在心里纳闷的时候，猛然感觉脚下一软，好像踏空的感觉，站立的地方突然陷落下去。还没等他反应过来是怎么回事，整个身体就坠落到了黑乎乎的洞穴里……

第三章

就在落入洞穴的一刹那，沐林枫的意识猛然清醒了，他心里明白过来，自己一定是着了黄鼠狼的道，掉进曾祖父的墓穴里了。

紧接着就听到扑通一声，沐林枫感觉自己的屁股一下子跌坐在冰冷的地上，也许是由于内心紧张，竟然没有觉得疼痛。

沐林枫先稳定了一下心神，抹了一把满脸的尘土，打开随身携带的微型手电，朝周围查看了一下：这是一个大约十平方米左右的墓室，在墓室两端各有一个大缸上面有长明灯，墓室内的情景清晰可见。

奇怪的是墓室的中间部位空荡荡的并没有棺椁，只是在一侧的墙壁边站立着两尊半人高的石兽，在石兽的中间是一个石头做的祭桌，上面摆放着香炉、蜡台等祭祀用具。

看到两尊造型奇特的石兽，沐林枫知道这是两只守灵兽，不过令他感觉奇怪的是人家的守灵兽都是在坟墓前，曾祖父为什么把两只守灵兽放在了墓室中?

忽然，沐林枫明白了，从唐朝一直到明清，朝廷都有明确的规定，只有五品以上的官，死后墓前可以放置石雕石像。石雕的种类繁多，有守灵兽、守灵人、石望柱、石华表等等东西，但是普通百姓，没有官职的人，再有钱也是不准许有

这些东西，否则就是砍头之罪。

曾祖父作为一个老“疙瘩”，熟知守灵兽这样的神物对于墓葬的重要性，也知道以他的身份是不能摆放这样的石雕。尽管曾祖父已经处在民国时代，但是遗留下来的许多观念依然没有变，所以只能偷偷地放置在了墓室中，让守灵兽守护着自己的灵寝。

在两只守灵兽中间部位的墙壁上，开凿着两个上圆下方，形状如同窑洞的洞穴，看来是摆放棺椁的墓穴了。穴口下边距离地面一米多高，两个墓穴挨在一起，间隔不过十几厘米，洞穴口有一米半高，宽不过一米，洞穴的形状与棺材前端的造型很相似。

靠近墙壁，沐林枫终于看到这两个墓穴内各有一口漆成朱红色的棺木，棺头的大小与洞穴相差无几，往里缩进去了一截，棺头离穴口有十多厘米。

沐林枫暗暗赞叹曾祖父竟然会设计这样的墓穴，沉重的松柏棺木推进洞穴里后，因为棺木与墓穴几乎大小一致，上下左右严丝合缝，要想再弄出来就非常不容易了，真是奇妙的结构，天下的墓穴可能也就曾祖父的是这样。

不过，曾祖父的这种墓穴与下葬方式在古代也是不被准许的。墓穴也称“圹”，天子的墓穴通有隧道，诸侯以下的墓穴像口井，又称“井椁”。因此下葬的方式也有两种：天子通隧道而入，诸侯以下悬棺而入，在墓穴两边竖石条或木桩，上头有孔，以穿孔为支点控制绳索，将棺柩慢慢放入。

据记载：春秋时期的晋文公有功于国家，死后请求用天子的隧葬之礼，遭到周襄王的拒绝，这也反映了在下葬方式上的等级制度。沐林枫的曾祖父实为平民，没有任何官阶，这样的墓穴显然是超越等级的。

沐林枫借助微型手电的光线朝墓穴内望去，摆放在两个墓穴内的棺木只能看见棺头，其他部位根本看不见，只见两口棺木的棺头上各写着两个大大的金色字，一个棺头写着“福”，一个写着“寿”。

棺头上的字也是有讲究，男为“福”字，女为“寿”字，字的周围有蝙蝠图案。

在棺末则是画香炉烛台、童男童女持幡等图案。

看到写着“福”字的棺头后，沐林枫知道这就是曾祖父的棺材了，虽然这个棺材没有曾祖父的遗骸，里面只有曾祖父穿过的衣物，沐林枫还是急忙跪下磕了三个响头，同时在心里默默念叨：祖爷爷原谅，我可不是有意打搅您老人家，我是失足掉下来的……

拜过曾祖父后，沐林枫又跪在曾祖母的棺木前，诚心诚意地磕个三个头。虽然曾祖父的棺木里只有衣冠，但是这个棺材里却有曾祖母的遗骸，因为曾祖母是早于曾祖父去世的，所以已经下葬在这里。

以前的墓室修建好后并不封死，夫妻两人不管哪个先去世了，就把棺椁下葬，等到两个人都去世，合葬在一起后，才将墓穴彻底封闭起来。

实话说沐林枫从内心敬佩曾祖母，不仅因为身体内流淌着她的血脉，曾祖母真的能称得上是一个传奇女子。“疙瘩”与盗墓者应该说是死对头，他们两个人能走到一起，所经历的阻挠可想而知，这两人的结合真的算是一个奇迹。

这时沐林枫的心里忽然产生了一个念头，以后有机会一定把曾祖父和曾祖母的故事写成小说，相信情节肯定非常精彩。

就在这时，沐林枫听到身后有吱吱的叫声，急忙转过身去，原来是那只消失了的黄鼠狼，只见它前腿抬起，细长的身体像弯弓一样，站立在对面的墙脚边。

这只可爱的小东西摇摆着长长的尾巴，似乎是在嘲笑沐林枫从上面掉下来，看到黄鼠狼后沐林枫突然想到在这个四面石壁的墓室中没有出路，它是从哪里钻出来的？

这时沐林枫也意识到自己出去也是个问题，赶紧抬头去看墓室的顶部，自己刚才掉下来的部位。

只见墓室顶部的石块不知道什么时间又恢复了原样，看不出哪里有洞口。事实上即便顶部有洞穴一个人也出不去，顶部离地面足有三米多高，光滑的顶部是一个穹形设计，在没有外力的帮助下，一个人根本出不去。

看到这里沐林枫的头上顿时冒出汗来，心想自己总不会被困死在这里吧？如果是那样可就给曾祖父殉葬了。

沐林枫在墓室内四处巡视，寻找能出去的地方，当目光不经意地扫过曾祖父那高大的棺头时，一个念头在心里闪过……

这里是曾祖父的墓室啊，而自己是他唯一的后世子孙，如果被困死在这里，以后谁还能给他老人家扫墓祭祀！所以困住谁也不应该困住自己啊。这个坟墓是曾祖父亲自设计修建的，应该会给留下出路。

想到这里，沐林枫又跪在了曾祖父的墓穴前，大声说："祖爷爷，我是来寻找咱们沐家的相墓绝技和《帝葬山图》的，如果您在地下有知，就请给孙儿指点一条出路吧，以后我一定多给您烧些纸钱，让您老人家在那边过得舒舒服服……"

沐林枫的话音刚落，就听到身后又响起吱吱的叫声，于是转过身去，只见这只小精灵瞪着两只圆眼睛，朝着他吱吱叫着。

沐林枫心里一动，莫非这个小精灵要对自己说什么？于是对着黄鼠狼说："黄大哥，是你把我引到这里来的，麻烦给我指出一条出去的路吧。"

只见这只黄鼠狼突然跳了两下，它的双脚似乎是有意蹬踩身体下面的石板，在它的脚下发出砰砰的声音……

听到这种声音，沐林枫突然意识到，黄鼠狼脚下的石板下面是空的，否则不会发出这样的声响来。

沐林枫顿时一阵狂喜，心想一定是这个小精灵在向自己传达什么信息。他赶紧走过去，用手使劲敲了敲黄鼠狼站过的石板，果然发出嘭嘭的响声，很显然下面是空的。沐林枫赶紧用力将石板挪开，果然露出了一个黑乎乎的洞口。

发现出路后，沐林枫急忙打开手电朝洞口走去。看到沐林枫走过来，那只黄鼠狼竟然抢先跳进了漆黑的洞口里，莫非这个小精灵要在前面给自己引路？沐林枫一边想一边拿着手电向下面张望了一下，狭窄的通道斜着通向下面，黑乎乎的望不到尽头，他慢慢地把身体缩到了洞口内。

进入洞穴后，沐林枫顿时感觉阵阵清凉从黑暗的洞内冒出来，刚才急出的一身汗水立刻消失了，下面的洞穴需要弯着腰才能通过，走在洞内很像是电影《地道战》里的场景，从洞壁上能够看得出这条地道是人工开凿出来的。很可能是曾祖父修建陵墓时修建的，那么曾祖父修建这条地道做什么用？沐林枫的心里充满了好奇。

也不知道向前走了多远，感觉有五六十米，前面突然出现了一个宽敞的空间，又是一个十多平方米大小的墓室，规模和形状与前面曾祖父的墓室差不多，唯一不同的是这个墓室多了两个供进出的洞口；在沐林枫进入的这个洞口对面也有一个相同的洞口；不知道是通向什么地方。

在这间墓室一侧的墙壁上同样有墓穴，不过只有一个，墓穴里摆放的也不是棺木，而是一个一米多高的大瓷罐，看样子很像是一个“瓮棺”。

沐林枫还是第一次见到瓮棺，以前只是听说过，因为瓮棺在这一带早就绝迹数百年了，想不到竟然在这里看到了。

在墓穴前的供桌上不仅有香炉、烛台等物件，还有一个牌位，沐林枫举着蜡烛靠近看了一下，发现牌位上书写的竟然是家谱上沐家第一代始祖的名讳。

沐林枫一下子愣住了，难道说这个瓮棺里是始祖的遗骸？这怎么可能！因为在后山的墓地里有沐家始祖的坟墓，在这里怎么又有一个？竟然冒出来两个祖宗来，沐林枫顿时被弄糊涂了。

沐林枫拿起始祖的神位看了看。这是用栗木制作的神位，按照本地习俗，死者在去世一周年后要进行小祥之祭，就要重新用栗木制作神位，称之为“吉主”。

沐林枫用衣袖擦拭着神位上面的灰尘，心想不管怎么样，有始祖的牌位在这里，自己就必须拜祭一番。

想到这里，沐林枫把始祖的牌位擦拭干净后重新摆放好，然后退回一步，双膝弯曲跪在供桌前，双手扶在地上行叩拜大礼。

磕完三个头后，就在沐林枫准备起来的时候，忽然发觉铺在地面的石板上隐约刻有字迹，他急忙用手拂去石板上面的尘土，然后伸手拿出手电，借着光线照射辨认了一下，果然发现铺在供桌前的石板上刻有几行小字，如果不是跪下了，绝难发现这些不太清晰的字迹。

沐林枫仔细查看了一下，石板上一共刻有四句话：能够发现这些刻字，说明你是沐家子孙，打开这块石板，取出下面的瓷瓶。

看完石板上的刻字，沐林枫意识到这些字一定是曾祖父留下来的，曾祖父真是聪明过人，只有沐家后人看到始祖的牌位后才会跪拜，也才能有机会发现石板上的这些小字。

遵照提示，沐林枫掀起了刻字的石板，下面是一个只有十多厘米见方的小洞，里面是一支细脖大肚的陶瓷瓶。

沐林枫小心翼翼地取出瓷瓶，黝黑的颜色，大小同一般酒瓶差不多，细小的瓶口被粘土封死了，瓷瓶的重量很轻，里面好像没有东西。

借着光线的照射，沐林枫忽然发现在陶瓷瓶粗糙的表面上同样刻着几行小字：发誓继承相墓绝技的沐家嫡传子孙，可以敲碎这个瓷瓶，否则切不可乱动。你不动瓶，我不动你。

看到后面的八个字，沐林枫的心里情不自禁地生出了一阵寒意，仿佛黑暗中正有一双眼睛在盯着自己，后背顿时有冰冷的感觉……

沐林枫想象不出瓷瓶内藏着什么宝贝，难道是祖传的相墓绝技？否则不会说得如此吓人！

想到这里，沐林枫双手捧着陶瓷瓶，重新跪在始祖的神位前，郑重其事地发誓：我，沐林枫，沐家第二十一代子孙，发誓继承沐家绝技，绝不辜负祖先嘱托……

随后，沐林枫将陶瓷瓶往地上轻轻磕碰了一下，瓷瓶应声而碎，里面原来是一个已经发黄了的信封。

沐林枫弯腰拾起信封，抖落上面的陶瓷碎片，只见信封上同样写着几行小字，字迹是用毛笔书写的正楷，字体工整有力，看得出书写者深厚的功底。

“打开信封前，必须立下毒誓，先成为一名守灵人，才能继承相墓绝技。”

看完信封上的字，沐林枫禁不住打了一个寒战，心里顿时产生了畏惧之意。

“守灵人”！

沐林枫不知道这三个字具体是指什么意思，许多古墓前面有很多石雕的守灵人和守灵兽，活人成为“守灵人”还是第一次听到。

拿着信封沐林枫突然犹豫起来，他不知道自己是否应该打开它。“守灵人”的确让他产生了一丝恐惧感，这种恐惧并不是害怕什么，而是对未知的一种担忧，他想象不出自己打开信封后会发生什么事情……

就在沐林枫犹豫不决的时候，那只金黄色的小精灵突然跳上了供桌，小东西摇着大尾巴，瞪着溜圆的眼睛看着沐林枫，黑色的嘴巴里发出吱吱的叫声，似乎是在催促着他打开信封

看到这只机灵的黄鼠狼，回想起这一连串的奇遇，沐林枫感觉来到这里，似乎是冥冥之中决定了的事情，又看了看始祖的神位，心想自己的祖先肯定不会把他们的子孙后代往火坑里推，而且现在看来先祖们不仅是“疙瘩”，一定也是“守灵人”。既然先祖都是守灵人，自己还有什么可担心的！

想到这里，沐林枫暗暗地对自己说：做就做，有什么好担心的，自己本来就是守灵人的后代……于是对着始祖的灵位大声说：“沐家第二十一代子孙沐林枫，发誓做一个‘守灵人’，如有食言，必死无葬身之地！”

沐林枫绝对没有意识到自己立下的毒誓日后会给他增添许多麻烦和难言的痛苦。

发过毒誓后，沐林枫毫不犹豫地撕开了信封，从里面抽出了两张信纸。

这封书信是沐林枫的曾祖父留下来的，信中提到：沐家的相墓绝技是第一代始祖从一位云游的道长那里学来的，道长在传授相墓绝技前同样要求始祖发誓成

为“守灵人”，然后才将相墓绝技传授于沐家始祖。

道长传授了相墓之术后，把一幅《帝葬山图》也一起交给沐家始祖，这副古图中标记着多处隐藏于山野中的帝王之墓，“守灵人”的责任就是保护这些不为人知的帝王之墓的安宁。

道长之所以会把相墓绝技传授给沐家始祖，目的就是为了让沐家人能够世代保护《帝葬山图》上这些帝王之陵，因为不掌握相墓绝技难以找到帝王之陵的气道。

原来每座帝王陵墓在修建的时候都会留下一个气道，这个气道从陵墓的地宫一直通到外面，这个气道的作用是以备帝王的灵魂出入。无论帝王陵修建得如何隐秘，这个气道是必须要有，但是气道并不是在任何时候都敞开着，而是每过一段时间就敞开一次。不同的陵墓，气道开启的时间也不同，有长有短，时间短的三年、五年一次，最长的经过一个甲子，也就是六十年，自动敞开一次。

守灵人的职责就是保证这个气道在敞开时帝王之陵不受到干扰。因为盗墓人会利用气道敞开的机会发现皇陵地宫的具体位置，并进入其中。许多皇陵的被盗，就是盗墓人利用气道寻找到了皇陵地宫的位置，从而实施盗墓。

不过盗墓人最大的难处在于不知道帝陵气道的具体位置和开启时间，而且气道的开启只是在一天的某个时辰气道才会敞开，如果不是熟知的人，很难发现气道的存在。所以有的盗墓人为了发现帝陵气道，甚至会安排人用几年的时间进行守候。

明白了“守灵人”的职责后，沐林枫终于松了一口气，看来也并不是想象的那样可怕，而且也好像不是很难做到事情。

然而就在一瞬间，沐林枫突然愣住，他猛然意识到自己的这个想法是多么幼稚，自己来这里是为了寻找《帝葬山图》，而寻找《帝葬山图》的目的是为了协助课题组打开攸侯喜的陵墓……这恰恰与守灵人的职责相悖！

曾祖父的遗书说的非常明确，守灵人就是要保护好《帝葬山图》上那些帝陵的安宁，而自己现在却要寻找攸侯喜的陵墓，并且要打开陵墓挖掘里面的随葬品……这显然是违背祖训，而且自己刚才也已经发过毒誓……

想到这里，冷汗顺着沐林枫的脸颊淌了下来，他发现自己已经陷入到两难之中，因为自己现在所承担的两个职责恰好是对立的，自己该如何去选择？

沐林枫想了想，决定还是先看完书信再说，要想让自己现在就做出选择显然是不可能。

书信的最后提到：相墓绝技，还有先祖们留下的《相墓手札》，全部都存放瓮棺之中。在发过毒誓后，即可取出这些东西……

看完曾祖父留下的书信后，沐林枫终于真正明白为什么盗墓贼会费尽心机接近曾祖父，原来是因为曾祖父的另外一个身份“守灵人”。盗墓贼真正目的是为了找到帝王之陵的气道，任何一个盗墓组织如果能得到沐家先祖们留下来的这几样东西，后果便不堪设想。

就在这时，沐林枫忽然注意到一个问题，他发现这封书信最后仅仅提到相墓绝技和《相墓手札》，好像没有提及《帝葬山图》，沐林枫急忙又把信看了一遍，确实没有说明《帝葬山图》是否在里面……

本来是为了寻找《帝葬山图》，现在没有发现古图，反而让沐林枫突感觉轻松了不少。沐林枫心想，不管这么多了，先看看祖上留下来的相墓绝技再说。

沐林枫走到墙壁上的墓穴前，审视了一下放在里面的这口瓮棺，有一米多高，中间最粗的部位直径得有七八十厘米。他伸出胳膊，揽住瓮棺下部细一点的部位，想把它抱下来，没想到瓮棺竟然纹丝不动。

“靠，里面盛放着什么东西？怎么会有这么重？”沐林枫挺纳闷，刚才使出的力量把两百斤重的东西抱起来没问题，怎么会挪不动这个瓮棺？

沐林枫把双手放在瓮棺的中间，用力推了一下，竟然没有晃动瓮棺，他更感觉奇怪了，什么东西会这么沉？里面就算是真的有始祖的遗骸也绝不会如此沉重。

沐林枫回过身来，抹了一把额头上的汗，忽然看到那只可爱的黄鼠狼站在供桌的一端，瞪着两只溜圆的眼睛，一动不动地瞅着他。看到沐林枫弄不动瓮棺，黄鼠狼伸出前爪，指着一只蜡台吱吱地叫了两声。

沐林枫明白了这个小精灵的意思，是让自己砸破瓮棺，于是伸手抓起一盏铜制的蜡台，走到放置瓮棺的墓穴前，用力砸了下去，随着哗啦的一声巨响，砸破的陶瓷碎片散落下来，紧接着一些白的黄的东西也唏哩哗啦掉了下来，有几个落在沐林枫的脚上，把他的脚砸得生疼。

当看清藏在瓮棺里的东西后，沐林枫被惊得目瞪口呆……偌大的一个瓮棺内，除了在里面竖着一个黝黑明亮的木盒外，瓮棺内盛放的竟然全部是拳头大小的金银元宝，瓮棺破裂后，金银元宝散落了一地……

沐林枫好像在梦里一样，简直不敢相信眼前发生的事情。他愣了一会儿后，伸手拿起一个沉甸甸的金元宝，用手掂了一下，足有一公斤重。沐林枫怀疑这是不是真元宝，拿起一个来用牙齿咬了一下，果然留下了清晰的牙印，很显然是真金。

“俺的娘哎，这么多的真金白银！”

沐林枫忍不住惊呼了一声，他用手拍了一下自己的脑袋，使已经发懵的头脑清醒一下，猛然间看到这么多的黄金，真的有些接受不了，沐林枫自言自语地说：这不是在做梦吧！

沐林枫先把竖在瓮棺里的木盒取下来放在祭台上，然后弯腰把坠落在地上的金银元宝一一拾起来，整齐地摆放在供桌上。他不明白这里怎么会藏着这么大的一笔财富，曾祖父死的时候家里已经是四壁空空了，既然有这么多金银为什么不拿出来？

收拾好后，沐林枫数了一下，金银元宝刚好各有五十个，他在心里粗略地估计了一下，按现在的价值至少在上千万元！

这么多钱！沐林枫在心里暗暗惊叹了一声。说来奇怪，这时沐林枫除了惊愕并没有太多的喜悦，感觉这笔财富似乎不属于自己。

最后，沐林枫的眼睛落在了这只黝黑明亮的木盒上。

藏匿在瓮棺里的这只木盒异常沉重，整个木盒外没有任何修饰，朴实无华，从其细腻的木质看，很像是黑檀，木盒的一侧有一个银质的锁扣，造型非常精致。

启开锁扣后，沐林枫轻轻地掀起了沉重的盒盖，首先露出的是绣着山水图案的黄绫。他又缓慢地将黄绫打开，映入眼帘的是一张写着毛笔字而且已经发黄的宣纸，内容很简单，只有两行字：这些金银是作为“守灵人”行使职责时的盘缠，绝对不可作为他用。

沐林枫终于明白了曾祖父为什么穷得叮当响也不动这些金银了，原来这些钱是有专门用途的。突然间他对曾祖父又增加了许多敬佩，仿佛看到了一个威武不屈，贫贱不移的大丈夫形象。

信纸的旁边是一个用红布抱箍的圆鼓鼓东西，沐林枫拿起来感觉有些沉重，打开红布，里面原来是一个表刻着九宫八卦的罗盘，一个非常精致的玉钵，还有一个鹿皮小包。沐林枫猜想这些东西一定是相墓时使用的工具，现在还来不及细看，先把东西都放在了一边。

这个木盒中存放的是沐家历代先祖留下的《相墓手札》，这些先祖亲手写下的手札，记录着他们做“疙瘩”的经验，读了这些东西，对掌握和理解相墓绝技会有很大帮助。

随后沐林枫取出书信下面的手册，走马观花地翻看了一下，大约有二十本之多，封面都是手书的“相墓手札”四个苍劲有力的毛笔字。这么多册手札，现在也来不及看。

沐林枫把所有的《相墓手札》取出来后，发现最下面还有一个单独的精致小木盒，他急忙打开盒盖，里面盛放的是写满毛笔字的三张草纸，除此之外别无他物。

沐林枫取出三张纸，快速地从头至尾看了一遍，所写内容正是相墓之术。令沐林枫惊奇的是相墓绝技只有短短的不到三百字，内容似乎与道教的《阴符经》非常相似，几乎每句话都是四个字，非常晦涩难懂，让沐林枫看得一头雾水，看来要弄明白这些东西绝非一日之功。

随后，沐林枫把瓮棺内存放的物品又仔仔细细检查了一遍，的确没有《帝葬山图》。他非常不理解，为什么单单《帝葬山图》没有放在这里？难道说还有更隐秘的地方？

想到这里，沐林枫拿起手电，把这间不大的密室仔细地搜寻了一遍，没有发现任何可以藏匿东西的地方，也许《帝葬山图》就根本没有放在这里。

随后，沐林枫把所有的东西重新小心翼翼地放回到檀木盒中，他沉思了一下，决定把这些东西都先放在这里，他相信这里是最安全的地方。如果昨晚李建平所说的是事实，那么这些东西也是潜入到国内的盗墓人非常想得到的，所以必须妥善保管。

接下来的问题是如何离开这里，其他事情以后再做打算。想到这里，沐林枫看着一直蹲坐在祭台上的黄鼠狼，笑着说："黄大哥啊，我现在想出去了，你既然把我带到这里来，麻烦再把我领出去吧。"

这个可爱的小东西似乎能听懂沐林枫的话，一下子从供桌上跳下来，然后径直朝另外一个洞口走去。

看到黄鼠狼温顺的姿态，沐林枫心里突然产生了一个念头，如果能把这个听懂自己话的黄鼠狼当做宠物来养就好了，这个聪明机灵的小东西以后说不定能帮自己大忙。

沐林枫赶紧拿起手电，跟在黄鼠狼的后面弯腰钻进了地道里。向前走了不远，出现了一个岔道，行走在前面的黄鼠狼停下来，跟人一样左右看了看，似乎是在辨别应该往那边去，随后拐向了右边的地道中。

这边的地道好像是往上升，走了十几米后黄鼠狼突然停下了，原来地道走到了尽头，有一个直上直下的竖井出现面前。

沐林枫举起手中的手电向上观察了一下，向上的通道直径不到一米，洞壁的两边有用来踩踏的小洞，不过上面黑乎乎的看不太清楚。

这样的洞穴对于一个特种兵出身的人来是小菜一碟，沐林枫不费吹灰之力就攀登了顶部，不过盖在洞口的石板却让他犯了难，他的双脚蹬在洞壁两边，然后用力推上面的石板，推了几次都没有任何动静，最后只好放弃又下来了。

看到沐林枫下来后，这只机灵的小东西似乎明白这条路不通，马上调头往回走。回到那个岔口后拐到了另外一个地道里。

在地道里穿行因为没有任何参照物，所以根本分辨不出方向，也不知道这条地道是通到什么地方去的，这条地道同样是斜着往上去，只是倾斜的角度比刚才的那条要大一些。

走了不长的一段距离，前面的黄鼠狼又停下来，小东西回头看着沐林枫，似乎是在等他靠近。

原来这条地道也到了尽头，不过这一次不是往上有洞口，而是有一个向下的洞口，沐林枫靠近一看，只见往下的洞穴内竟然还有水。

圆圆的洞穴仿佛是一口水井，水面离上面的地道只有一米左右的高度，显然这是一条死胡同。

沐林枫看着黄鼠狼疑惑不解地说："黄大哥啊，这里也是死胡同，你把我领到这里来怎么出去？"

只见黄鼠狼朝着沐林枫吱吱地叫了几声，随后纵身跳进了向下的洞口里，扑通一声，黄鼠狼跳入水里后，漂浮在水面上转了一个圈，然后一头扎入了水中不见了。

见此情景，沐林枫猜想下面的水井一定与什么地方相通，否则这个小精灵不会钻入水中，看来只能下水一试了，于是把蜡台放在地上，然后试探着下到了竖井中。

冰冷的井水使沐林枫情不自禁地打了一个寒战，他深吸了一口气，然后将身体潜入水中。

沐林枫在水中睁开眼睛向周围巡视，周围漆黑一团什么也看不清，只有一边往下潜，一边用手摸索着井壁，向下潜入了大约两三米后，忽然摸到有一个侧向的通道，于是沿着这个横向的水下通道往前游……

仅仅往前游动了几下，沐林枫就隐约看到了光线从上面照射下来，他心里一阵高兴，赶紧奋力往前划了一下水，随后就开始往上浮，哗啦一声冒出了水面。

露出水面后，沐林枫用力甩了一下头上的水，随即用手抹了一把脸，首先映入眼帘的是一座造型别致的假山石，眼前的景象是那么的熟悉，沐林枫很快就反应过来，这里是自家的老宅。

这个水池就在老宅后花园的中间部位，旁边的亭子已经倒塌了，只剩下那座假山还矗立在池塘边。

再看那只可爱的黄鼠狼，此时正站在假山上，不时地抖几下身体，把毛发上的水珠都震颤下来，两只前爪不时抹擦着脸，好像在梳理自己。

都说黄鼠狼身上有股很大的臊味，刚才沐林枫跟它在地道里却什么也没闻到，看来只有遇到敌人的时候它才从屁股里释放气味，对朋友自然不会了。

其实黄鼠狼是很爱干净的动物，它每天早上都会用草叶上的露水清理自己的身体。现在沐林枫已经决定跟这只帮助过自己的小精灵做朋友了。

沐林枫从水里爬上来，把湿淋淋的衣服脱下来，一边用力拧干衣服里的水，一边朝四周巡视着，整个院落到处是残垣断壁，杂草丛生，所有的建筑物都坍塌了，只剩下一半的墙壁。

这里是沐家老宅的后院，从沐林枫记事起就没人居住了。在他曾祖父去世后，家里因为贫穷，已经没钱修缮这些建了数百年的房屋，很快就墙倒屋塌，到现在这里已经荒废了有七八十年了，许多地方只有高出地面的墙根了。

这座老宅是“目”字型三进院形式，坐北朝南，原来在方圆百里都算是豪宅。广亮的大门楼，筒瓦硬山过垄脊，“八”字的青砖影壁，门对面一座一字影壁。门楣处四个雕花门簪，门旁一对雕刻精美的抱鼓石，门檐柱带雀替，大门外的台阶下还有一对石狮子。

一进院有房九间，北房为五间过厅。二进院内正房三间，带前后廊，两侧耳房各二间，东西厢房各三间，前出廊，正厢之间有转角廊。

沐林枫现在所在的位置是第三进院，为内宅，有正房五间，带前后廊，东侧有一组假山叠石，其上建圆顶亭子，还有一个水池，就是刚从里面爬上来的这个。

沐林枫在小时候还能从这里找到一些砖雕，有狮子滚绣球、福禄寿、马上封侯、梅花、牡丹等内容，从中可以想象出这座老宅原来的精致和奢华。

看到已经坍塌的五间正房，沐林枫突然意识到刚才没能出来的那个出口很可能是在这五间正房下面，坍塌的屋顶把出口压在了下面。如果这个假设是对的，那么地道很可能在曾祖父修建他的坟墓前就已经存在了，极有可能是哪位先祖挖掘的，用来防备山匪强敌。看来自家的这座老宅一定还藏匿着许多不为人知的秘密。

想到这里，沐林枫突然作出了一个决定，要重新修建沐家老宅，让这里再恢复原来的样子，自己不仅要继承沐家祖传绝技，还要让祖业重新焕发生机。

第四章

回到县城，沐林枫同王照通了电话，把回沐家营的情况说了一下，告诉王照在老宅里找到了祖传的相墓绝技，不过没有发现《帝葬山图》的踪迹。

沐林枫隐瞒了相墓绝技是从曾祖父的坟墓里找到的事实，更没有提及发现的大量金银，因为他感觉这是自己家的事情，没有必要对外人说。沐林枫之所以这样做，还有一个重要原因，就是自己已经发誓做“守灵人”。

当沐林枫发誓继承祖传的相墓绝技后，他就感觉自己已经与家族的一切紧紧地连在了一起，他甚至有些后悔当初答应参加东方教授的课题组。

沐林枫已经考虑好了后面要做的事情，他写好了一份辞职报告，并交给了分管经理。在辞职书里沐林枫没有说明自己辞职的原因，如果朋友们知道他是为了去做“疙瘩”而辞职，肯定会认为他得了神经病。

酒店的老总亲自出面挽留沐林枫，见他去意已决也就不再勉强，事实上像沐林枫这样的厨师并不难找，虽不能说遍地都是，却也算不上什么稀缺人才。

沐林枫简单地整理了一下自己的东西，也就是几件工作服和一些菜谱，放进背包里带着离开了酒店。

从酒店后面的职工通道出来，沐林枫忽然看见小瘸子站在门口外面，见他出来，小瘸子马上踮着脚走过来，沐林枫不解地问：“你不去上班在这里干吗？”

“我在等师父出来。”小瘸子笑眯眯地回答。

“等我干什么？”

小瘸子殷勤地从沐林枫手里接过背包，笑嘻嘻地说：“等回家后我再告诉师父。”

小瘸子的真名叫张小三，今年刚满十八岁，是个苦命的孩子。两岁时得了小儿麻痹症，治疗得还算及时，留下了一点儿后遗症，走路时右脚总是要甩一下，每走一步身体总是向右边歪一下，好在没有太大妨碍，并不影响走路。

小三在上小学时父亲车祸去世了，母亲带着一个姐姐改嫁了，他被爷爷留在了身边。家庭的变故让小三的性格大变，上中学后就经常逃学，而且还学会了偷盗。

有一次在超市里偷东西被保安抓住狠狠地打了一顿，碰巧被沐林枫遇到，看到这个孩子挺可怜，于是替他交了偷盗商品的钱，一共不到二百块钱。也许是被沐林枫的善举感动了，小三发誓要重新做人。于是沐林枫就跟经理汇报了一下，让小三跟着自己学习厨师。

小三没让沐林枫失望，他很珍惜这个机会，平时跟在沐林枫身边非常能吃苦，这个孩子还很聪明，教他的东西一学就会，所以大家都很喜欢他。因为他的腿有点儿瘸，厨师喜欢开玩笑，都叫他“小瘸子”。小三也不在乎别人叫他“小瘸子”，习以为常后反而没有人叫他的名字了。小三来酒店快半年时间了，酒店正考虑把他招为合同工。

回到家后，小三先给沐林枫泡了一壶茶，然后才笑嘻嘻地问：“师父，听说你辞职不干了？”

“嗯。”沐林枫答应了一声。

“我想跟着师父一起走……”小三试探着说。

在回来的路上沐林枫就看出他的心思了，只是没有点破，事实上沐林枫不在酒店了，小三一个人在厨房里真的很难混，厨师这个行业现在多是拉帮结派几个人在一起，单独一个人很难闯。

沐林枫沉思了一下，自己以后也需要个帮手，小三恰好是个很好的人选，于是对小三说："小三，这件事你可想好了，千万别后悔。俗话说大旱三年饿不着厨子，做厨师不管怎么说保证能有饭吃。跟着我以后会怎么样还不知道……"

没等沐林枫说完，小三就抢着说："师父尽管放心，以后不管遇到什么事情，我保证不说二话。"

沐林枫吓唬他说："我以后干的可是跟死人打交道的活，你怕不怕？"

没想到小三满不在乎地摇着头说："我从小就胆子贼大，晚上敢一个人去坟堆里，不管师父做什么，我跟定了。"

"那好，以后你就给我打个下手吧。"沐林枫爽快地答应了，"你一定听过我的祖上是做'疙瘩'的，我以后就是要重操祖业。"

"嘿嘿……这两天大家都在议论师父的事情，说你可神了……"

沐林枫知道他们一定是在说朱福贵家的事情，这样的事情很容易被人添油加醋地传播。

第二天沐林枫就带着小瘸子回到了沐家营，沐林枫计划先在老宅的前院盖几间房子住下来，然后再慢慢把整个老宅修缮一新，沐林枫知道自己参加课题组不会是很长久的事情，以后就要在这里生活了。

沐林枫回到老宅的第一件事，就是去寻找那只带他进入曾祖父坟墓的黄鼠狼。沐林枫站在老宅后院的墙根儿上，朝后面老槐树林大喊了两声"黄大哥"。

跟在后面的小瘸子好奇地看着沐林枫，疑惑不解地问："师父，你冲着树林是在叫谁？"

沐林枫笑了笑没有说话，眼睛盯着阴森森的老槐树林，他能感觉到这个小东西就在里面。这只小精灵似乎知道沐林枫会回来找它，不一会儿的工夫就从槐树林里窜了出来。

这个小精灵见到沐林枫后显得异常兴奋，围绕着他撒欢地跑了几个圈，然后一纵身跳到旁边的假山上，嘴里不停地吱吱叫，仿佛是在跟沐林枫诉说这两天的离别之情……

就在这一刹那，沐林枫仿佛感到自己跟这只黄鼠狼能够心灵相通，他能体会到这只小精灵见到自己后的喜悦。

看到跑过来的竟然是只黄鼠狼，小瘸子大惊失色，惊愕地问：“师父，你……你刚才在叫它？”

为了不让小瘸子起疑心，沐林枫对他撒谎说：“我小时候住这里时就认识这只黄鼠狼了，我们一直是好朋友，它的年龄比我还大，所以我叫他黄大哥，以后就是咱们三个人在这里生活了，你也叫他黄大哥。”

小瘸子摇着头说：“我叫你师父，咱们俩都叫它大哥，那不是乱来辈分？不可以……”

“你哪来的这些狗屁事情，从现在起咱们就是兄弟了，你就叫我大哥，再叫师父我自己感觉都成老头子了。”

“嘿嘿……好，我以后就叫你们俩大哥了……不过感觉有点儿别扭……”小瘸子嬉皮笑脸地说。

黄鼠狼似乎听懂了我们的话，这个通人情的小家伙马上从假山上跳下来，站在小瘸子面前吱吱地叫了两声。

沐林枫马上笑着说：“你看，黄大哥在跟你打招呼呢？”

小瘸子一脸惊奇地蹲下身体：“没想到它这么可爱，竟然能听懂我们说话。”

他一边说一边伸出手轻轻地抚摸着黄鼠狼的小脑袋。张小三与这只黄鼠狼很快就成了好朋友，人与动物的交往有时比人与人之间的交往还简单、容易，

沐林枫、张小三还有这只可爱的小精灵，从今天起这就算是在沐家营安营扎寨了。

沐林枫很快就把参加课题组的事情放到了脑后。自从知道了守灵人的职责，并且发誓做一个守灵人后，沐林枫就从心里排斥这件事，甚至还在思考准备退出

课题组。

沐林枫认为自己是沐家子孙，就必须遵循祖训，严格履行守灵人的职责，如果自己带着人挖掘了《帝葬山图》上的古墓，不仅违背了先祖们的遗训，而且也违背了自己的毒誓，所以自己还是及早退出东方教授的课题组为好。

生活在山里比城里舒服多了，不仅空气好，而且也安静。现在的交通很发达，出入很方便。沐林枫计划先买一辆越野车，他很喜欢三菱帕杰罗。钱现在不是问题了，用找到的钱买车也不算违背曾祖父的遗训。

沐林枫知道自己以后很可能要满世界地跑，虽然现在还没有找到那幅《帝葬山图》，但是，能想象得出那些隐秘的帝王陵墓肯定大多在人迹罕至的险要之地，要去这些地方，没有非常棒的越野车肯定不行。

想到买车，沐林枫忽然明白了以前家里为什么有那么多好马了，在老宅有一排长长的马厩，虽然房子倒塌了，但是用青石凿出的马槽还在。两米长的马槽有七八个，可以想象得出那时马厩的规模。先祖们之所以养这么多好马，一定是为了长途跋涉去看护那些隐秘的帝王陵墓。

沐林枫把张罗盖房的事情都交给了小瘸子，而自己则静下心来潜心研读祖辈们写下的《相墓手札》。沐林枫相信只要把祖辈们的经验都学到手，那相墓绝技自然也就通晓了。

沐林枫暂时借住在离老宅不远处的一个叔伯兄弟的老房子里，他们全家都搬到山下公路边的新房去了，整个小院都空出来，非常清静，刚好适合读书。安静舒适的环境，让沐林枫暂时忘记了烦心事，一心一意地研究相墓之术。

沐家先祖们留下的《相墓手札》一共有十八册之多，从第一代始祖到其曾祖父这里，每位先祖都留下了一册。不过沐林枫发现没有爷爷和父亲的手札，沐林枫意识到也许爷爷和父亲没有发现先祖们留下的这些手札。

这时一个念头闪过沐林枫的脑海，《帝葬山图》很有可能是在爷爷或是父亲手里，因为曾祖父知道日本鬼子寻找他后，就将爷爷送走了，曾祖父很可能会让爷爷把最重要的东西带上，而且爷爷也有可能再把《帝葬山图》传给父亲。

因为父亲在沐林枫很小的时候就突然失踪了，极有可能还没来得及传给他……而且爷爷与父亲的突然失踪很可能都是与守灵人这个身份有关系……

考虑到这些，沐林枫意识到从曾祖父留下的手札中也许能找到线索，于是他找出曾祖父写下的那部手札，开始仔细地观看起来。

沐林枫的曾祖父失踪的时候，他的爷爷还不到十五岁，而且还在外地。关于发生的一些故事，是他爷爷回来后听乡亲们说的，与事实可能存在差距，等传到沐林枫这里已经被演绎成了传奇故事。

等沐林枫看完了曾祖父留下的手札，与以前听到的故事结合起来，终于把整个事件的前因后果理出了一条较为清晰的线索……

沐林枫的曾祖父叫沐丁武，这个名字据说很有讲究。沐丁武本人属五行中的木命，而且还是“大林木”，是比较旺盛的“木”。而“沐”姓本身，又恰好有三点水。五行之中木由水生，从而使五行之木旺上加旺，因此必须克制，所以在其名字中加了一个“丁”字和“武”字，因为“丁”属于五行中的火，而火是由木生的，所以就可以消弱“木”的旺势。而这个“武”字是属于金，金又克木，从而使曾祖父旺木的五行之气趋于了平衡。

中国人最讲究平和，也就是平衡、和谐的意思，平和贯穿我们生活中的方方面面，这一点从《易经》中就能得出，五行平衡是我们追求的最高境界。

闲话少说，接下来就转入正题，因为这些故事的内容与沐林枫后来遇到的事情有许多联系。

1938 年日军占领青州后，就派重兵驻扎在城里。因为青州地处交通要道，自古就是兵家必争之地，所以日军有一个大队驻守于古城内，日军一个标准的大队编制是 1100 人，另外城内还有一千多人的伪军。

日军的指挥官是一个叫蒲健一郎的大佐，此人在战前曾是一名大学历史教师，对中国历史很有研究，而且有收藏古玩的癖好。

蒲健一郎知道青州是一座文化古城，蕴藏着大量的珍贵文物。因此在空闲时间，蒲健一郎用各种手段搜集文物。

有些汉奸了解到蒲健一郎的这个嗜好后，也都投其所好，帮其在当地搜刮和抢夺文物，害得古城内的富商和文化人纷纷把自己家里的古物偷偷藏起来，或是埋于地下，或是送到乡下亲戚家，甚至有的人干脆把家里收藏的瓶瓶罐罐都砸碎，宁可砸了也不给小鬼子。所以蒲健一郎到古城半年后，就很难再寻找到有价值的文物了。

因为找不到有价值的文物，蒲健一郎开始变得不择手段，他甚至下令青州城内的商会替他搜集文物，每个商家必须缴纳三至五件，否则就以“通八路”论处。

驻守青州城的伪军警备大队，大队长叫朱广文，这个家伙是临淄人，而且老家就在青州与临淄的交界处，距离青州最西边的庙子镇非常近，而庙子镇就靠近有衡王陵的王坟镇，因此朱广文对衡王陵的传说很熟悉。

有一天，为了能够博得蒲健一郎的赏识，朱广文来到了蒲健一郎的住处，准备把衡王陵的情况告诉他。

蒲健一郎居住的地方是青州城内非常有名的偶园，这里是清朝康熙年间文华殿大学士冯溥的私人花园。偶园内小桥流水，花木葱郁，亭台楼阁，异彩纷呈，各种建筑物古朴典雅。

日军占领青州后，蒲健一郎来到偶园参观，立时就喜欢上了这里，于是把偶园霸占，作为自己的府邸住了下来。

偶园由明朝衡王府的东花园改建而成。明朝皇帝朱见深封其第七子朱佑樺为衡王，于明孝宗弘治十二年就藩青州。衡王依照京城故宫的模样，在青州建造起一座富丽堂皇的王府，同时在东华门外建造了一座花园，名东花园。整个东花园的布局和规模，都跟皇宫内的御花园相仿，凡是御花园内有的设施，这里也有，只是规模略小而已。

衡王在青州传了六世七个王公，衡王府在顺治二年被废，整个王府如今已经不复存在了，现在只有位于玲珑山南路西侧的街头花园里，还残存着两座石坊。石坊坐北朝南，皆为四柱、三门式牌坊结构。每座石坊东西宽 11 米多，高 7 米有余，两坊相距 43 米，建筑风格相同，尺寸一样，皆由 28 块巨石组成。年深日久，石头变成古旧的灰色，满是岁月的沧桑，一看就知道是有来历的。衡王府正门前的大牌坊，以前叫作“午朝门”，衡王府以此为中轴线，左右对称，从牌坊上就可以看出当年王府的气势。

大约过了 180 多年，清朝的文华殿大学士太子太傅冯溥，在告老还乡之前，将他在北京的万柳堂献给皇上，康熙皇上就把原衡王府的东花园赐给了他。冯溥将东花园又进行了一番整修和改建，取名“偶园”，即“无独有偶”之意。

偶园内最富盛名的当属三峰假山和四大奇石，三峰假山是由明末清初著名的叠石家张南垣设计督砌，是我国唯一保存完好具有康熙风格的一座人造假山，浓缩了九州山川秀水，石峰参差，亭台错落，溪流蜿蜒，瀑高潭深，具有极高的艺术和史料价值，被誉为国宝。

除了三峰假山，偶园内还有四块古老奇石，这四大古老奇石绉、丑、漏、透、瘦皆备。婀娜多姿，挺拔秀丽，蕴含着书法篆刻的神韵。如果从不同的位置去观赏，与繁体的“福”、“寿”、“康”、“宁”四字相对照，既形似又神似，百观不厌，有“一两石头一两银”之说，实为无价之宝。

如此精美的偶园，对中国文化深有研究的蒲健一郎焉有不喜欢之理，他恨不得将偶园整个搬到日本据为己有。

朱广文来到偶园时，蒲健一郎正在偶园三阁之中的松风阁品茶。一身和服的蒲健一郎，戴着一副金边眼镜，更像是一个学者，让人难以把他与杀人恶魔联系起来。

看到朱广文进来，跪坐在榻榻米上的蒲健一郎马上向他招招手，微笑着用熟练的中国话说：“朱桑，来，我刚泡上一壶好茶，一起来品尝……”他习惯用“朱桑”二字来称呼朱广文。

“哈伊，谢谢大佐阁下。”

朱广文答应一声，将自己的大马靴脱下来，然后走到茶几边，在蒲健一郎的对面盘腿坐下。

蒲健一郎端起茶壶，一边往茶碗里倒茶水一边说："你们中国的茶文化已经不行了，我们日本的茶道才是最正宗的……"

"是……是……大佐说得不错……"朱广文点头哈腰地应和着，同时双手捧起茶碗，轻轻地抿了一口，还没尝到什么味道就连声说："好茶，真是好茶。"

蒲健一郎也端起茶碗喝了一口，然后慢悠悠地问："朱桑今天来有什么事情？"

朱广文向前探了探身体，脸上带着神秘的表情低声说："大佐阁下对古乐颇有研究，不知道您听说过中国明代的四王琴没有？"

蒲健一郎摇着头说："我听说过中国的四大古琴，号钟、绕梁、绿绮、焦尾，而明代四王琴还是第一听说。"

朱广文一边朝蒲健一郎竖起大拇指，一边赞不绝口地说："大佐阁下真是博学，就是很多中国人也不知道这四大古琴……其实这四大古琴只是名声大些，要论音质比明代四王琴要差远了……"

"哦！请朱桑快快告诉我明代王琴的事情。"蒲健一郎很感兴趣地说。

"这明代四王琴分别是衡王琴、宁王琴、益王琴和潞王琴，而这四王琴中尤其以衡王琴最为珍贵，是由衡王朱佑楎亲手所制的古琴，实话说衡王琴的价值难以估量……"

蒲健一郎立刻挺直了身体，镜片后面流露出贪婪的目光，没等朱广文说完就打断了他的话："朱桑，快快说衡王琴在什么地方的？"

朱广文笑了笑，故作神秘地说："远在天边近在眼前。"

"你的什么意思？"蒲健一郎不解地问。

"哈哈……大佐阁下现在住的这个地方就是原来衡王府的东花园，所以离衡王琴自然不会太远。"

蒲健一郎一脸惊喜地问：“这么说衡王琴就藏在青州城内？”

朱广文轻轻摆着手说：“不，不在青州城内，不过离青州城也不远，您听说过城西南五十公里外的王坟没有？”

蒲健一郎马上明白了朱广文的意思，笑着问：“朱桑是说衡王琴在衡王陵里？”

朱广文连连点头：“不错，据说衡王陵内不仅有这把价值连城的衡王琴，里面的好东西多了去了，可以说一点儿也不比皇帝老儿的陵墓差，各种宝物有好几马车……”

“哦！这是真的？”蒲健一郎立刻瞪大了眼睛，眼珠子仿佛要掉出来。

“当然是真的，青州城里的老百姓都知道，想当年衡王府就是仿照北京皇宫建造的，您想衡王的陵墓能比皇帝陵差吗？您知道中国人最讲究的就是厚葬，据说衡王陵是跟衡王府同时开始建造的，前后花费了十多年的时间，里面的好东西能少吗？”

蒲健一郎点着头，若有所思地说：“不错，青州府是管辖七州三十八县的大郡，经济实力与一个小的国家差不多，衡王的陪葬品肯定非常丰富……”

说到这里，蒲健一郎突然盯着朱广文问：“朱桑，这么重要的消息你为什么早不告诉我？”

朱广文吃了一惊，心想这个蒲健一郎真的是条喂不饱的恶狼，翻脸不认人，赶紧陪着笑脸说：“我也是最近才想起这个来，您一直让我们搜集古玩，下面的那些兄弟们找到的都是些不值钱的破烂玩意儿。前两天我突然想起了，如果能挖掘衡王陵，把里面的东西弄出来给大佐阁下，不就是省得兄弟们为难了。”

“哈哈……很好，朱桑很好，朋友大大的。如果这件事情办成，我要重重地赏你……”说到这里蒲健一郎停顿了一下，“另外……关于这个衡王陵……朱桑知道它的确切位置吗？”

“知道，就在王坟那边一座叫三阳山的山脚下，而且当地很多老百姓都知道，带着工兵过去，把墓穴炸开就可以。”

蒲健一郎感觉事情不会像朱广文说的这么简单，如果真是这样，墓穴肯定被

盗墓贼光顾了。他摇着头说：“根据我对中国人的研究，你说的那个坟墓多半不是真的衡王陵。”

“哦？大佐阁下怎么知道不是真正的衡王陵？”朱广文惊讶地问。

蒲健一郎摆摆手没有解释：“明天咱们先偷偷去王坟镇，把那里的情况实地考察一下再说。”

朱广文一听赶紧问：“是不是多带些人马，那一带的山里可是有土八路活动。”

“不，人多了反而容易暴露，如果让土八路知道咱们的目的就不好办了，就带两个人化装成商贩进山。”

“好，我马上去准备好……”

朱广文一边说一边站起来，准备离开。

“朱桑，这件事知道的人越少越好，你的明白？”蒲健一郎又叮嘱了一句。

“哈伊，明白！”

朱广文立正答应一声，然后转身走到门口，穿上黑亮的大马靴后离开偶园。

第五章

王坟镇离青州城的直线距离不过三四十公里，因为全部是崎岖狭窄的山路，在山上山下绕来绕去，骑马进去也要一天时间。

朱广文和蒲健一郎都是客商老板的打扮，绸缎料的对襟马褂，头戴黑色礼帽，腰里藏着家伙，两人骑着马，后面跟随着两个跟班的伙计。

四个人到达三阳山下的王坟镇时已经是接近傍晚，于是在镇上唯一的一家马店里住下，准备第二天早上再去查看衡王陵。

“头顶莲花山，脚踩月牙河。”说的就是衡王陵。衡王陵背后峰峦拱卫，对面青山如屏，被簇拥在群山的怀抱中。王陵前溪流逶迤，河水自西而来，绕王陵转一个半月形的弯，再向东流去，这种半月形的河流拐弯，在方圆几十里属罕见。

顺治三年，最后一个衡王朱由 束手就擒，随即以谋反罪名被杀，衡王府被查抄，宫殿建筑夷为平地。但是衡王陵因为藏匿在深山里而得以保留下来，这也许就是衡王为什么把自己的灵寝选择在远离古城的原因。

衡王陵的不远处有一个小山村，这个村就叫王坟村，而村内大多数的村民都姓朱，据说是当年王陵守护人的后代。正是有这些王陵的守护人，衡王陵在经历了近三百年的风雨后依然保存完好。

当蒲健一郎远远地看到衡王陵前两座高耸的殿宇和一圈高大坚固的围墙时，睁大了眼睛，顿时被整个王陵宏伟的气势震撼了，他做梦也没想到在这偏僻的深山中竟然藏匿着一座如此气派的王陵。

在蒲健一郎的眼里，这不仅是一座王陵，更是一座金山，这座衡王陵的规模和气势丝毫不比他知道的任何帝陵逊色。

占地上百亩的陵寝外有三层围墙，外层最为高大坚固，是厚实的城砖砌成，高约五米，厚有三米。再往里的两层是石墙，厚度不到一米，墙高不到三米，这层城墙据说是用了古老的黄米灌浆技术，即用米汤和石灰搅拌后灌入垒砌的石头缝隙中，干透后异常坚固牢靠。

三座高大巍峨的牌坊从王陵前一直延伸到围墙外面，一条青石铺就的甬道有三百多米长，数十尊石雕的守灵人和守灵兽，威严整齐地分列在甬道两边，再往两边是如林的碑碣，明代时每有祭祀、修葺、册封、旌表等大事，都刻碑以记。

作为中线的甬路两边，坐落着数座殿宇，其中最大的是王陵前被称为东西宫的两座大殿，金碧辉煌的琉璃瓦，朱红色的墙壁同帝陵没有任何区别。

甬路的尽头是用巨石垒砌起来的基座，上面是如同小山似的衡王陵，而且高大的王陵上古树参天，茂盛的枝叶遮天蔽日。

对于中国历史颇有研究的蒲健一郎看到这座山丘似的陵墓，就能知道陵墓主人的身份，因为古代的中国对于坟墓的形制有严格的规定，是绝对不能逾越的。

《礼记·檀弓上》中记载，孔子曾见过四种坟丘。有呈四方形隆起，仿佛堂基一样的“若堂者”；有像坝体一样的“若坊者”，宽而低矮，中间稍微高出的“覆夏屋者”；还像斧刃一样的“马鬣封”。

坟丘的出现时间在春秋中期，孔子曾说过：古者墓而不坟。坟丘出现后并在坟头植树以为标记，这样合起来称为“封树”，坟头的大小、树木的多少成为死者身份的标志。

贵族以爵等为丘封的高度和植树的数目，无爵等的庶人“葬不为雨止，不封不树”。到战国时期，封树就发展为“高大如山，树之若林”了，秦汉以后，几乎无墓不封不林了。

汉朝律法规定：列侯坟高四丈，关内侯以下至庶人各有差。唐朝以后各朝代对从品官道庶民的坟丘都有严格规定：一品官为十八尺，庶民的坟高，唐朝为六尺，到了清代则为四尺。这也是俗语所说的“四尺坟头”的由来。

官爵越高，坟墓越大，历代的皇帝坟墓更是高大如山，因此被称为“陵”，反映了皇权的至高无上。

蒲健一郎和朱广文进入陵园后，将马交给两个随从，随后沿着甬道往里走，迎面遇到两个肩扛大扫帚的老头。看来这两个老人是看护王陵的人，难怪脚下的甬道这么干净，几百年了，守护王陵的后人依然尽心尽意地履行着前人的职责。

两个老人的年龄都在六十开外，虽然都是剃着光头，依然能看到白白的头发根，看得出两人的身体非常健壮。

蒲健一郎和朱广文的出现让扛着扫帚的两人有些意外，脸上流露出惊奇的表情。在这个兵荒马乱的年头，很少有人来这里参观或是祭拜衡王了。

朱广文朝其中一个老人招招手，大声说：“过来老头，过来问你件事情……”

看到朱广文的穿着打扮，还有他一脸骄横的表情，老人显然猜出他是什么样的人，两位老人慢腾腾地走过来，其中一个人慢悠悠地问：“两位客官，有什么事情？”

朱广文从口袋里摸出几块银元，托在手里一边掂着一边说：“问你们一件事情，回答好了大爷我有赏……”

“呵呵……”其中一个老人冷笑了几声，“让我们叫你大爷，你不怕折寿啊。”

“你……”朱广文被一下子呛得没话说了。

蒲健一郎用眼瞪了朱广文一下，心想这个蠢货，连句话都不会问，不过他自己又不敢说话，生怕一张口让人家听出他是日本人。

看到蒲健一郎对自己不满的表情，朱广文心里有气也不敢撒出来了，于是换了一副嘴脸，笑嘻嘻地说："老人家不要生气，麻烦问一下这里是不是衡王的坟墓啊？"

只见两个老人都带着讳莫如深的表情摇摇头。

"什么？这里不是衡王陵？"朱广文惊讶地说。

"我们从未听说过什么衡王陵。"其中一个老人冷冷地说。

朱广文指着不远处那座高大的陵墓问："不是衡王陵，那是什么？难道是你们家的祖坟！"

说话的老人并不理会朱广文愤怒的表情，他摇着头轻声说："哎，很多人都以为这里是什么衡王陵，说出来你们也不会相信下面埋的是什么……"

蒲健一郎终于憋不住了，急忙问："老头，你的说出来我听听，下面埋的是什么？"

听到蒲健一郎的话后，这两个老人相互看了一眼，两人显然都听出这个一身老板打扮的人是个日本鬼子，此时两位老人都意识到这四个人来者不善。

其中一个老人看着蒲健一郎说："衡王爵位世袭，在青州共传了六代七个王，按照明朝的制度，天子众子必封王，王之众子封郡王，衡王后世共有二十九任郡王，连同后代衡王，还有那些王妃，起码有好几十人，怎么可能在这里只有孤零零一座陵寝？以衡王的身份怎么会只把自己一个人埋葬在这偏僻的山野之中？这里只是一个假王陵，是为了掩人耳目的……"

"你胡说！"没等老人说完，朱广文就大喊了一声打断了他的话，"你……你这是此地无银三百两……"

老人似乎并不生气，笑呵呵地说："哈哈……既然你们不相信，干吗还要问我们？"

说完，两位老人扛着扫帚就要离开。

蒲健一郎急忙抬手拦住两位老人的去路："请等一等，你们还没有告诉我，那个土堆下面埋的是什么……”

刚才说话的那个老人停下脚步，神情平静地看着蒲健一郎说：“好吧，看你不像个坏人，那我就告诉你，这个巨大的土堆下面压着一个海眼。”

“海眼！海眼是什么东西？”蒲健一郎不解地问。

“就是与大海相通的泉眼，下面与东海相连，海眼里波涛汹涌，如果不小心打开了，大水立刻会涌出来淹没这里……”

朱广文马上用手指着老人骂道：“瞎扯淡，这些话哄骗三岁小孩还可以，想来蒙老子，马上给老子滚！”

一看朱广文像疯狗一样的要咬人，两个老人赶紧扛起扫帚匆忙离开了。

等两个扫地的老人走远后，朱广文转过身来对蒲健一郎说：“大佐阁下，您千万不要听这两个老混蛋的话，他们一定是害怕有人来挖掘衡王陵，故意编造谎话来吓人。”

蒲健一郎轻轻地摇晃着食指说：“不……不，他们前面说的话也有道理，帝王陵墓一般都是集中在一起的，很少有孤零零一个的，这里面一定有问题。”

“那我们该怎么办？”朱广文显得有些丧气。

“先看看再说，我要把这里仔细地研究一下。”

“好，请大佐阁下这边走。”

朱广文一边说一边陪着蒲健一郎朝大坟那边走去……

当天晚上，蒲健一郎一行就赶回了青州城，在回来的路上蒲健一郎就已经思考好了计策。

回到青州城时天已黑透，不过蒲健一郎没有回偶园，而是带着朱广文去了他的指挥部。蒲健一郎顾不上吃饭和换衣服，直接去作战室，然后趴在地图仔细地观看者衡王陵周围的地形。

一路上蒲健一郎什么也没说，朱广文也不敢多问，他不知道蒲健一郎是怎样想的，现在看到蒲健一郎趴在地图上看个不停，朱广文猜出了蒲健一郎的心思。

“大佐阁下，咱们是不是要采取一次军事行动？”朱广文小心翼翼地问。

“嗯，不错……”蒲健一郎头也不抬地说，看了一会儿后他朝朱广文招了一下手，“朱桑，你看需要多少兵力可以控制衡王陵周围地区？”

“我带着两个中队就可以把衡王陵方圆五里内封锁得水泄不通。”

“很好，衡王陵这里藏匿着土八路，我们要对这里采取一次军事行动，你的明白？”蒲健一郎一语双关地说。

“明白，我当然明白，请大佐放心，我负责带人包围这一带，皇军尽管放心地在里面活动……”

“哟细……你的聪明……哈哈……不管衡王陵里埋葬着什么，我都要打开看一看……”

“大佐阁下，我们什么时候开始行动？”朱广文兴奋地问，他心中在想，如果真的能从衡王陵里挖出宝贝来，蒲健一郎肯定会重赏自己。

蒲健一郎沉思了一下，然后说：“准备一下，两天后开始行动。”

“是，我回去后就做好准备。”

“朱桑，这次行动要搞得轰轰烈烈，你的明白？”

朱广文连连点头：“明白，明白，一定要让老百姓知道我们是进行一次大的军事行动。”

“哈哈……朱桑，你的很聪明……”蒲健一郎一边说一边朝朱广文伸出大拇指，随即话题一转，低声说，“你这两天还要做一件事情，今天上午遇到了那两个老头说得不错，青州城有过那么多的世袭王爷，他们的陵墓都在什么地方？这个问题一定要搞清楚……”

我操，老鬼子好大的胃口！朱广文在心里偷偷骂了一句，不过嘴上却在连连答应：“没问题，请大佐阁下放心，我一定把这件事弄清楚。”

朱广文转念一想，这件事情说起来容易，要是真的弄明白却不容易，那些王爷都死了二三百年了，上哪里去打听他们的坟墓？没想到在这里又给自己挖了一个坑。

两天后，一个日军小队和两个伪军中队，大张旗鼓地从青州城开出来，因为是要进山，所以整个队伍都是步行。

日军的一个小队正常编制有三个步兵班和一个掷弹筒班，共54人，一个步兵班是13个人，包括班长、4名机枪射手和8名步枪兵。伪军的中队同日军的编制相同，人数在180人左右，相当于一个加强连。

一支四百多人的队伍浩浩荡荡朝王坟镇开过去，而他们此行的目的就是为了去盗墓……此为真实历史，如今，我们有时间去衡王陵参观，还能看到日本鬼子炸墓时留下的痕迹。

按照事先计划好的，朱广文带兵把衡王陵周围封锁起来，前后两座山头也占领了，而蒲健一郎则亲自带日本兵进入王陵内，在这队鬼子里有一个专门的工兵班，携带着炸药和专用的开凿工具。

鬼子兵一来，王坟村的老百姓就知道了。看到伪军把衡王陵包围了个里三层外三层，说是要抓八路，大伙心里明白，这是要盗掘衡王陵。只是村民们干着急没办法，朱广文为了防止王坟村的村民们去给八路报信，派兵把整个村庄封锁了起来，任何人都不准许出入。

王陵内传出的爆炸声证实了村民们的猜想，衡王陵的鬼子一共在里面待了三天多时间，期间响了好几次爆炸，而且在最后一次爆炸响过以后不一会儿，日本鬼子就从衡王陵撤出来。

等鬼子和伪军都撤走后，王坟村的乡亲们就赶紧跑进了衡王陵查看情况，只见王陵的一角被炸坍塌了，原来最后一声爆炸就是鬼子为了掩盖罪行，把挖开的洞口炸坍塌了，洞口重新被封死。

村民们不知道鬼子是否找到了王陵地宫，也不知道鬼子从衡王陵里偷走了什么。从时间上判断，鬼子的确是打开了衡王陵，这件事在村民们心里一直是一个谜，直到现在还是一个谜……

同村民们一样不知道鬼子挖掘到了什么的还有在王陵外围的伪军，因为小鬼子不让一个伪军进入盗掘现场，所以伪军也都不知道里面的情况，包括朱广文也不清楚蒲健一郎到底找到宝贝了没有。

从衡王陵内撤出来的小鬼子都一脸奇怪的表情，没有一个人谈论和提起衡王陵的情况，每人都讳莫如深。蒲健一郎更是如此，一脸怪异的表情让朱广文也不敢多问。

从小鬼子们的神情，朱广文猜出事情好像不是很顺利，而且他也没有看到鬼子们拿着挖掘出来的东西，个个都空着手。

一直等回到青州城，蒲健一郎把朱广文叫进自己的指挥部里，才把盗掘衡王陵的情况简单地告诉了他。

蒲健一郎仍然一脸惊愕的表情，似乎心有余悸，压低声说："那两个老头说的都是真话，衡王陵里的确什么都没有……"

朱广文感觉有些奇怪，既然坟墓里什么都没有，那些日本兵干吗都是怪异的神情，好像是见了鬼一样。

"那个大坟的下面是个天然的岩洞，洞内空无一物，岩洞是朝向后面的那座三阳山，洞内非常潮湿，带有很浓的海腥味……"

"啊！"没等蒲健一郎说完，朱广文就情不自禁地惊叫了一声，"难道……难道下面真的有海眼？"

"刚开始我也不太相信，于是就带着几个人下去查看，我沿着隧洞往里走了大约一百多米，隧洞的中间就出现了一个直径十多米的洞口，这个洞口是垂直往下的，洞口周围还非常潮湿，就像被水浸泡一样，用手电往下照射了一下，洞内果然有水……"

说到这里蒲健一郎停顿了一下，用手把眼镜往上推了推，表情有些呆滞地说："我安排两名士兵利用绳索下去查看情况，两名士兵下去后就没有了任何动静，再没有上来。”

“没有上来？”朱广文惊讶地问了一句，“怎么会这样！难道下面有什么东西不成？”

“两个士兵下去后，绳索突然一松，两个人就悄无声息地消失了，甚至没有叫喊声……我安排下去的这两个人都是很厉害的武士，三五个人都不是他们的对手，除非是遇到了鬼怪……”

朱广文用手抹了一把额头上冒出来的冷汗，心想难怪那些日本兵都是怪异的神情，原来真的遇见鬼了。

房间内忽然变得鸦雀无声，让朱广文感觉有些阴森森的，他突然看到蒲健一郎的身影被灯光投射到挂在墙壁的地图上，仿佛就是个鬼影，此刻他真的是有点杯弓蛇影的感觉。

事实上朱广文的心里还在担心一件事，如果青州的老百姓知道了是他引导着日本人去挖衡王陵，肯定不会饶过他，挖掘人家的祖坟是中国人最痛恨的行为，他了解衡王在青州老百姓心中的地位……

蒲健一郎沉默了一会儿后，突然又咬牙切齿地说：“这件事情绝对不能就这样过去，朱桑，还记得出发前我安排你的事情吗？”

“哦，什么事情？”冷不丁的朱广文被问得愣住了，一时没有反应过来是什么事情。

蒲健一郎没有责怪朱广文的迟钝，他自言自语地说：“这个假的衡王陵更加暴露了真衡王陵的价值，真的衡王陵肯定是在青州的地界，一定要给我找出来……”

朱广文这才想起蒲健一郎让他办的事情，此时朱广文突然有些后悔，他后悔自己不该向蒲健一郎提供衡王陵这个信息，这个贪婪的老鬼子了解衡王的情况后，如果得不到好处肯定是不会善罢甘休的。

“好，我一定想办法找到真正的衡王陵。”朱广文只好硬着头皮答应。

从王坟回来后，朱广文一连几天愁眉苦脸的，他为寻找真的衡王陵伤透了脑筋，一直以来就只听说王坟镇的衡王陵，其他地方根本就没有听说过有什么古墓，让他去什么哪里打听真正的衡王陵？总不能编造出一个来吧。

警备队里有一个叫安子的中队长，是青州本地人，以前是北城的一个小混混，后来被朱广文笼络到了自己手下。

安子为人狡诈，一肚子坏水，溜须拍马是他的拿手好戏，所以深得朱广文的赏识。这个家伙还很善于察颜观色，看到朱广文愁容满面，估计大队长一定遇到什么不顺心的事情了。

“大哥，看您茶饭不思的，难道在青州城还有大哥办不到的事情？”安子殷勤地问朱广文。

哎，朱广文叹了一口气，摇着头说：“你别说，还真有不好的事情，我这次还真的被难住了。”

“什么事情？不知道兄弟能不能帮上忙。”

朱广文看了一眼安子，心想这个小子平时鬼点子很多，说不定他能想出点儿办法来，于是对安子说：“你是土生土长的青州人，有没有听说过衡王陵在什么地方？”

“衡王陵不是在王坟吗？咱们前几天不是刚去过那里，另外皇军不是把墓穴炸开了吗？大哥怎么会不知道？”安子好奇地问。

朱广文轻轻地摇着头：“那个衡王陵是假的，里面根本没有任何东西。我告诉你一件事情，千万不要随便对其他人说，皇军炸开那个衡王陵后，发现下面有一个海眼，有两个皇军下去探查情况，没想到下去后就再也没有上来……”

“啊！这是真的？”安子也吓得情不自禁地惊呼了一声。

朱广文重重地点了一下头，接着说：“蒲健一郎大佐对此非常生气，他认为衡王在青州府一共六代七个王，绝对不可能只有一个衡王陵，所以真正的衡王陵肯定是藏在什么地方，太君命令我一定要把真衡王陵找出来，你说我他妈的去那里找衡王陵……”

“原来是为了这件事情，大哥别着急，让兄弟想想办法……”安子一边说一边沉思。

突然，安子的眉毛往上一挑，嘴角咧开笑着对朱广文说：“大哥，我忽然想起一个办法来，就是不知道行不行。”

“哦，快说出听听。”朱广文惊喜地说。

“北城原来有一条巷子，那里有十多个专门卖古玩的店，自从皇军来到这里后就全部关门歇业了。我以前就在那一带混，对古玩店的情况多少了解一些，他们经营的古玩有些是从盗墓人手里偷着弄来的，如果说在青州地界里那里有古墓，那些盗墓人应该最清楚……”

朱广文一边听一边点头：“嗯，不错，盗墓的人应该知道哪里有古墓，就算不是衡王陵，只要能找到几座古墓也能把蒲健一郎大佐应付过去……好小子，如果这件事情办好了，老子一定好好地赏你。”

安子马上站起来：“我现在就去北城，找几个老熟人打听一下盗墓人的情况，找到后我再来向大哥报告。”

“好，赶快去吧。”

两天后，安子还真找到了一个跟盗墓贼打交道的人，把情况了解清楚后，兴高采烈地回到警备司令部向朱广文汇报。

“大哥，我打听清楚了，蒲健一郎太君说得还真不错，王坟镇那座衡王陵的确是座假坟，真的衡王陵不在那里。”

朱广文一听顿时心花怒放，催促说：“赶快说真衡王陵在什么地方。”

安子摇摇头：“真的衡王陵我也不知道在哪里。”

“操你的蛋，那你打听了些狗屁。”朱广文生气地说。

“大哥先别着急，听我慢慢说，我通过以前在一起混的朋友找到了一个做过古玩生意的人，据他们说盗墓圈里的人和本地通晓金石的人都知道王坟的那座衡

王陵不是真的，因为那座坟墓太张扬。大哥想一下，那座衡王陵在偏僻的山里，如果真的是衡王陵还不早让人盗了，再说衡王也绝不会做这样的傻事，把自己的坟墓弄得那么张扬，生怕没人知道。其实王坟的这座陵墓就是为了掩人耳目，真正的衡王陵就在距离青州城不远的地方……”

朱广文迫不及待地打断了安子的话：“他们到底知不知道真的衡王陵在什么地方？”

“实话说那些盗墓人都不知道，他们也一直在寻找真的衡王陵，不过在青州地界里有一个人知道真正的衡王陵在什么地方，只要找到这个人，保证能找到衡王陵……”

“娘的，快说这个人是谁。”

安子靠近朱广文,故作神秘地说:“在城南有个叫沐家营的村庄,这里有个做‘疙瘩’的人，不过与一般的疙瘩不同，这个人是个‘戒疙瘩’……”

朱广文突然疑惑不解地问：“什么是‘戒疙瘩’？”

“‘戒疙瘩’就是一般的‘疙瘩’主持不了的葬礼才能请他出面，一般的丧葬他不会去。”

“了不地，这个人叫什么？”

朱广文忽然冒出一句青州土话来，在这里时间长了他也学会了，青州本地人说的最多的一句口头禅就是“了不地”，说三句就会带出这三个字来。

“这个人叫沐丁武，他最拿手的是相墓，据说他的相墓绝技无人能望其项背，所以凭借相墓绝技，任何一个地方有什么样的坟墓，他一眼就能看出来。不过这个沐丁武是个怪人，他软硬不吃，而且还不贪财，有盗墓人曾出一万现大洋，让他说出衡王的位置，没想到他根本就不搭理。”

“他娘的，他敢跟老子硬！你带几个兄弟去把这个沐丁武抓来，不相信他能硬过老子的皮鞭。”朱广文不服气地说。

安子知道朱广文不是本地人，对青州的情况不是很熟悉，青州的老百姓可不是好惹的，青州人善战，自古闻名。曹操就是靠一支青州兵而打下了半壁江山。看过吴宇森拍摄的电影《赤壁》（下部）的朋友不知道是否还记得里面的一句台词“曹操身边还有一支青州兵保护着他”，可见青州兵的厉害。

另有一支青州军，在第一次鸦片战争的镇江保卫战中力挫英军，名震天下，甚至被恩格斯大加赞扬。

安子了解衡王陵在青州老百姓心中的地位，大张旗鼓地寻找衡王陵，一旦被老百姓知道了，说不定什么时候一块石头就会从背后飞来把你砸死。

“大哥，这件事情得悠着点儿来，最好不能动粗，否则不但找不到衡王陵，还会惹出许多麻烦来。”

安子是小痞子出身，平时天不怕地不怕的，今天忽然变得这么小心了，不能不让朱广文感觉奇怪：“安子，今天是怎么了？平日里冲杀的劲头哪里去了，怎么抓个人都把你吓成这样。”

安子急忙摆着手说：“大哥误会了，咱们不比日本人，他们可以拍屁股走人，咱们可得待在这里。挖坟盗墓不同于干其他事情，一旦老百姓知道咱们帮着日本人挖了衡王陵，那咱们的后半生就别想安稳了，所以这件事情得偷偷地办，知道的人越少越好。”

在安子的意识中，挖祖坟是比做汉奸还恶劣的事情。

朱广文感觉安子的话也有道理，这个年头做事情也要给自己留条后路，于是问安子：“你说应该怎么办？”

“我想过了，先带两个人私下去会会这个沐丁武，试探一下他的反应，同时也把沐家营的情况摸清楚，然后再作打算。”

“好吧，你抓紧时间去办，这件事情办好了，升官发财都有你小子的。”

“呵呵……谢谢大哥提携，我一定尽心尽力办好这件事。”说完，安子乐呵呵地走了。

第六章

安子去北城老街了解事情找的这个人，外号“麻二爷”，其实并不是什么盗墓人，而是在盗墓人与古玩商之间跑腿联系的人，俗称“剥皮”，现在的说法叫“经济人”。

前面说过，盗墓人都把自己隐藏得很深，平时这些人是不轻易露面的，他们手里有东西了，通过固定的“剥皮”为他们联系买家。

这个麻二爷是个旗人，祖上曾经是位偏将，所以有一身家传的好武艺，麻二爷最拿手的是弹弓，据说可以百发百中。

说到麻二爷，就不能不提到青州城的旗城，别具特色的“双城”应该说在中国也是独一无二的。

因为青州是入海的要塞，屯兵蓄甲的缓冲地，东西扼中原至胶东半岛的要道，南北则控制着沂蒙山区到鲁北平原的走廊，历来为兵家必争之地。所以在满清时，雍正皇帝亲自下令在青州城北建立一座旗城，驻扎满洲八旗兵两千人。这支旗兵是清军中最精锐的部队，随时可以驰援登莱和胶东的海防，应该说是清兵中的特种别动队。上面提到抗击英军的就是这种旗兵。

位于青州北城的旗城，布局如棋盘格一样整齐，衙门、兵房、学堂、演武厅、庙宇等在这个四万多平方米的城中城内有条不紊地排列。在旗城内，士兵都是携带家眷，普通的兵士每户独门独院，官房两间，都是标准的青砖灰瓦木结构的房子。

驻扎在旗城内的士兵，完全靠朝廷拨款给兵饷生活。他们不事生产，是一支独立的作战队伍，这种制度也使得旗城内的人丧失了自力更生的能力。

清政府倒台后，青州旗兵被迫解散，很多清兵都流落到各地。也有留在了青州北城，不过许多人无以为计，生活非常艰苦。为了能够活下去，做什么的都有，而这位麻二爷就做起了与盗墓人打交道的生意。

麻二爷因为出身八旗子弟，对于古玩宝贝见得多，因此有很好的眼力，无论什么样的货色他一眼就能分出个三六九等来。麻二爷为人豪爽，又有一身的好武艺，所以在这一行里颇有些声望。

安子来找麻二爷，实话说麻二爷从心里就看不起安子这号人，不过他知道安子现在是警备队的中队长，君子不跟小人斗，特别是这个小人又是个官，所以对安子打听的事情，麻二爷尽量把自己知道的告诉了他。

在麻二爷认识的盗墓人中，有来自金陵马家的人。马家是实力非常强的盗墓家族，他们对衡王陵也是窥视已久，而且在沐丁武身上费了不少力气，不过一直是一无所获。

事情也凑巧，就在安子找麻二爷的当天，金陵马家的大公子马云山来青州找麻二爷谈生意，麻二爷无意中提到安子打听衡王陵的事情，马云山顿时警觉起来，向麻二爷仔细地询问了事情的经过。

听麻二爷把事情讲了一遍后，马云山如有所思地说："看来日本人也在打衡王陵的主意。"

"马公子这么一说，我想起一件事，几天前听人说日本人去王坟镇把三阳山下的那个衡王陵炸开了，也不知道他们找到什么了没有。"

"肯定没有找到什么，否则就不会派汉奸来打听真的衡王陵在什么地方了。"

听马云山这样说，麻二爷有些后悔地说：“哎，我当时也没有考虑到这些，就把沐家营沐丁武的事情告诉了安子。”

马云山沉思了一下，对麻二爷说：“二爷，现在补救应该还来得及，您马上安排人去沐家营，把日本人要找衡王陵的消息告诉沐丁武，让他心里有个数。”

“没问题……”麻二爷爽快地答应了，随即又有些担心地问，“马公子，你说沐丁武会想到日本人要对付他吗？”

“放心吧，只要沐丁武听到日本人要找真衡王陵的消息，第一个就会想到日本要找他，因为在青州除了他没有第二个人知道真正的衡王陵在什么地方。”

“嗯，说得不错，我马上叫人骑马进山一趟。”说完麻二爷起身出去安排人去给沐丁武送信。

马云山与沐丁武是一对死对头，也正因为如此，马云山对沐丁武才非常了解。

沐丁武去世了的媳妇就是马云山的堂妹，原来计划把堂妹安排到沐丁武身边窃取《帝葬山图》的秘密，没想到却成就了一段传奇姻缘。堂妹死后，马云山又设计引诱沐丁武吸上了大烟，即便是如此马云山也没有得到他想要的东西。

对于衡王陵，马云山也是垂涎三尺，就是因为不知道真衡王陵的位置才没有下手。自己得不到的东西当然不希望其他人得到，更何况是日本鬼子，所以马云山着急催促麻二爷去通知沐丁武。

沐家营与王坟镇都是位于城西南的山里，两地相距只有几十里，几天前日本鬼子在三阳山下炸开衡王陵的事，沐丁武也听说了，他当时心里就一愣，因为他知道那个衡王陵里面不会有东西，小鬼子找不到想要的东西一定不会善罢甘休。

果然不出所料，没过几日沐丁武就接到了青州城里送来的消息，日本人在找他。

沐丁武仔细考虑了一下，感觉这一次很难逃过一劫，于是连夜找人把幼小的儿子送走，也就是沐林枫的爷爷，当时还不到十岁，被送到了百里外的博山，躲藏在了一个朋友家里。只要沐家的根还在，就什么也不怕了。

就在沐丁武把儿子送走的第二天，安子带着两个手下找到了他。因为依沐丁武在当地的声望，要找到他很容易，顺便找个人打听一下就知道，再说沐家老宅虽然很破旧了，在村子里依然很显赫，在村外就能看到。

此时的沐丁武因为吸大烟已经是骨瘦如柴，家里能卖的东西几乎都卖干净了，只剩下了四壁空空的深宅大院，有的房屋门窗都被拆下来卖了，只有正房的门窗还完好。

安子进来时，沐丁武正坐在堂屋的太师椅上，家里唯一的家具就剩下一张方桌和两边的这两把太师椅了。

当安子看到曾祖父的第一眼心里就暗喜，心想事情肯定能办成，一个穷得连锅都卖了的大烟鬼，怎么可能抵御现大洋的诱惑！

安子和两个手下都是头戴黑色礼帽，身穿敞胸对襟褂，露着铜扣的牛皮带，裤脚都用布带扎起来，每个人的后腰都鼓鼓的，显然都带着家伙，一看这身打扮就知道是城里来的人。

因为事先得到了消息，所以看到这三个人沐丁武心里就猜了个八九不离十，他没说话，只是平静地看着进来的人。

安子双手抱拳，笑呵呵地问：“请问大哥可是沐师傅？”

沐丁武摇晃着干枯的手掌，慢慢地说“被土埋住一半的人，都快忘记姓什么了，请问三位朋友来到寒舍有何贵干啊？”

“呵呵……我们是来给沐师傅送钱来了……”说着，安子从口袋里摸出几块大洋，放在手心里在沐丁武面前掂了几下，然后放在了旁边的方桌上。

沐丁武看也没看大洋，平静地说：“无功不受禄，朋友有什么事就请直说吧。”

安子没有在意沐丁武的态度，他笑着说：“哈哈，沐师傅聪明，知道我们是有事而来，明人面前不说暗话，我们想请沐师傅指点迷津……”

嘿嘿，沐丁武冷笑了两声，“我是个跟死人打交道的疙瘩，能给你们指点什么迷津？朋友太高抬我了。”

“沐师傅先别忙着拒绝，条件随便您开，现大洋、上好的烟土随便您，要什

么都可以，只要告诉我们真的衡王陵藏在什么地方就可以了。”

沐丁武心想果然是为了衡王陵而来，他故意流露出惊讶的表情说：“几位是不是找错人了？我一个疙瘩怎么会知道衡王陵在什么地方！”

“嘿嘿，沐师傅就别装了，如果不了解情况我们也不会找上门来，实话对你说吧，我们奉蒲健太君之命来的……”

没等安子说完，沐丁武就抬手制止了他的话：“你们就是奉太上皇之命我也不知道，请回吧。”

说着沐丁武顺手摸起方桌上的几枚银元，看都没看一扬手抛到了安子身上。

跟随安子来的两个手下，见此情景，立即从身后拔出了盒子炮，骂咧咧地把枪口对准了沐丁武：“妈的，狗坐轿子不识抬举，给脸不要脸是不是？”

安子也被气得脸色通红，不过他听说过沐丁武的倔脾气，担心把事情弄僵了不好收拾，强压住心里的怒火，朝两个手下挥挥手，让他们把枪收起来。然后冷冷地说：“沐师傅，你是个聪明人，我劝你好好想一下，现在是日本人的天下，惹恼了日本人可是没有好果子吃。”

沐丁武根本不吃他这一套，把瘦瘪的胸脯挺了挺：“回去告诉你的主子，要命有一条，其他事情一概不知道。”

安子没有想到一个抽大烟的人竟然会这么硬气，他琢磨了一下，觉得还是先回去跟朱广文商量商量再说，反正这个大烟鬼也跑不了，于是朝两个手下挥了一下手，转身走出堂屋……

看到三个汉奸怒气冲冲地走了，沐丁武知道这件事情不会这么过去，他首先想到了躲藏起来，去外地朋友家避避风头再说。

沐丁武简单地收拾了一下东西准备离开沐家营，转念一想不行，日本人找自己的目的是针对衡王陵，如果自己走了，万一日本人通过别的方法找到真的衡王陵怎么办？虽然衡王陵不是《帝葬山图》上标注的陵墓，自己也有守护衡王陵的责任。

沐丁武听说过这个蒲健一郎，知道这个家伙就像恶狼一样，一旦闻到血腥味，不咬一口是绝不会善罢甘休的。他思量再三，决定跟日本鬼子来个一了百了。

对于死，沐丁武看得很淡，不仅仅是因为他见过太多的死亡，自从心爱的人去世后，他感觉一个人活着没多少意思了，如果不是因为儿子还小，也许他早就随心爱的人走了。

拿定注意后，沐丁武就开始着手准备了，他首先要把自己的后事处理好，他要亲自为自己举办一场像模像样的葬礼。

沐丁武把村子里的几个长辈请到家里来。当听说沐丁武要为自己举办丧礼后，把几个长辈惊得目瞪口呆，他们还是头一次听说有人要自己给自己举办丧礼，真是天下奇闻。

沐丁武不便于向大家说明内情，只是求老少爷们帮忙，一定要帮自己把葬礼办了。

大家以为沐丁武犯了神经病，不过看他的神情很正常，而且也不像是在开玩笑。沐家一直是在村子里最有威望的家族，所以不管怎么样，只要沐丁武开口请大家帮忙，没有人不答应。

寿材、寿衣几年前就准备好了，不需要再弄什么东西。沐丁武亲自做葬礼的执事人，为自己举办了一个隆重而又简单的葬礼，把只有衣冠的棺材放入早就修建好的坟墓中，与几年前去世的媳妇合葬在一起。其实沐丁武之所以要为自己举行葬礼，目的也在于能让自己的棺材与早走的老婆合葬。

在为自己举办葬礼后的第二天，沐丁武就悄悄地离开了沐家营，乡亲们再也没有见到过他。

此后不久，从城里传来消息，沐丁武领着一帮鬼子进山去寻找衡王陵，一去不复返，包括一个大佐和十多个日本鬼子没有一个活着回来。

据说日本人对此事一直保密，对外没有透露一丝消息。警备队的大队长朱广

文和安子事后被日本人抓进了宪兵队里，最后都死在了牢里，这两个家伙也是自作自受。

几十年过去了，沐丁武的故事至今还在当地流传。

沐林枫从曾祖父留下来的相墓手札中并没有发现《帝葬山图》的踪迹，而关于真正的衡王陵的所在，曾祖父留下了两句话：“峰巅看尽千云过，一佛大睡众佛看。”

对于曾祖父留下的这两句话：沐林枫左思右想不得其解，不过他有种直觉，这两句活是对衡王陵的描述，解开话中的含义，就能找到真正的衡王陵。

现在的主要任务不是寻找衡王陵，所以沐林枫不想在这上面花费太多心思和精力，目前对他来说最重要的是掌握相墓绝技。

看完曾祖父留下的手札后，沐林枫又粗略地看了几册其他先祖写下的相墓手札。他发现了一个共同点，虽然每册手札都缀着每位先祖的名讳，但是所有手札上的字迹都完全一样，很显然是一个人抄写的。

沐林枫突然记起来，这些字体与看到的第一封书信是一致的，看来这十八册手札是曾祖父重新抄写了一遍，难怪所有手札的纸张看起来都很整洁。

这时沐林枫的脑海里闪过一个念头，跟曾祖父一样重新把这些手札全部抄写一遍，把这十八册手札全部抄写一遍后，相信先祖们的经验也就变成自己的了。

想到就做，接下来的日子里，沐林枫开始夜以继日地抄写先祖们留下来的相墓手札。他一边抄写手札，一边研读写在三张草纸上的相墓绝技，很快就将祖传的相墓之术融会贯通了。

十多天过去了，沐林枫把先祖们留下来的相墓手札抄写了一多半，不等他全部学习完，国安局的李建平处长突然找上门来了……

回到沐家营后，沐林枫就把手机关机了，他借住在叔伯兄弟的老屋里，因为人都搬走了，也没有座机，同外界就断绝了联系。

沐林枫这样做的目的一是为了潜心研究相墓绝技，另外也是在躲避东方教授的课题组，实话说自从沐林枫立下毒誓要做守灵人后，他就在有意识地回避与东方教授的联系。沐林枫感觉教授的研究课题离自己太远，而祖训却就在自己的身边，绝对不能违背祖训。

远在青岛的东方教授根本不知道沐林枫这边的变化，在沐林枫回去两天后，教授就从王照那里得到消息，沐林枫已经找到了祖传的相墓之术，正在进行学习。

这个消息令东方教授很高兴，因为一旦沐林枫掌握了祖传的相墓绝技，那么寻找和发现古墓的几率就大为增加，即使找不到《帝葬山图》，以后发现了殷人东渡的海上线路后，依然有找到攸侯喜陵墓的可能性。

所以东方教授也在作两手准备，等待沐林枫寻找《帝葬山图》的同时，带领这整个课题组的全部人员查阅大量资料，努力地寻找攸侯喜率领十万殷军东渡太平洋的海上路线。只要确定了殷人东渡的海上线路，就能找到埋葬攸侯喜的天之浮桥岛。

就在沐林枫回去半个月后，李建平突然来向东方教授汇报，他准备要去一趟青州，询问教授是否有什么事情需要交代。

东方教授很高兴地问："是不是林枫那边有消息了？"

李建平摇摇头，表情严肃地说："不仅没有任何消息，我们还与沐林枫失去了联系。"

"哦，失去了联系！怎么会这样？"东方教授惊讶地问。

"自从接到沐林枫的电话，说他找到祖传的相墓绝技后，他的手机就关机了，已经有十天没有联系上他了。通过青州那边的同志了解到，沐林枫已经辞掉了酒店那边的工作，并离开了青州城回到了沐家营，具体在做什么也不清楚……"

"他回沐家营一定是为了继续寻找《帝葬山图》。"东方教授用肯定的语气说。

"我也是这样考虑，不过他不应该长时间关闭手机啊，这里面显然有问题。另外我们得到确切情报，从国外来的人已经潜入了青州，目标就是《帝葬山图》

和沐林枫，所以我想尽快赶过去。”

东方教授点点头：“原来如此，那好，你尽快去青州，不仅要保护好林枫，还要防止对方找到《帝葬山图》，否则对我们的工作非常不利。”

“知道了，我现在就去青州，有事情我会及时向您汇报。”

李建平说完就离开了教授的办公室，同助手小曹一起驾车赶往古城青州。

李建平虽然掌握了对方已经潜入青州的信息，却并不知道这帮人已经开始行动，朱富贵家的怪事其实就是有人故意所为，目的就是为了引诱沐林枫出手。只有逼迫沐林枫出来做“疙瘩”，才能使他有机会寻找祖传的相墓绝技和《帝葬山图》，只是沐林枫对这一切都一无所知。

躲藏在暗处的人为了达到他们的目的，真是费尽心机，设下了一个个连环套。沐林枫非但对即将降临的危险毫无察觉，还暗自庆幸自己找到了祖传绝技，实话说他现在有种“天降大任于斯人”的感觉，踌躇满志……

世界本来就是对立统一的，有矛就有盾，这就如同组成宇宙的阴阳五行，永远是以相生相克的形式存在。守灵人与盗墓者就是对立的两种人，当沐林枫决定要继承祖业做一个守灵人后，不可避免地为自己树立了实力强劲的对手。

沐林枫从先祖们留下的《相墓手札》中了解到，几乎每位先祖都有与盗墓人交手的经历，而他却没有意识到这种事情会轮到自己头上。沐家的始祖也许没有料到，相墓绝技在给后代带来财富和荣耀的同时，也带来了无尽的磨难和凶险。

沐林枫把曾祖父留下的手札认真地观看了一遍后，发现整册手札里只字未提那位盗墓世家出身的曾祖母，曾祖父对这件事情似乎是讳莫如深。不过在曾祖父的手札中却详细记录和描述了一个藏匿于古城南京的盗墓帮派。虽然曾祖父并没有提及曾祖母与这个隐秘的盗墓帮派的关系，但是他本能地感觉到曾祖母极有可能是出自于这个盗墓帮派。

这个盗墓帮派的历代掌门人都姓马，也是以家族的形式世代相传，马家就隐居在南京秦淮河边的一处豪宅内。马家人行事低调，还在南京城内开设数家米行和绸缎庄做掩护，所以在当地无人知晓他们的本业是盗墓。

马家所盗取的陵墓都是王侯级以上的大墓，一般的墓穴他们从来是不屑一顾。为了盗取一个大墓，他们甚至会用几年的时间来作准备，进行详尽的勘察，然后才会动手，所以只要被马家盯上的陵墓很少不被洗劫的，只有沐家手里的《帝葬山图》上的陵墓除外。

没有人知道究竟是什么人，出于什么样的目的绘制了这幅《帝葬山图》，又选中了沐家做这些陵墓的守灵人，而沐林枫的先祖们尽职尽责地履行着家族的诺言，保护着这些藏匿在山野中的陵墓不被盗墓人破坏。

当李建平和助手找到沐林枫的时候，他正躲在屋内聚精会神地抄写着《相墓手札》。

听到开门声，沐林枫没有想到走进来的会是李建平和小曹，他赶紧放下手里的笔，给两人让座。

沐林枫住的这间屋内非常简陋，除了一张写字台和一把木凳，就是睡觉的床了，客人只好坐到床边。

李建平笑着说："好清静的地方，你还真会选地方修炼，我看用不了多长时间就会得道成仙了。"

"李处长真会开玩笑，我们沐家的老宅已经毁坏了，所以只好暂时借住在一个叔伯大哥这里，虽然简陋点，不过的确是挺幽静的，对于学习先祖们留下来的东西很有利。"

"呵呵，你对家传的相墓绝技掌握得怎么样了？"李建平又问。

沐林枫谦虚地说："只能算是学会了一点儿毛皮，欠缺的是火候。"

李建平开玩笑地说："这么短的时间就学会了，不得了，一定是你们沐家的遗传基因发挥了作用。"

沐林枫猜想李建平突然来找自己，肯定不是来闲聊的，说不定是有什么重要的事情，于是问："李处长来找我是不是有重要的事情？"

"你的手机怎么长时间关机了？大家都以为出什么事情了。"

"噢，自从我离开城里后，很多朋友都打电话询问，而我这段时间因为潜心研读先祖们传下来的《相墓手札》，不想有人打搅自己，所以就把手机关了。"

说这些话的时候沐林枫的眼睛不自觉地看着旁边，有点儿不敢正视李建平，因为他的话有一半是撒谎，只有潜心研读《相墓手札》是真心话。

好在李建平没有留意沐林枫不自然的表情，点点头说："原来是这样，以后没有特殊事情一定要保证通讯畅通，万一有什么意外情况出现……"

没等李建平说完，沐林枫笑着说："咱们现在可是太平盛世，能有什么意外情况出现！"

李建平马上严肃地说："不，林枫，情况可能很严重，上次见面我跟你说过国外派出的盗墓高手已经潜入国内，根据我们目前掌握的情报，这帮人已经到达青州，而且目标就是你本人和《帝葬山图》，我这次来青州找你就是为了这件事。"

"哦！这是真的！"沐林枫惊讶地问。

李建平侧脸对小曹说："你把来人的情况向林枫详细地介绍一下。"

"是。"小曹答应一声，随后从随身携带的公文包里取出一份材料，把来人的情况向沐林枫作了介绍。

似乎是冥冥之中安排好的，这次从国外来的盗墓高手，就是销声匿迹了几十年的南京马家的后人，马家的后人在解放前夕去了台湾，后来又去了欧洲。

现在的马家后人已今非昔比，他们与国际上具有很强实力的文物走私集团勾结在一起，势力遍及世界各大洲。他们不仅仅限于盗掘古墓，只要是有价值的文物都会成为他们的掠夺目标。

马家现在的掌门人叫马二木，是美国哥伦比亚大学考古系毕业的硕士。此人中等个子，身形瘦削，外表文质彬彬，让人难以把他与世界顶尖的盗墓高手联系在一起。

原来，马二木目前还受雇于国外一家研究机构，他回来的目的非常明确，就是冲着《帝葬山图》和沐家的相墓绝技而来。马二木从他祖上留下来的资料中了解到了《帝葬山图》和沐家的详情，所以才会费尽心机找到了沐林枫，而且设下了连环套，把沐林枫一步步引出来。

沐林枫与马二木的交手，从一开始沐林枫就处于下风，两个人似乎根本就不是一个级别的对手。马二木具有很高的学历和智商，是世界知名学府的研究生，而沐林枫仅仅是个厨子。

马二木的身后有实力雄厚的国际走私集团和受某些国家支持的组织，这似乎是一场极不对称的较量。此时马二木唯一没有想到的是他在对付沐林枫的同时，东方教授也找到了沐林枫，否则沐林枫真的很难是他的对手。

听小曹介绍完情况，沐林枫自言自语地说："真是冤家路窄，原来是南京马家的后人。"

"噢，你了解南京马家的情况？"李建平好奇地问。

沐林枫缓缓地点点头，若有所思地说："在我曾祖父留下的《相墓手札》中提到过这个盗墓世家，我们沐家与这个马家不仅是死对头，而且极有可能还有亲戚关系……"

李建平马上很感兴趣地问："你们之间有什么样的亲戚关系？"

"只是猜测，我的曾祖母有可能是来自马家。"

李建平笑了起来："没想到你们跟马家还有这么复杂的关系。"

"我只是猜测而已，并没有什么证据。"沐林枫如实说。

李建平沉思了一下接着说："从现在起，无论如何你必须提高警惕，马二木就是冲《帝葬山图》而来，所以他一定会想办法接近你。"

"你们国安局既然知道了马二木的情况，为什么不把他控制起来？"沐林枫不解地问。

"在他未实施犯罪之前我们并没有抓他的理由，否则会反被他倒打一耙。所

以我们现在能做的就是严密监控他的行踪，并做好防范工作。”

实话说沐林枫从心里对马二木的到来并不太在意，因为《帝葬山图》现在他都没有发现在什么地方，一个外人怎么可能找得到？而相墓绝技控制在自己手里，马二木绝对不可能夺了去。

还有一点，沐林枫现在是在沐家营，一个人待在自己最熟悉的环境里就感觉安全，他不相信马二木能把他怎么样，所以李建平的话没有引起沐林枫的重视。相反沐林枫感觉李建平对自己说这些事情，好像有恐吓自己的意思……

这时，一个念头闪过沐林枫的脑海，他想干脆趁这个机会向李建平说明自己退出东方教授的课题组的决定，以免今后难以抉择，于是对李建平说：“李处长，有件事麻烦转告王照组长，我想要退出课题组……”

沐林枫的话让李建平大吃一惊，他想不到沐林枫为什么会突然作出这样的决定？半月前从青岛回来时说得好好的，怎么改变了？根据前面对沐林枫的调查了解，他不是这样的人，一定是事出有因。

李建平尽量保持着平静，他看着沐林枫问：“林枫，能告诉我真正原因吗？你为什么想退出课题组？”

“没什么特别原因，我只是感觉自己做不了这项工作，所以不如趁早退出来。”沐林枫若无其事地回答，随后又补充了一句，“我就是一个厨子，在课题组里能发挥什么作用。”

李建平注意到沐林枫在说话的时侯不敢正视自己，他的眼睛在不自觉地瞟来瞟去。人们常说眼睛是心灵的窗口，的确如此，眼珠的运动方向就非常真实地反映了一个人内心。

对于惯用右手的人来说，假如他的眼睛看左上方，表示他正在回忆或是想象某件事，如果眼睛平视看向左方，表示正在倾听。当他的眼睛注视右下方时，表示这个人正在思索某件事，而目光注视下方又飘忽不定时，说明在编造撒谎的理由。

对于左撇子这个次序刚好相反。

李建平精于此道，所以他从沐林枫眼睛的运动方向，很清楚地就判断出他的内心变化。于是不动声色地又问：“林枫，是不是遇到什么事情了？”

沐林枫摇摇头，强作笑容地说：“我……我能遇到什么事情？的确什么事情也没有。”

这时李建平联想到沐林枫回到沐家营后就把手机关机了，现在看来是在躲避与课题组的联系，也就是说沐林枫从青岛回来后就出现了变故，这里面一定有原因。

李建平想这个时候向沐林枫询问内情他一定不会讲，只能从其他方面调查一下，看看沐林枫遇到什么事情了。

想到这里，李建平很平和地说：“林枫，你应该清楚，你答应协助课题组寻找古墓，事实上并不是替某个人工作，而是在为国家服务。响鼓不用重锤，道理不用多说，希望你认真思考后再作出决定……”

沐林枫很坚决地说：“这件事我已经考虑很长时间了，我真的不能再为课题组工作，麻烦李处长转告东方教授，我很抱歉。”

见沐林枫态度很坚决，李建平与助手小曹交换了一下眼神，两人心里清楚，此时多说无益，等摸清事情的真相后再作打算。

于是李建平站起来：“好吧，既然如此我也不多说什么了，我会把你的想法转告东方教授。不过，还是要提醒你一下，一定要注意防范马二木。他是个在国际刑警组织里都‘挂号’的盗墓高手，而且还是个高智商的犯罪分子，千万不能掉以轻心，而且这件事与你是否参加课题组没有关系。”

“谢谢李处长的提醒，我一定会多加注意。”

第七章

李建平和小曹从沐林枫的住处出来后，驾驶丰田陆地巡洋舰离开了沐家营。

越野车驶出村子后，小曹一边开车一边轻声说："处长，这件事有点儿蹊跷，会不会与潜入到青州的盗墓组织有关？"

李建平也在思考这件事情，他摇着头说："不，我想沐林枫不会与盗墓组织有联系，这件事很可能另有隐情。"

小曹似乎不同意李建平的意见："根据咱们前段时间的调查可以知道，相墓绝技和《帝葬山图》是沐家祖传的两件法宝，沐林枫打电话说找到了相墓绝技，而《帝葬山图》却没有发现，我感觉这里面有问题，沐林枫一定隐瞒了什么。"

"你是说沐林枫找到了《帝葬山图》而没有告诉我们。"

"嗯，很有这种可能。"

李建平马上问："你凭借什么作出这样的判断？"

"一个人改变了自己的选择，往往是由两种因素造成的，一是受到了胁迫，另外就是巨大的利益诱惑。沐林枫的情况显然不是第一种因素。根据咱们掌握的情报显示，对方是一个非常有实力的国际文物走私集团，出几百万，甚至更高的价格买沐林枫手中的《帝葬山图》完全有可能，而他将《帝葬山图》交给课题组最多不过几万的奖金，所以作出这样的选择也就不足为奇了。”

李建平一声不吭地听小曹说完，随即反驳说：“我相信你说的这两个因素对普通人而言完全适合，但是对于一个受过部队多年锤炼的特种兵而言没有任何作用。我看过沐林枫在部队里的档案，这个家伙绝对是一个出色的军人，对他这种人来说荣誉和誓言高于一切。如果他把利益看得很重，就不会拒绝一些好单位的接收，而去做一个厨师，当然威吓更不会使他弯腰，所以我说这件事情另有隐情……”

听李建平说到这里，小曹沉思了一下问：“沐林枫兵役期好像还没有结束，他是被强制转业的，为什么会这样？”

“哎”，李建平轻轻地叹了一口气，“英雄难过美人关，这个家伙偷偷把一个女兵弄大了肚子……”

“哈哈……这也不至于把他从部队里赶出来啊？”小曹忍不住笑了起来。

“要命的是宫外孕，女兵还没有察觉自己怀孕就突然大出血，差一点儿要了命。巧的是这个女兵的父亲也是个军人，而且是位师长，盛怒之下还能让沐林枫在部队待下去吗？”

“原来是这样。”

李建平接着用无奈的口吻说：“一些非常优秀的人才，就是因为一小点儿问题就被一棍子打死，甚至有些人就专门盯着别人的脚后跟，越是出色的人越是被人盯着，哪怕出一丁点儿错误，都会受到打击……”

小曹笑着问：“处长有这么深的感触，您不会也是有过相同的遭遇吧？”

“你小子不用转弯抹角地套我的话，开好你的车吧……”说着话李建平拿出手机，拨通了东方教授的电话。

东方教授听到沐林枫要退出课题组的消息后同样很震惊，在电话里着急地问：

“了解沐林枫是因为什么不参加课题组吗？”

“现在还不清楚，他自己也没有说明。”

“是不是受到了境外组织的威胁？”东方教授接着问。

“我刚才与小曹分析过，沐林枫受到外界干扰的可能性都不大，我考虑是有可能是他自身的原因。”

李建平说完后电话的另一端沉默了数秒钟，接着又传出教授低沉的声音：“李处长，接下来你计划如何开展工作？”

“我们现在有两项重要工作，一是密切监视从国外来的那些人员的动向，另外就是做好沐林枫的安全保卫工作，防止敌人对他采取行动。”

“很好，你看我是否有必要亲自去一趟青州与沐林枫谈一下，我感觉这个年轻人不是随便改变主意的人。”教授用征询的口吻说。

“我考虑您暂时先不要来这边，等调查清楚沐林枫退出课题组的真实原因，然后再研究下一步的计划，您看如何？”

“好吧，沐林枫对于我们后期的工作非常重要，你们不仅要保护好他的安全，还要了解清楚他退出的具体原因，这一点非常重要。”

“明白，有进展我会及时向教授汇报，没有其他事情我就挂电话了。”

李建平通完电话后，对小曹说了一句：“去市公安局。”

与此同时，以游客身份进入国内的马二木也开始了行动，马二木比沐林枫更清楚马沐两家的争斗。盗墓世家出身的马二木此次回国，不仅是要寻找《帝葬山图》，同时还要同沐家后代较量一番。

马二木从上辈那里了解到，被马家看中的古墓没有一座不被他们挖掘，只有沐家手中《帝葬山图》上的陵墓除外，马二木的祖辈用尽所有计策就是没能从沐家人那里得到一丝线索，所以马二木卯足了劲要对付沐家人。为此马二木设计好了连环计，要从各个方面击溃沐家后人。

而沐林枫对于即将来临的危险却毫不知情，另外李建平的提醒也被沐林枫当做了耳旁风，接下来沐林枫为自己的掉以轻心付出了沉重的代价。

沐林枫忙完朱福贵父亲的丧葬，两天后就离开了县城，两耳不闻窗外事，潜心研究《相墓手札》，几乎是与世隔绝，所以对发生在县城里的事情一无所知。

这段时间县城里很多人把沐林枫主持朱福贵家的丧事渲染得神乎其神，一时间竟然成了县城里的奇闻异事，大街小巷都在流传他的故事。

许多同事朋友听说后纷纷联系沐林枫，却突然发现他竟然失踪。没有人知道沐林枫去了什么地方，好像从县城蒸发了一样，而这更增加了事情的神秘色彩。

小癞子负责在老宅盖房子的事情，每天忙得团团转。沐林枫则把自己关在屋子里专心抄写《相墓手札》，抄写完一段就认认真真地研读几遍，直到融会贯通后才弄下一段，所以进行得很慢，十多天的时间了才抄写完一半。

就在李建平和小曹走后的当天下午，沐林枫正在聚精会神地抄写《相墓手札》，突然听到院门被重重推开的声音，以为是张小三回来，也没在意，紧接着就听到庭院里有人大呼小叫。

"林枫，你他妈的藏在什么地方了，赶快滚出来……"

沐林枫一听就知道是高鸿进，其他人不敢跟他这样说话，沐林枫急忙把正在抄写的手札都收起来放进书桌的抽屉里，还没来得及起身，高鸿进就带着两个人闯进了屋子。

高鸿进刚进门就大声说："你小子真不够哥们，偷偷地跑到山里来也不吱一声，手机也关了，害得一家人到处打听你的消息，我是打小癞子的电话才知道你躲在这里……"

说着话高鸿进转身对张小三说："小癞子，快去忙你的吧，你小子跟林枫一样，走也不打声招呼，什么师父带什么徒弟。"

小三嘿嘿一笑："你们聊，我去烧两壶开水。"

高鸿进摆摆手："不用了，先说事要紧，你快去忙你的吧。"

小三一听也不客气了，转身走出房间。

高鸿进接着对沐林枫说：“林枫，你小子应该好好地谢谢我，你现在可是名人了，在县城里无人不知无人不晓……”

没等高鸿进说完，沐林枫看着他身后的两个陌生人问：“这两位朋友是……”

沐林枫看着跟高鸿进来的两个人有些面熟，一时却想不起在什么地方见过，他当兵回来后就一直在酒店干厨师，结交的面很窄，所以在县城里认识的人并不多。前面的这个人的气质感觉不同于一般人，一身深色西装，器宇轩昂，眉目间流露着一股霸气。

“哦，我给你介绍两位朋友，你一定听说过咱们县最有名的民营企业晨鸿集团，这位就是晨鸿集团的当家人谭老大，这位是他的秘书……”

高鸿进说到这里沐林枫忽然记起来了，难怪看着眼熟，原来是本县最有名的企业家，谭家老大。此兄弟俩，从经营简单的食品加工起家，最初是山村里一个加工山楂的家庭作坊，发展到现在成为本省知名的制药企业，资产十多亿。

这个高鸿进也算是个能人，虽然是做厨师的，却特别善于钻营，三教九流都有他的朋友，县城里的各个单位都有熟悉的人，想不到谭家兄弟他也认识。

谭老大向前一步，主动地伸出手，声音洪亮地说：“久闻沐师傅的大名，今天冒昧打搅，请不要见怪……”

谭老大的手掌又厚又宽阔，握手时力道很大，这样的人善于控制，正如古人所说：手大握乾坤。

沐林枫轻轻一笑说：“我一个做厨子的有什么大名，谭董事长才是真正的大神，能来我这个小庙里欢迎还来不及，怎么可能见怪。”

高鸿进站在一边马上说：“我看大家就都不要客气，一回生二回熟，以后就是朋友了，咱们还是先谈正事吧。”

沐林枫急忙招呼三个人坐下，这里也没有沙发，只有一把椅子和一个长条木凳。

谭老大在床边坐下来，高鸿进和秘书坐在了长条凳上。

坐下后谭老大看着沐林枫开门见山地说：“久闻沐家祖上是咱们这一带最有名望的‘疙瘩’，而且相墓绝技无人能比。最近又听说了沐师傅在县城里的传奇故事，所以特来相求，具体事情还由高先生对您说。”

这时高鸿进接过谭老大的话：“林枫，是这么回事，谭老爷子今年已经八十出头，两年前就查出身患绝症，谭家兄弟俩带着老爷子跑遍了全国各大医院……哎，得了要命的病去哪里都不好办，实话说老爷子已经是病入膏肓，老爷子唯一的要求就是在家里离去，否则死不瞑目……”

说到这里，高鸿进点上了一只烟，深深地吸了一口后接着说：“你知道咱们这一带的风俗，不管是什么人，客死外面是不能进村的，否则村里的老少爷们不答应，只能是村外搭建灵棚做‘公事’，这是老爷子最担心的事情，所以坚决要求回到老宅来。”

高鸿进说的这个情况的确存在，客死的人灵柩是严禁入村的，甚至城市都有这样的习俗。还有的个别村镇，客死在外地的人，一切丧礼必须在露天进行，这是老人们极为忌讳的事情。

在露天举办丧葬，如果是晴天还好，如果遇到下雨天，那是非常忌讳的事情，特别是雨水淋湿了棺材，后辈子孙必会遭贫寒之苦。所以农村流传着俗语：“雨打棺材盖，子孙没被盖。”“雨打灵，辈辈穷。”所以在一般情况下，老人在感觉不支的时候，都会主动要求放弃医治，绝不留在医院里，而是回到家里等待死亡的来临。

从这种想象中可以看出客死家外对老人的威慑力有多大，他们宁可放弃求生，也要回到家中，追求一个善始善终。所以老人们的不怕死是有地点条件的，行将就木的老人只有守在家里，才能心安从容地离去……

听高鸿进说到这里，沐林枫急忙问：“谭老爷子是否已经回家了？”

“昨天刚从省城回来，老爷子已经年过八旬，用老话说也是喜丧了，所以谭总的意思是让你提前介入，把丧礼需要的一切该准备的提前准备好，全程操办老人的‘公事’，另外还有一件非常重要的事情，必须由你来亲自办理……”

高鸿进说到这里沐林枫就明白是什么事情了，于是接口说：“是不是需要给老人选择一个好的墓地？”

“不错，正是此事，请你亲自为老人‘寻龙点穴’。”高鸿进马上回答。

谭家所在是偏僻的山区，虽然政府提倡火葬，但是除了“凶死”和非正常死亡的，大多还是采取土葬，民政部门并不过多进行干预，所以老人们大都埋葬在山上。

在当地，夭折和无子女的孤寡老人死亡，一般被视为非正常死亡的人。而“凶死”则是指上吊死、被雷劈死、刀砍死、车祸死、溺水死、火烧死、蛇咬死、难产而死等等，也被称之为“反面死者”。

在人们的意识中，凡是“凶死”的人，都是前世有罪的人，这是因果报应，绝对不能把尸体运回家，而且不能给死者梳洗身体，所穿的寿衣也必须是白色的。“凶死”的人也必须火化，骨灰埋葬在偏僻荒凉的野外，不能葬在家族的公墓里。

“沐师傅，令祖的相墓绝技远近闻名，请沐师傅相墓也是家里老人的意思。老人特意提到，只有沐家人相中的墓地才是他最好的安身之处……”说着话，谭老大抬手向秘书示意了一下。

秘书马上拉开手包的拉链，从手包里取出一张银行卡，然后双手捧着递到沐林枫面前。

沐林枫接过卡来看了一眼，是一张“金卡”。

谭老大接着说：“沐师傅，这张卡内有三十万，是我们提前付给您的酬金。如果您觉得不够，可以向高先生讲，为了老人和子孙后代，花多少我们都不觉得多……”

高鸿进也附和着说：“不错，林枫，只要你把谭老爷子的事情办好了，钱不是问题，这是酬金，因为来得匆忙，谢礼没有来得及准备，过后再奉上。”

沐林枫现在正是用钱的时候，老宅那边正在盖房屋，而且还要买车，没想到来了这么一个大买卖，急忙对谭老大说："酬金足够了，礼物就免了……"

"哪能，按照老辈留下来的规矩，酬金是酬金。该有的礼物一点儿不能少，就请沐师傅多费心了。"谭老大客气地说。

沐林枫略微沉思了一下，然后对谭老大说："把老人和你们兄弟俩的生辰八字留下，明早黎明前我会赶到你们村子那边，寻找一下是否有合适的地方。另外老人那边安排人注意观察，如果有回光返照的迹象，就及时通知我……"

谭老大点头说："好，一切按照沐师傅说的办，另外留下一辆车子在这里，供沐师傅随时使用。"

高鸿进指着沐林枫说："赶快把你的手机开机，免得有事找不到你，真是的，不开机买手机做什么。"

沐林枫笑着解释说："这段时间是想静下心来思考一下，不想被打搅所以才没有开机。"

谭老大站起来说："沐师傅，这件事情就这么说定了，家里离不开人，我要尽快赶回去。"

沐林枫理解他此时的心情，老人行将就木，不知道什么时候就会咽下最后一口气，怎么可能有心思在外面多浪费时间？不用多说，赶紧把三个人送出去……

出院门后沐林枫发现胡同口外停着两辆车，走出小胡同，看到停在街道边的是一辆黑色的奔驰"S600"和一辆丰田"霸道"。

谭老大告辞后上了奔驰车，那辆越野车留在了这里，显然他们是有计划而来，已经打算好了。

看到轿车离开后，沐林枫才意识到高鸿进还站在自己身边没有走，于是好奇地问他："咦，你怎么没有跟着谭老大走？"

高鸿进嘿嘿一笑："我干吗跟着他回去，跟着你才是最重要的事情，林枫，回屋我跟你说件重要的事情。"

说着，高鸿进拽着沐林枫的胳膊往回去。

一边走高鸿进一边问："林枫，你跟我说实话，是不是想重操祖上的旧业？"

沐林枫点点头，毫不掩饰地说："是，我是准备继承祖上的那点儿东西。"

"太好了！"高鸿进兴奋地大叫了一声，好像发现了金矿一样，一脸欣喜若狂的表情，"这就对了，捧着祖上留下的金饭碗，干吗还要去要饭？"

"老高，实话说这件事还得要感谢你，如果不是你拽着我去操办朱福贵父亲的公事，我肯定不会想到要做'疙瘩'。"

"哈哈……这句话我爱听。"高鸿进高兴地咧开大嘴，毫不客气地说，"林枫，那你说要怎么样感谢我。"

说着话两人回到屋里，沐林枫在凳子上坐下后，笑眯眯看着高鸿进问："说吧，想要我怎么谢你？"

高鸿进很认真地说："林枫，来的时候我想过一件事，你专心致志地做'疙瘩'，研究相墓之术，而我呢就给你做经纪人，帮你在外联络业务，就像谭老大这件事一样，你觉得如何？"

沐林枫一听感觉这个提议还不错，他这个人最不擅长交际，跟陌生人打交道是他最头疼的事情。而这恰恰是高鸿进的强项，如果两人在一起合作，刚好可以取长补短。

"这个主意倒是不错，不过你还在酒店上班，怎么有时间做我的经纪人？"

"哈哈……这个好办，只要你答应了，回到县城后我立马打报告辞职，咱们兄弟在一起干一番大事。"高鸿进乐得有些手舞足蹈了。

听高鸿进这样说，沐林枫也非常高兴，丝毫没有意识到这是在引狼入室，于是爽快地答应了："那好，只要你愿意，就由你来负责对外联络的事情，实话说我就烦跟人谈生意。"

"咱们就一言为定了，回去后我就写辞职报告。"

实话说沐林枫对给谭老爷子选择墓地这件事，心里还没有底，因为他还没有彻底弄通祖上留下来的那部《相墓手札》，只能是临时抱佛脚了。

沐林枫对高鸿进说："高大哥，如果没有其他事情，你先去小三那里吧，我需要一个人静静地琢磨一下，实话说为谭家老爷子寻找好墓地我还没有把握。"

听沐林枫这样说，高鸿进马上站起来："好吧，我去小癞子那里，你一个人好好地琢磨一下，这是咱们兄弟接手的第一项业务，千万马虎不得。"

高鸿进刚要转身出去，突然间一个东西从窗口窜了进来，好像是一道金色的闪电从高鸿进的身边一闪而过，把他吓了一跳。等他定睛看清楚是一只黄鼠狼的时候，顿时神情紧张起来。

这时金色的小精灵已经跳到了书桌上，悠然自得地站在一摞书本上看着屋子里的陌生人。

"林枫，这里怎么会有黄皮子？"高鸿进惊讶地问。

"呵呵，我养的宠物，"沐林枫笑着说，随后转身对蹲在桌子上的黄鼠狼说："黄大哥，这位是我的朋友，你们俩认识一下。"

黄鼠狼随即发出了两声吱吱的叫声，算是与高鸿进打过招呼了。让沐林枫感觉奇怪的是黄鼠狼看到高鸿进的神态，似乎与见到小三的时候不一样，第一次见到小三时，黄鼠狼表现得很兴奋，而现在却很平静。

高鸿进一脸的惊愕表情，结结巴巴地问："它……它……不是成精了吧？怎么能听懂你的话！"

沐林枫用开玩笑的口吻说："大哥，干吗吓成这个模样，抽时间你去查查资料，黄鼠狼是人类真正的朋友，只是被有些人妖魔化了，你看这个小东西多么可爱。"

高鸿进摇着头，脸上挂着不可思议的表情说："天下之大无奇不有，竟然还有人养黄皮子当宠物，兄弟，我算是服你了……"

等高鸿进走出屋子后，沐林枫才从抽屉里取出那个盛放相墓术的黑檀木盒，然后从中取出那三张写着相墓绝技的草纸。

沐林枫原来打算先抄写完先祖们留下的《相墓手札》后，再开始研究相墓之术，

现在看来是来不及了，只能抓紧时间学会这项绝技。好在这段时间潜心地研读先祖写下的《相墓手札》，从中已经学到了许多东西，现在再看这个相墓之术就容易多了。而且在此之前，沐林枫利用空闲时间一直潜心研究文王八卦，因此对于先祖留下的相墓之术也是一点就透。

相墓，说到家就是一种民间信仰习俗，不仅在我国，在国外同样有人进行研究。当今美国、加拿大、日本、英国、澳大利亚等国有关学者从不同的角度对此进行了新的研究，大大地丰富和发展了相墓理论。

18 世纪英国议会秘书汤姆斯称其属“残存文化”的一种事象。19 世纪日本学者柳田男的继承者坪井正五郎和英国高莫先生在前人的基础上，提出了新的相墓理论。

《礼记》记载：“葬于北方之首，三化之达礼也，至幽之故也。”秦代时，对墓穴的“葬地兴旺”特别推崇，相传秦始皇陵墓就是当时相墓大家的得意之作。从这里可以看出，古代民众选择坟穴之风存在久远。

再例如汉代有著名的袁安葬父的故事，袁安为父寻觅坟穴，路遇三先生，先生指出：“此地砌坟，葬此地当世为上分。”袁安听从，后来果然累世昌盛。又相传，韩信祖坟，因气脉之穴偏离，面峙山头，相对成萧杀气，故不得善终。古人相墓的目的十分明确，就是为了子孙后代避祸祈福。

在沐林枫曾祖父的坟墓中，祖先流传下来与相墓有关的东西，一个是相墓工具，主要是刻有文王伏羲八卦和七十二局的罗盘和龙骨点穴针。罗盘是由黄铜制造，表面镀了一层厚厚的金，虽经历了数百年，依然熠熠生辉。另外就是不足三百字的相墓之术。

事实上相墓并不是人们想象中的有多么神秘，相墓的方法其实很简单，就是推断出天地人神这四者之间阴阳五行的相生相克，从而使之达到和谐。这里的“天”是时间概念，一般指死者的下葬时间；“地”是指埋葬死者的具体位置，也就是选择的寿穴；“人”是指死者主要家庭成员；而这个“神”并不是人们想象中的神仙，而是指组成宇宙中的暗物质。

最初精通阴阳五行之术的人们，发现有一种看不见的东西，这种东西的五行之气异常强大，无论是对天地人这三者都起着决定性的影响，因为看不见“它”，但是又的的确确地感觉了“它”的存在，于是就称之为“神”，现在的科学家找出了这种东西，就是占整个宇宙 95% 以上的“暗物质”。

相墓之术，方法简单，犹如一套解题的公式，原理就是对阴阳五行的“旺减弱补”，但是推演过程确实非常繁琐，里面有许多计算和判断。

经过几个小时的研究，沐林枫发现祖上留下来的相墓绝技关键在于两个字“虚实”，正是因为这两个字，才使沐家的相墓之术不同于其他人的相墓之法。

相墓的步骤大致分为六步：寻地、点穴、请土、砌穴、放符、测富。这六个步骤中每个环节都有非常严谨和繁杂的内容，沐林枫以前听过这方面的事情，所以对有些内容有一定的印象，因此只用了几个小时就将内容记了个差不多。

不知不觉中屋内的光线暗淡了许多，沐林枫看了一下手表，原来接近傍晚了，他正准备起身去开灯，高鸿进急匆匆地跑进来。

“林枫，我刚接到谭老大的电话，说老爷子刚才突然清醒了，精神头十足，要着吃点儿东西，而且还让泡了一壶好茶……”

沐林枫一听，知道谭老爷子这是回光返照，猜想明天很可能就是老爷子的大限，于是对高鸿进说：“谭老爷子寿限可能就在明天，你给谭老大回电话，告诉他，明天一早咱们就去给老爷子寻毛地。另外让他注意观察老爷子额头的皱纹，只要发现皱纹舒展开，马上打电话告诉我们……”

“好，我这就打电话。”

说着，高鸿进急忙拿出手机给谭老大打电话。

第八章

谭老大的家在谭坊村，距离沐家营大约有六十来里地，中间有一段崎岖的山路，开车过去大约需要一个多小时。

第二天早上四点多钟沐林枫就起床，同时把小三和高鸿进一起招呼起来，他们必须在日出前赶到谭坊村。

一天之中五行之气的变化很大，只有在天刚亮时，太阳还未出来的时候，受到的干扰最小，观察一个地方的五行之气是最准确的，因此这个时辰是相墓的最佳时间。

三个人仓促地洗漱了一下，来不及吃东西就准备走，刚要出门，那只黄鼠狼不知道从什么地方跑出来，这只小东西跳到椅背上冲着沐林枫吱吱直叫，似乎是想跟着一起去的意思。

沐林枫对着黄鼠狼说："黄大哥，我们有事要办，你老实待在家里，我们很快就会回来……"

没等沐林枫说完，高鸿进有些不耐烦地打断了他的话："林枫，它是只动物又听不懂你的话，跟它费什么口舌，赶快走吧，别耽误了正事……"

没想到高鸿进的话音刚落，黄鼠狼咧开嘴巴露出锋利的牙齿，朝着他尖叫了几声，而且拱起腰似乎要向他冲过去一样，吓得高鸿进急忙后退了两步。

很显然这只小精灵非但能听懂他们的话，而且还知道每个人对它的态度，沐林枫的心里忽然闪过一个念头，也许带上它会对自己有帮助。

如果没有这只黄鼠狼，沐林枫不可能找到曾祖父留下来的东西，他知道这个小精灵异常聪明，于是对黄鼠狼说："好吧，我可以带着你一起去，不过你一定要听话，不要吓着别人。"

黄鼠狼马上又吱吱叫了两声，叫声中明显带有欢快的意思。

沐林枫朝周围巡视了一圈，想找一个合适的东西来盛放黄鼠狼。因为是暂住在这里，房屋里除了床铺和书桌没有其他东西，一时还真找不出合适的器具。

忽然，沐林枫的目光落在了小三提着的手提包上，提包里只有曾祖父留下来的那个罗盘和几件小物件，于是从小三手里接过提包，拉开拉链，取出用红绸包裹着的罗盘放在隔层里，然后对黄鼠狼说："你就委屈一下躲在这里面，不过千万别把尿撒在里面……"

还没有等沐林枫说完，这个小精灵就敏捷地跳进了手提包里。这个用牛皮制作的手提包向外支撑着，刚好可以藏匿黄鼠狼。

在当地老百姓的心里，黄鼠狼是亦正亦邪的灵兽，藏着它可以避免人们受到惊扰。后面的事实证明，沐林枫的这个决定非常正确，黄鼠狼的确给他帮了大忙。

高鸿进驾驶着谭老大留下来的那辆丰田霸道，不到一个小时就赶到谭坊村，这个村坐落在几个山间的小型盆地内，周围有三座山头环绕着村庄，应该说谭坊村是方圆百里内海拔最高的一个村子了。

在山口处沐林枫就让高鸿进把车停下来，这里地势比里面高出许多，刚好可以观看整个谭坊村的全貌。

三个人都下了车，此时天色已经放亮，周围的景色能看得很清楚了。呈三角形排列的三座山峰环绕着村子，位于山谷中间的村庄上空聚集着一股水汽，仿佛

是飘浮着一层薄薄的白纱，雾气氤氲如梦如幻。

遥望着前面的美景，高鸿进赞叹地说："这个谭坊村真是个好地方，峰峦矗拥，清水环绕，一看就是个灵秀的风水宝地，难怪能出谭老大这样的人才。"

从表面看这里真的是个不错的山村，也就是人们常说的风水宝地，不过在沐林枫看来却并非如此，对于风水这个问题，沐林枫与其他人有不同的认识。

空气流动形成风，自然界中的水就是风水中的水，环境温度的改变导致人的吉凶不同，而风和水是影响环境温度变化的主要因素，于是人们就把查温度变化定人吉凶的技术叫"风水术"。

盖房子都讲究坐北朝南，认为这样的房子风水好，事实上也是如此，因为坐北向南的房子内享受的阳光是最充足的，这就是为什么住北屋的人身体健康，而住南屋的人容易生病的原因。因为南屋受阳光照射少，屋子里阴暗潮湿，容易滋生细菌，对身体不利，时间长了自然就生病，这就是最简单的风水术，也是人人都懂的风水术。

谈到风水的时候有的人总认为是有山有水、环山抱水、龙势虎跃的地形，好像风景优美的地方就是好风水，其实这些都是无知之谈。有一个例子，可以说明这个简单的道理。

有一个人所共知的伟人，诞生在青山绿水环抱的地方，那里的确是个好地方，风景优美，他的家宅位于半山腰面朝东南，许多人都说那里是个风水极佳的地方，才出了伟人。但是大家有没有想过风水好坏是对特定的人来讲的。出生在同一间房屋内，同一张床上的三兄弟，一个成了伟人，而其他两个兄弟却惨遭敌人的杀害，英年早逝。所以说这里对他的兄弟来讲绝不是什么风水宝地。

每个人都是由金、木、水、火、土这五行组成的，宇宙也是由这五行组成，是一个大五行。每个人的命运无时无刻不受到阴阳五行运行的影响。影响五行旺衰的因素主要是天时和地利。天时是指五行运行到某一个点上时天气的状况。天气对五行旺衰的影响力最大，特别是一个人出生时的天时，或者说出生时所秉受的这五行的状态，决定了这个人一生的命。比如说一个人五行之气最需要的是火，他出生时恰逢晴空万里，烈日当头，从天到地火力旺盛，那么此人秉受的火气最重，试想还有什么能比太阳的火力旺盛？能得天时助益者，必为天上奇才。所以说任何一个地方风水的好坏是因人而定，绝对不能笼统地说风景优美的地方就是风水宝地。

现在沐林枫没有时间跟高鸿进谈论这些内容，他必须凭借第一印象本能地来感觉这里的五行之气，因此沐林枫集中精力观测着整个山谷和周围山上的情况，这是先祖们的《相墓手札》中都提到的一个惯用的方法。

小三提着藏有黄鼠狼的提包跟在沐林枫的身边，提包内的小东西也察觉到车子停下来，从拉链的一端努力地伸出头来，瞪着两个圆溜溜的眼睛看着陌生的环境。

这段时间，小三跟这只黄鼠狼已经混得很熟了，而且成了好朋友，看到黄鼠狼伸出头来，小三用手抚摸着它的头低声说：“阿黄听话，赶快藏起来，否则以后就不带你出来了。”

小三竟然给黄鼠狼起了一个名字，不过“阿黄”这个名字也不错，很形象，这个小精灵对这个名字好像很接受，乖乖地把头又缩回去。

高鸿进看到沐林枫和小三都没有搭理他，自己走到一边拿出手机开始打电话，听他在叫谭总，沐林枫猜想他是在与谭老大通电话。

观测了一会儿后，沐林枫心里基本有数了，于是招呼两人上车。

他们的车还没到村口，就看到谭老大急匆匆地从村子里迎出来，身后还跟着两个人，其中有一个沐林枫认识，是谭老大的秘书，昨天一起去找过他。

高鸿进急忙把车停下来，同时对沐林枫说：“跟在谭老大后面的那个人是他弟弟，兄弟俩一起出来迎接，你的面子真是不小。”

沐林枫笑了笑没有说话，随后打开车门下来。

同谭家兄弟俩简单地寒暄了几句后，沐林枫就直接地问：“你们村里的墓地都位于什么地方？”

谭老大指着周围的山头说："实话说山里人的墓地都比较散，各个人家的坟地都分散在自己承包的山林里，周围这三个山上都有，我们家族这一支人数算是比较多的。先人的墓地集中在村子西南角的山脚下，沐先生觉得那个位置如何？"

沐林枫轻轻地摇摇头，不疾不徐地说："恕我直言，你们村子周围的这三座山上和你们家族的墓地都不适合作为令尊的寿穴。"

"哦！请沐先生明示。"谭老大惊讶地说。

沐林枫接着说："《葬经》云：葬者，藏也，乘生气也。夫阴阳之气，噫而为风，升而为云，降而为雨，行乎地中，谓之生气。山之不可葬者有五：气以生和，而童山不可葬也。气因势来，而断山不可葬也。气因上行，而石山不可葬也。气以势止，而过山不可葬也。气以龙会，而独山不可葬也。所以童、断、石、过、独这五种山不可作为墓地，否则就生新凶，消已福……"

说到这里，沐林枫指着村后的山头接着说："这座山就是标准的童山，童山粗顽，土脉枯槁，无发生冲和之气，故不可葬……"

随后他又指指村子两侧的山说："你们看这两座山都有断崖，就是我刚说的断山。山既凿断，则生气隔绝，不相接续，故不可葬。所以村子周围的这三座山都不适合作为墓地。"

听沐林枫讲的头头是道，不管是否听明白了，几个人都连声称是，谭老大急忙问："沐师傅，那位于村子西南处的墓地是否合适？这里应该不是在山上。"

沐林枫又摇着头说："位于村子西南的处的墓地虽然不在山上，但是更不适合作为墓地。"

"啊！为什么？"谭老大瞪大了眼睛问。

沐林枫对谭老大惊愕的神情感觉很意外，因为谭老大留给他的印象是一位像大山一样的汉子，这样的人泰山压顶都不会皱一下眉，听了自己的话怎么会大吃一惊？

沐林枫没有急于回答谭老大的问题，而是指着村子右侧的山峰问几个人："你们看一下这座山像什么模样？”

几个人翘首看了一会儿，都没说出什么来，张小三突然说：“这座山像是一只老虎趴在那里。”

“嗯，不错，刚才还没看出来，听小瘸子这么一说，再端详一下还真是这么回事，果然像只卧着的老虎。”高鸿进接着说。

谭老大也点着头说：“以前还真没注意，现在听你们这样一说，的确像是老虎的样子。”

沐林枫又指着另外两座山对谭老大说：“实话说你们谭坊村所处的位子非常好，只是你们没有察觉而已。常言道地有四势，青龙、白虎、朱雀、玄武，这里都有。右侧的山为白虎，左侧的这座如同青龙，村后的这座山为玄武，从后山下来的那条蜿蜒溪流就是朱雀。地有四势，气从八方，能有如此地势的村庄还真的不多……”

谭老大一脸疑惑地看着沐林枫：“沐师傅，照您的说法我们这个村子地势这么好，那为什么不能做墓地？”

“好的地势却不一定适合做墓地，任何事物都有正反两个方面，地势同样如此。玄武垂头，朱雀翔舞，青龙蜿蜒，白虎顺俯。这样的地势才适合做墓地；形势反此，则为不利。请谭老板观察一下你们村子周围的这三座山峰是什么样的形势？”

听沐林枫这么说，几个人又开始端详周围的三座山峰，看了一会儿都摇着头，很显然他们都没有看出什么来。

谭老大回身对沐林枫说：“我真的是眼拙没有看出玄机来，请沐师傅直言相告。”

“《葬经》中明确提到，有四种地势不能选做墓地，虎蹲、龙踞、玄武不垂、朱雀不舞，因为虎蹲谓之衔尸，龙踞谓之嫉主，玄武不垂者拒尸，朱雀不舞者腾去……”

沐林枫一边说一边指指村子后面的那座山说：“你们看这座山头是不是昂首的样子？主山高昂，头不垂伏，如不肯受之葬而拒之。这就是葬书中所说的‘玄

武不垂者拒尸’，所以不能在这座山上建造墓穴，否则对逝者不利。”

说着，沐林枫又遥望着右侧的山说：“右边的山势仿佛老虎蹲在那里，昂头视穴，如欲衔噬坟中之尸，这就是《葬书》上所说的‘虎蹲谓之衔尸’。因此村子西南处的墓地选择得很不好。而左侧的山形如踞，好似青龙不肯降服的神态，回头斜视，如有嫉妒之情，就是‘龙踞谓之嫉主’，在这样的山上挖寿穴同样对逝者也不利，而且还殃及后代……”

人的心理都有一种先入为主的习惯，当告诉他这个东西像什么东西后，就会越看越像。经过沐林枫这么一说，几个人都连连点头，同时还赞叹不已。

谭老大好像被沐林枫最后的一句话吓怕了，脸色一变，急切地说：“沐师傅既然认为在我们谭坊村周围没有合适的地方，就请您指点一处风水宝地。钱的问题不用考虑，只要沐师傅认为行就可以。”

谭老大的这种心情可以理解，在人们的心里最怕的是祸及后人，特别是像他这样有钱有势的人更是如此。

沐林枫刚才所说的这一切并不是恐吓他，在其先祖留下的《相墓手札》中的确有这样的记录，他只是照本宣科地讲出来而已。为了使大家更加信服，沐林枫特意加上了“葬书”、“葬经”这样的字眼，在老百姓的意识中经书上的东西，或者说前人流传下来就是真的，这就是有些人总喜欢打出“祖传秘方”之类宣传的原因。

葬者，藏也，乘生气也。生气行乎地中，发而生乎万物。人受体于父母，本骸得气，遗体受荫。盖生者，气之聚。凝结者，成骨，死而独留。故葬者反气纳骨，以荫所生之道也。气盛而应，鬼福及人。 是以铜山西崩，灵钟东应。

这段古文就是《葬经》中讲述去世的父母与后代子孙的关系，大家一看就明白，不用多解释。最后一句话“铜山西崩，灵钟东应”讲的是一个真实的历史故事。

西汉时期的一天，未央宫里的大钟突然无缘无故地自已鸣响起来，东方朔说：一定是生产铜的大山崩塌了。过了没有几天，从西蜀传来上奏，生产铜矿的大山崩塌了，而时间刚好是未央宫里的大钟自鸣的时候。

汉武帝问东方朔如何知道的这件事，东方朔答曰：铜出于山，气相感应，犹人受体于父母也。

汉武帝叹曰：物尚此，况于人乎！昔曾子养母至孝，子出，母欲其归，则口齿指，而曾子心痛。人凡父母不安而身离待侧，则亦心痛，特常人孝心薄而不自觉耳。故知山崩钟应，亦其理也。

看到谭老大不安的神情，沐林枫轻轻地摆了摆手："不用到外面去寻找，在这里就有一处绝佳之地，只是没有被人发现而已。"

"哦！在什么地方？"谭老大急忙问。

沐林枫用手指着村后方向说："刚才在山口的时候，我看到从后山上有一条溪流淌下来，而且在村后的山脚下拐了一个弯，那里应该就有一处宝地。"

听沐林枫说到这里，谭老大突然脸色大变，张口结舌地说："我……我……沐先生……能不能讲得明了一点儿……为什么那里是宝地？"

"谭总，有什么不对吗？"看到谭老大突然间神情大变，沐林枫也感觉有些奇怪，猜不出他为什么会有这样的表情……

当谭老大听到沐林枫讲村后有一处适合选做墓穴的地方后，突然表现得很反常，像他这样经历过风浪的人，一般事情不会使他如此，沐林枫感觉这里面一定有什么隐情。

只见谭老大沉思了几秒钟，似乎是下了很大决心，然后对沐林枫说："沐师傅，我就对你说实话吧，家父的坟墓早在几个月前就已经修建好了，就在西南侧的那处墓地中。"

对谭老大的话沐林枫并不感觉意外，在当地有建活人墓的习俗，有的墓穴甚至建好了几十年都没有使用。像谭老大这样的富豪，没有提前给老人修建墓地才是令人不解的事情。只是沐林枫不明白他又请自己来的目的是什么。

谭老大见沐林枫表现得很平静，也没有问他什么，顿时感觉有些歉意，只好实话实说："沐先生，我把实情告诉你，请多多谅解。"

沐林枫点点头并没有多说什么，因为他的心里多少有些不快，特别是这种事情，绝对不可以乱来，怎么能对自己撒谎呢？

谭老大接着说："半年前，有位三十来岁的陌生人找到我，此人长得文质彬彬，透露着学者气质。他直截了当地对我说，半年后是我父亲'关口'，家父很可能度不过这一关。他交给我一张图，图上画的是我们谭坊村的地形图，他告诉我赶快为父亲修建一处墓地，也许能帮家父冲开这一个'关口'，还说家父只要能度过这一关，再活十年没有问题……作为子女当然期望长辈能多活时日，于是我就按照图上所示，仅用了十多天的时间就为家父建造了一处墓穴……"

"这么说村西南的墓地就是那个人选定的？"沐林枫若有所思地问。

"不错，那个人对我以及谭坊村的情况都非常了解，记得那个人交给我草图的时候特别叮嘱，墓穴必须在西南处，而且特意叮嘱不能选在村后沐先生刚才所说的那个位置，所以听到沐师傅的话我才感觉有些惊讶……"

"谭总不认识那个给你图的人？"沐林枫好奇地问。

谭老大用肯定的口气说："绝对不认识，而且从未谋面。"

"那您怎么会相信他的话？"

"哎，这就是俗话说的有病乱投医，我也知道家父的病治疗不好了，可是总盼望有奇迹出现，所以根本就没有多想。而且那个人给我的印象非常深，举止谈吐处处流露着文雅气质，令我深信不疑……前几天家父从医院回到老家后，我突然意识到这件事非常蹊跷，越想越感觉不对劲，刚好高师傅来看家父，向我推荐了沐师傅，所以才去把沐师傅请来……"

谭老大说到这里停顿了一下，又急忙说："我们请沐先生的主要目的不仅仅是为了相墓，最主要的是请您主持家父的葬礼。"

谭老大的话并没有引起沐林枫的警觉，而且他对谭老大的话也没有往深处想，因为相墓与测一个人的八字非常相似，方法也几乎一样。懂得八字预测的人都知道，测八字的关键在于从中“十神”中选择一个对日干最有利的“用神”，而“用神”一旦选错，推测出的结果会刚好相反，大吉会断成大凶，凶兆也会被看成是吉。所以某个人看上去地势凶险的地方，在别人眼中也许是宝地，而且在先祖留下的《相墓手札》中就有这样的记录。

沐林枫微微一笑，对谭老大说：“对这件事谭总不要太往心里去，有这样的情况也并不奇怪，在相墓时的确会出现这样的情况，在不同人的眼里凶吉可能相反……”

没等沐林枫说完，谭老二就着急地问：“那应该听谁的？我们为父亲修建好的墓地到底是宝地还是凶葬？”

沐林枫看着对谭老二说：“这个问题最简单，问问自己的内心，直觉会给你最好的回答。”

谭老大点点头：“沐师傅的话虽然深奥，却是最好的答案。”

“呵呵，其实你们在心里已经作出了选择……”沐林枫一边说一边向大家招招手，“咱们还是抓紧时间去村后看看，检查一下我的判断是否正确。”

“谭总，咱们开车过去吧？”高鸿进殷勤地征求谭老大的意见。

谭老大没有回答，而是转身看着沐林枫。他现在对沐林枫佩服得五体投地，所以一切都尊重沐林枫的意思。

这是一个不足百户的小山村，步行几分钟就能穿过村子，沐林枫于是对谭老大说：“咱们走着过去吧，刚好可以观察一下村子内的情况。”

“好，从这边走吧。”谭老大爽快地说，同时在前面领路。

现在的经济条件都好了，村里已经看不到那种石头垒砌的房屋，基本上是钢筋水泥结构的平顶房，门窗也都是铝合金或是塑钢，前后都贴漂亮的墙面砖。房屋最能体现一个村子的经济实力，谭坊村在谭家兄弟的带动下，发展非常快，看得出比沐家营要好很多。

因为时间还早，村内街道上的人还不多，一行六个人悄悄地穿过村子。山村的大小胡同都是水泥路面，显得非常整洁干净，所有的这些都是谭家兄弟的功劳。谭家兄弟富了不忘乡亲，在当地有很好的口碑，这也是沐林枫想尽心尽力做这件事的原因。

走到村子中间的时候，谭老二快走几步追上走在前面的沐林枫和谭老大，然后轻声地问："沐师傅，请问什么样的墓地为好？只要您选择好了地方，我跟大哥商量过了，拿出几百万来为老人修建一处豪华的墓地……"

沐林枫急忙摆摆手制止了谭老二的话，然后边走边说："现在的确有些人花费几十万甚至几百万修建豪华墓地，这样做是不可取的。"

"噢，为什么？"谭老大也很感兴趣地问。

"请恕我直言，这种做法实乃愚人之举，墓穴的吉凶与修建的豪华没有任何关系，甚至会带来相反的作用。"

沐林枫的话显然让谭家兄弟俩很吃惊，谭老二惊讶地说："沐师傅，您能不能讲得明白些，为什么会有相反的作用？"

沐林枫边走边解释说："穴有三吉，葬有六凶，《葬经》曰：'穴吉葬凶，与弃尸同。'这就是说选择的墓地再好，如果送葬的方式有问题，就等同于把死者的遗体抛弃。关于什么是'吉穴'，过会儿到村后我再讲给你们听。先说一下'葬有六凶，''阴阳差错为一凶，岁时之乖为二凶，力小图大为三凶，凭恃福力为四凶，僭上逼下为五凶，变应怪异为六凶'。这个一凶二凶是指葬日不得方向年月之通利，三凶是指生人福力浅薄，而欲图王侯之地，是不量力度德，而这第四凶，相信二位都知道，我就不细说了，过度炫富耀贵，与亡者无益，给存者招祸……"

沐林枫的话音未落，谭老大就心悦诚服地说："明白了，多谢沐师傅的直言相告，那么怎样做才为好？"

"一切合乎阴阳之理即可。"

沐林枫这句话虽然说得很玄奥，不过几个人心里都明白是什么意思，也就不再多问。

说话间一行人就来到了村后的山脚下。

这里大约有几亩的地方，山上难得有这样平坦的土地，而且还有一条源源不断的溪流穿过，溪水还在这块土地的中间位置转了一个弯，形成了一个半环，从远处看有点儿像太极中间阴阳鱼的造型，真是不错的地方。

沐林枫把周围的环境仔细地观察了一遍后，从怀里摸出一个鹿皮小包，然后从小包的夹层中抽出了一根有一寸多长、白色的针状东西，一头的针眼中还穿着一根一尺来长的红线，这是沐家独有的“寻龙点穴”的专用工具“龙骨针”。

这根龙骨点穴针是向沐家始祖传授相墓绝技的老道专门赠送的，据说是用万年的龙骨化石精心研磨而成，世上仅此一根，用此针点中的墓穴，没有一处出现偏差。

相墓术中最令人感觉神秘的部分就是“寻龙点穴”。所谓的“寻龙”就是去野外看山形地势；“点穴”就是确定陵墓的具体位置。之所以这样叫，一是有些人为了故弄玄虚，二是山势如果从高处看的确像一条蜿蜒爬行的龙。

“寻龙”之后，“点穴”是个关键，这个也有点画龙点睛的意境，不过点穴的确是相墓过程中最关键的一环，而且也最见相墓者的功力。所以精通相墓之术的人常说：三年寻龙，十年点穴。就是这个意思。

寻龙需要翻山越岭比较辛苦，是体力活，但是点穴却是比较复杂的脑力劳动。对于寻龙，多少了解些皮毛的人，都知道应该怎么做，但是“点穴”则非一般人可为，是相墓之术中的核心机密。

“点穴”也是一个复杂的过程，用相墓人的话说有识穴情、观穴体、审穴形、定穴位等一系列的环节。点穴的工具也多种多样，多数相墓人喜欢用手杖，因为寻龙爬山时，都会手执拐杖，所以就顺便用手杖进行点穴了。另外也有用铜钱、银针甚至有相墓者用指甲点穴的。

袁天罡和李淳风就是古代非常有名的相墓高手，两人的点穴方法就各不相同。袁天罡点穴用铜钱，而李淳风点穴则是用银针。两人同朝为官，高宗李治与武则天的合葬墓“乾陵”，就是他们两人选定的。

据说为选准陵址，两人跑遍了关中平原一直未有所获。有一天晚上，袁天罡夜观天象，发现北方山中有一团紫气升起，直冲北斗七星。紫气的出现是一种吉兆，顺着这团紫气，袁天罡找到了一个地方，选准穴位，在地里埋了一枚铜钱作记号。

此后不久，李淳风随后也随着龙迹找到了这个地方，并且发现梁山二峰东西相对，远观貌似女性的一双美乳，而整个山陵如一个熟睡之中的贵妇人，妙不可言，贵若天尊。李淳风当即以身影取子午，以碎石摆八卦，将一枚银针插入算定的地方作记号，没想到银针刚好扎在了袁天罡所埋的铜钱上……

言归正传，沐林枫取出万年龙骨针后，用拇指和食指捏住拴针的红线，让龙骨针自然地垂向地面。然后在自己圈定的范围内开始缓慢行走，沐林枫行走的路线是一个弧线，当他走了十几步后，拴龙骨针的红线突然从中间部位断开，龙骨针一下子扎在了地面上。

沐林枫转过身来，指着插在地上的龙骨针对谭老大说：“这里就是我们选定的寿穴。”

谭老大几个人都睁大眼睛好奇地看着沐林枫，大家都想不到红线竟然会从中间扯断，心里不禁暗暗称奇，同时也为沐家独特的点穴方法所折服。

随后，沐林枫让小三拿出红绸包裹的罗盘，又掏出一张白纸，上面写有谭老大的父亲和他们兄弟俩的生辰八字。沐林枫要先用罗盘推测出此地的五行之气的强弱，然后再计算是否与三个人的五行相合，这是一个复杂的演算过程。

十多分钟后，沐林枫就推算出这里果然是极佳的首选之地，于是指着从山上流下来的溪水对谭家兄弟说：“正是因为有了这条溪水，才使这里变成了一处上上之地。以水为朱雀者，衰旺系乎形应，以澄清莹净为可喜，你们看这溪水清澈见底。朱雀源于生气，气为水母，有气斯有水。派于未盛，朝于大旺。派者，水之分也，朝者，水之合也。小流合大流，乃渐远而渐多，而至于会流总潞者，此水之大旺也……此处作为墓地，不仅对令尊好，而且利于后代子孙。”

沐林枫的话音刚落，谭老大立刻急切地说：“一切听沐师傅的，您怎么说我们兄弟就怎么办。”

沐林枫摆摆手接着说“先别急，关键还要看下面的土是什么颜色，刚才我说过，‘穴有三吉’，藏神合朔，神遁鬼避，一吉也。阴阳冲和，五土四备，二吉也。目力之巧，工力之巧，趋全避缺，增高益下，三吉也。这其中的二吉就是指土的颜色，只要下面的土不是黑色，就可以将这里选做墓地，今天正午时分就可以‘请土’了。”

谭老大刚要说话，口袋里的手机突然响了起来，他看了一眼屏幕急忙接通了电话，只见他的脸上顿时变得很难看，急忙对沐林枫说：“沐师傅，家父突然变得气息微弱，我们是否一起回去？”

沐林枫马上点头答应：“好，赶快走。”

大家顾不上多说什么了，一起往村子里跑去……

在当地，一个正常去世的老人，从气息开始衰弱，一直到葬礼结束，这中间有非常繁琐的礼仪程序，来不得一丝马虎。因为，这是一个人在世上的最后时刻了，也是被视为最神秘的时候。而这个过程往往需要聘请有经验的“疙瘩”来把持每个环节，这也是谭老大早早去请沐林枫的一个原因。

当六个人急匆匆赶到谭家老宅的时候，庭院内已经站了不少人。亲朋好友、左邻右舍都赶过来了，从中也能看出谭家在村子里的为人和声望。

虽然院子里站满了人，但是却鸦雀无声，每个人的脸上都挂着肃穆和紧张的神情，仿佛在等待一个庄严时刻的到来。

这是一个典型的山村四合院，比较近的亲属都挤在北面的堂屋内。堂屋的地上已经摆放了一张门板作为简易的灵床，看来家里人已经在作“初终”的准备。

从咽气到下葬，整个丧葬过程一般来说分四个阶段，分别为：初终、小殓、大殓、送葬。死是人生旅程的结束，也是初终的开始。

之所以要在正房的地上摆放一张门板，是为了把即将咽气的人从卧室里移出来躺在上面。老人是不能死在自己睡觉的床上，否则会被认为很不吉利；并且一定要在家里的正屋或是明间的灵床上去世，这样才有别于客死，叫善终，也就是常说的“寿终正寝”。

卧室里的人见谭老大几个人进来，纷纷出来，让出里面狭小的空间来。沐林枫跟在谭家兄弟后面一起走进里屋。

只见一个宽大的水泥炕占据了屋内近一半的面积，床上仰面躺着一个瘦削的老人，在老人的旁边还有一位满头银发的老妇人盘腿而坐，而且一只手还握着老人的手。

不用问，这位老妇人一定是谭家的姑奶奶，此时也只有姑奶奶有权力坐在这里。在宗亲观念很重的农村，姑奶奶作为父亲的姐妹，在所有的亲戚中，身份是最重的。家里遇到婚丧嫁娶这样的大事，姑奶奶所说的话是不能违背的。

在家族中所有亲戚如果按照远近亲疏排列，分别为姑妈、舅舅、姨妈、姑父、姨夫……这样的次序，特别是在丧礼上，次序是绝对不能乱的，否则会被责怪，严重的情况下丧礼会进行不下去。

沐林枫注意到躺在床上的老人，胸口过好几秒钟才向上挺一下，而且间隔时间原来越长，很显然老人是倒气，这种情况不会持续很长时间，老人很快就会停止呼吸。沐林枫赶紧招呼屋内的人准备给老人穿寿衣，人在离去时一定要穿着干干净净的新衣服。

这时所穿的寿衣是为老人离去作准备，所以一般里面为单衣，外面为夹衣，就是带里衬的衣服。而在人殓时，也就是将遗体请入棺材时还要穿上棉衣棉裤。

穿寿衣也有严格的规定，首先必须是单数，一般是五件、七件或是九件不等，绝对不能是双数；如果是双数，暗示死亡的凶祸会再次降临到家里。另外做寿衣的布料不用绸缎，因为“缎子”与“断子”谐音，预示死者的后代会遭遇断子绝孙的报应。

这时谭老二与自己的媳妇和嫂子一起开始用毛巾擦拭老人的身体，而沐林枫则指点着谭老大先穿上老人的寿衣。

这是给去世的老人穿寿衣的特殊方式，遵照当地的规矩，寿衣需要长子先一件一件的穿在自己身上，然后一次性脱下来，再给老人一起套在身上。

谭老大把三件寿衣都穿好后，又一次性脱下来，老二他们也已经给老人擦干净了身体，于是几个人一起把寿衣套在老人身体上。

之所以先给老人穿三件寿衣，是因为后面还有一个礼仪叫小殓，就是给亡者穿入棺的寿衣。一般来说这个时候穿的这三件寿衣都是单衣，而在小殓时则必须是夹衣和棉衣。

《礼记·丧服大记》中有“小殓，君、大夫、士复衣复衾”。古代的衣服有里叫“复”，没有里子叫“单”，入棺时的寿衣必须是复衣。

给老人穿好寿衣后，大家将老人抬到外面明间的用床板做的简易灵床上，开始为老人送终，也就是在亲属的守护下度过最后的弥留之际，也有的把这叫作“挺丧”。

这时有几个女人忍不住内心的悲伤开始落泪，同时发出低声的抽泣声，按照习俗这个时候是绝对不能哭泣的。沐林枫急忙摆摆手，低声说：“都注意，现在谁也不能哭，否则会惊扰了老人的魂魄。”

谭老爷子被移到明间的灵床上后，鼻翼就不再扇动了，沐林枫赶紧让沐家人取过一缕已经准备好的新棉花，扯下一点后放在了老爷子的鼻孔前。

这叫作“属纩以俟绝气”，“纩”就是丝棉，有一个成语“属纩之际”就是由此而来，意思是临危的时候用丝绵来验证即将离世的人是否还有气息，只有棉丝不动了，就说明老人去世了。

现在这个环节并不是为了验证人是否还有气息，而是演变成了一项程序，整

个丧葬礼仪从这儿开始了。此时谭家所有的亲属按照辈分和亲疏守候在老人一侧。

按照习俗“三服”以内的亲属此时应该都在场，屋内的是直系亲属，其他人都在外面。当要送葬的时候，“五服”以内的亲属必须都要参加了。

葬礼是展现一个家族所有成员的唯一场合，而表现家族成员亲疏关系的“几服”，事实上就是以葬礼中每个人所穿的丧服来区分，通常讲是“五服”以内，出了“五服”就代表不存在直接的血缘联系了，参加葬礼时可以不用穿孝服。这里不再多说，在后面会详细讲述这“五服”的内容。

屋内所有人的眼睛都紧盯着老人鼻孔前的一丝棉绒，此时亲属们的脸上还没有悲伤，只是流露着肃穆的神情，屋内屋外鸦雀无声，所有的人大气都不敢喘，仿佛是担心惊扰了老人即将离去的魂魄。

躺在门板上的老人表情平静，应该说所有正常离去的人都非常平静，沐林枫看着老人的面孔，他相信人来到这个世界上时经过了痛苦的挣扎，而离去时一定是安详舒适的，这也符合自然界的阴阳平衡。

只见老人的脸色并不难看，额头的皱纹都舒展开来，这是人即将离去的标志……

这时沐林枫注意到老人鼻孔处的棉丝不动了……大约过了十多秒钟的时间，沐林枫向旁边的人招招手，马上有人递过老人穿过的一件褂子，屋内上年纪的人都知道后面要做的事情……

谭家的亲属们哗啦一下都跪在了地上，大家都知道老人已经断气了，不过现在还不能哭，还要等着为老人招魂。

沐林枫走到谭老大身边，伸手将他从地上拉起来，将褂子递到他手里，随后轻轻拽着他的胳膊走出屋门来到外面的台阶上，让他面朝西南方向，大声呼唤父亲回来。

“爹……回来吧……”谭老大拖着长音呼唤了两遍。

这个环节在民间称“招魂”，意思是把离开的魂再叫回来，这个仪式在古代时称为“复”。“复，尽爱之道也。”表示为挽救死者尽最后的努力。

呼唤之后，沐林枫牵着谭老大的胳膊重新回到屋内，走到灵床边后，谭老大把手里的褂子盖在老人的身上，同时喃喃低语：“爹，快回来吧，爹，睁开眼看看我们……”

只见老人鼻孔处的棉丝依然纹丝不动，这就确定老人是真的离去了，送终的环节也就结束了，下面就是进入哭丧环节。

沐林枫朝谭老大做了一个下跪的手势，屋内顿时哭声一片，这就开始哭丧，整个丧礼过程从这时起才正式开始。

这个时候不同人哭的程度也是有区别，与死者同辈的男人只能是呜咽，后辈则是大哭，而女人们应该是捶胸顿足地嚎啕。哭的时间大约在五分钟，随后就要停止哭泣，准备其他事情。

在谭家亲属们开始哭丧的同时，马上有来帮忙的左邻右舍的乡亲进屋来，在沐林枫的指挥下，首先用一张黄纸盖住死者的脸，预示着从现在开始不能再让死者看到阳间的事情了。

随后，在死者的头部摆上一张小方桌，将饭菜和水酒都摆好，这叫“倒头饭”。摆好倒头饭后，亲属就要停止哭泣了，否则会惊扰了死者吃饭。

帮忙的乡亲把痛哭的谭家亲属从地上搀扶起来，到外面去换衣服，每个人都要把艳丽的衣服脱去，换上素淡的服装，女人要把身上佩戴的首饰全部摘下来，然后开始居丧。

在丧礼上的哭泣也是有严格规定的，有俗语说：“辰日不哭，哭有重丧。”意思就是在不适当的时候哭泣，往往会使家庭再遭不幸，会再有人去世。另外也是为故去的人考虑，害怕惊尸，而使尸变。

担心并不是没有道理，就在谭老爷子去世的当天夜里，真的发生了尸变……

第九章

实话说接了谭家这个活后，沐林枫的心里一直有种惴惴不安的感觉，因为是第一次正式出来做“疙瘩”，有这种心理也是正常的，所以沐林枫也没有太在意。

多数情况下，人的心里出现莫名的不安，很可能是内在的潜意识对个人的警示，这也就是人们常说的第六感。事实上在大的危险来临前人都会有警觉，内在的直觉都会提醒我们注意，只不过这种提醒很容易被忽视而已。

每个人都可以静下心来回忆一下，在你经历过的一些大的变故或是突然意外时，是不是在事前心里有过瞬间的不安，而被自己忽视了。其实直觉是上天赋予每个人的一种特殊能力，只是不常使用而退化了。

这一次沐林枫也是因为忽视了内心的警示而差一点酿成大祸，从答应谭老大给他父亲办丧礼到现在，一切还算顺利。墓地选择得还算可以，而谭老爷子去世的时辰也比较吉利。

老人去世的时辰也暗示着不同的吉凶，而且有不同的消邪去灾的方法。像谭老爷子这样在清晨早饭前去世被认为是最佳时间，喻示着给子孙留下了三顿饭，俗称叫“留三顿”，让后代一日三餐都有饭吃。若在早饭后咽气，则预示后代有断炊的厄运。在当地最忌讳的是老人在晚饭后去世，因为这样死者将一日三餐都带走了，预示后代有沦为乞丐的危险。遇到这种情况必须要请“疙瘩”禳解一番才可以，在送葬过程中需要额外增加许多内容，而请“疙瘩”的费用自然也要涨。

给死者摆上“倒头饭”后，接下来就有大量繁杂的事务需要做了，首先推荐出家族里一位德高望重的长辈做“总管”，负责安排帮忙的人员。丧葬不同于其他活动，自家的人都要哭丧陪灵，所有繁琐的事务必须要由帮忙的乡亲来做，这就需要一个总管来统领调配人员。

整个丧礼是否能顺利完成，两个人起关键作用，一个是负责礼数的“疙瘩”，另外一个就是负责事务的总管。谭家在当地有很高的威望，在本县也应该是最大的丧礼了，所以这个总管非常重要。

老人曾给谭老大留下话，丧葬要按照乡里的规矩办，尽量不要惊动外面的朋友，所以谭老大对父亲的去世消息没有声张，否则仅是生意上的朋友就会让他应接不暇。

现在有两件事需要同时进行，第一件事情就是送讣告，初终的当日要安排人向亲友报丧。讣告也称作“赴告”，有奔赴相告之意，讣告上要写明死者的生卒岁月和祭葬时间。

接到丧讯后，亲属要立刻上路回家，称作“奔丧”。《礼记·奔丧》中规约：“奔丧要日行百里，不以夜行。唯父母之丧，见星而行，见星而舍。”

亲属之外的朋友、同事接到讣告后要前往吊丧，也称吊唁。

在普通老百姓的生活中，最需要遵循礼数的事情就是丧礼，在整个丧葬过程中如果礼数把握不好，会引起很大麻烦，甚至会引起家族内部或是亲戚之间的矛盾。在当地农村起纷争的时候，人们嘴里说的最多的几个字是“亲戚理道”，所以这里有两个字“亲戚”必须了解清楚。

“亲戚”两个字拆开讲，“亲”是指族内血缘关系，而“戚”是族外的血缘关系。因此对这两种血缘关系有时也用亲属和亲戚两种称呼来区别。

因为现在是父系氏族社会，家族是以男性关系来确立的，所以与男性有血缘

关系的为亲属。而与女性有血缘关系的则被称为亲戚，比如姥姥家的人、妻子娘家的人以及儿子孙子媳妇娘家的人，还有嫁出去的女儿婆家的人，都为亲戚。

在这里之所以要把这两种血缘关系分得很清楚，是因为在丧葬过程中这两种人有很大区别。老人去世后，亲属接到消息叫“奔丧”，并且要陪灵。而亲戚则是“望丧”，进行祭拜后不需要陪灵。在送葬的途中，亲戚只是进行路祭，而不跟随去墓地。

老人去世后的第二件事情就是在家里竖旗幡，设灵堂，准备接待奔丧和吊唁的亲朋好友。

竖旗幡又叫作“铭旌”，铭旌的目的就是让外人知道死者是谁。《礼记》中说：“铭，明旌也，以死者为不可别已，故以旗识之。”

不过现在不再竖旗幡，而是将内容写在一张一米见方的白纸上，贴在木板上，竖立在大门外的胡同口。对于书铭的内容同样有讲究，《礼记·丧服小记》中称：“复与书铭，自天子达于士，其辞一也。男子称名，妇人书姓与伯仲，如不知姓则书氏。”

在堂屋前面的庭院内支撑起一个灵棚来，在里面设上香案，置灵位来代替死者的神主，以象征死者的亡灵，供亲朋前来拜祭。亲属的陪灵也是在这个灵棚内进行。不过陪灵时男女亲属是要分开的，女的是在堂屋内陪灵，而男的则在庭院里的灵棚内陪灵。

上述事情由总管安排人去做，现在有一项非常重要的事情需要沐林枫亲自去做，就是进行相墓过程中的第三项“请土”。今天早上已经寻好了毛地，而且点好穴位，接下来就要破土挖穴，这同样是有繁琐礼仪的过程，必须得由沐林枫亲自来把持。

“请土”必须是在上午进行，现在已经是十点钟，所以要尽快去做这件事情。这个环节最麻烦的是准备供品，需要二茶、二酒、二饭和三牲，三牲是指猪牛羊，用这三种牲畜的头作为祭品。好在村里有做屠户的，很快就准备好了三牲。

谭老大在家里应付场面上的事情，由老二跟随沐林枫去村后选定的墓地请土，另外还有村里的五六个身强力壮的小伙子，一来抬着供品，二来还带着掘土用的农具，有铁锹、锄头、铁齿等工具。

来到早上沐林枫点中穴位的地方后，朝向西南方向摆设供桌，将所有供品都摆放好，然后点燃了一大把香，插在香炉内，请土仪式正式开始。

先把带来的纸钱焚烧，作为给土地神的买地钱。沐林枫行过祭拜之礼后，开始大声念道："天地生气，上通南山，北通四海。地方之位，上合苍天，下符九宫，阳和阴工，土厚水深，贵若千乘，富为万金，行止气蓄，化生万物……"

诵读完经文后，沐林枫引导着谭老二依四址方位跪拜，请土地神接纳老人的形和魄。

"人为天地元阳之气，形以载其气，气以充其形。一形一气，即一阴一阳。及其死后，魂则上升。魄则下降，周流地中……"

祭拜结束后，沐林枫指挥者一个年青人用锄头在穴四周，依次挖成"圈"形地。谭老二跟在旁边，他端着一个瓢，里面盛着大米，要边挖土边撒米。这块圈定后的地就属于葬者了，也就是一个人最后安身立命之所地，也被称之为"禁地"。

然而当锄头将地面刨开后，却让沐林枫大吃一惊，急忙让年轻人停下来，他伸手抓起一把刚刨出的泥土，只见挖掘出来的土竟然是乌黑的颜色，于是问身边的人："这里的土是否都是这种颜色？"

年轻人摇着头说："这里都是黄土，从来没有见过这种黑土。"

参与请土的人都感觉不可思议，纷纷围拢过来。十多个人里，除了沐林枫和高鸿进、小三都是本村的人，大家都七嘴八舌，没有人见过村子周围有黑色的土地，这块地周围都是菜地，他们经常在这里翻整土地，也从发现有黑土……

沐林枫感觉事情有些蹊跷，突然间，他闻到有股淡淡的墨水味，于是弯下腰又抓起一把刚才刨开的黑土，在手心里搓开，手掌上顿时留下了黑色的印迹，土里显然渗透了墨水。

沐林枫的第一感觉就是有人在背后搞鬼，当着这么多人的面沐林枫没有声张，

而是把谭老二拉到一边，把手掌伸到他面前，低声说："你看这是什么？"

"啊，是墨水！为什么会这样？"谭老二惊讶地问，似乎有些不太相信。

这种情况很可能是有人报复谭家，谭家兄弟俩生意做的这么大，难免会得罪几个人。沐林枫略一沉思，轻声问："你们兄弟在外面是不是有什么仇家？"

谭老二摇摇头，模棱两可地说："应该没有吧，这些年大哥在外面虽然有过不愉快的事情，不至于让人做这种事情……"

说到这里谭老二停顿了一下，随后疑惑不解地问："沐师傅，有人这样做的目的是为了什么？"

"早上我曾经说过'穴有三吉'，其中第二吉为五土四备，这个五土是指土的五种颜色，也代表五行之气。五气行乎地中，金气凝则白，木气凝则青，火赤土黄，皆为吉，唯黑则凶。五行以黄为土色，故亦以纯色为吉。现在有人故意把这里的土染成黑色，这样做的目的很简单，就是要将这块宝地变成凶地，不让在这里修建墓穴……"

这个时候沐林枫还没有意识到有人这样做是冲他来的，只考虑是针对谭家兄弟而为。

"沐师傅，你说应该怎么办？"沐林枫的话音未落谭老二着急地问，看得出他现在还担心这件事传开对他们兄弟的声誉不利。

沐林枫让自己冷静下来，紧张地思考着出现的意外情况。这块地方是在几个小时前才圈定的，这个人显然对他们的行动很熟悉，另外知道用这种方法来毁去这块地的人，一定对相墓之术很精通，对吉穴的五土四备非常清楚，否则想不出这样的恶毒之计。

想到这里，沐林枫突然记起谭老大提前的那个让他在村西南建造坟墓的人，这个人应该是最大嫌疑，不过谭老大却说不认识这个人……到底是谁在背后搞鬼？

谭老二见沐林枫没有说话，急忙又问："沐师傅，您说应该怎么办？大家都在等着您发话呢。"

这时沐林枫才注意到，那边十多个人都在看着他们俩，于是同谭老二回到圈定的地方，沐林枫站在中间位置向四周查看了一下，刚才已经在这里祭拜过了，如果再换地方就非常不吉利了。

现在又不能向大家说明缘由，必须想出一个禳解之策来，实话说在先祖们留下的《相墓手札》中还没有记录过这种事情，沐林枫知道只有靠自己想办法了。

沐林枫的目光扫过后面的山头，灵光一闪心里突然有了主意，于是对谭老二说："你们兄弟俩不是想为老人修建一个豪华大墓？上天有意要成全你们兄弟的心意。"

谭老二顿时流露出惊喜的神色："请沐师傅明示。"

沐林枫没有多说，招呼一个拿铁锨的人过来，对他说："麻烦挖一下我站的这个地方，看看有多深能挖出黄土来。"

"好。"那个人答应一声，马上用铁锨开始挖土，大约下去三十多厘米后，下面就是干净的黄土了。

沐林枫抓起一把新鲜的黄土看了一眼，只见土质细腻，润而不泽，迎着阳光看，闪烁着晶莹的光泽，似石而非石，如裁肪切玉，绝对是上等土质，此处作为寿穴实乃佳地。

沐林枫急忙又招呼两个人过来，让他们以挖开的这个地方为中心点，呈十字形往外挖土，看看被墨水染过的地方到底有多大。

很快就出来结果了，大约直径有十多米的地方被墨水染过了，刚好是早上几个人在这里圈定的范围，很明显是有人故意将这个地方破坏掉了。

沐林枫对谭老二说："现在有一个办法可以解决这个问题，调一台挖掘机来，把染过的这层土全部挖出来，然后用车拉到山外倒掉，在这里修建一个大型的墓穴。不管是谁做的这件事，他一定想不到刚好可以帮了咱们。"

"好，我马上安排人把挖掘机和翻斗车一起调进山里来。"说着话谭老二拿出手机开始打电话。

等谭老二打过电话后，沐林枫又对他说："从现在起，直到葬礼结束，这里一定安排好人二十四小时看守着，千万不能再出差错了。"

谭老二也感觉到了事态的严重，用力点点头："我知道了，一定安排几个人寸步不离地守护在这里。"

然而，令沐林枫想不到的是墓地这边没有事情了，家里那边又出了大事……

墓穴挖好后，已经是下午了，后面的程序就是"砌穴"，不过时间已晚这个环节今天不能进行了。因为砌穴同样需要选定时辰，然后才能请泥瓦匠用上好的青砖将墓穴垒砌起来。随后家人烧好纸钱，放入"招魂袋"内，再放入墓穴里，称为"纸路灰"。

沐林枫告诉谭老二，安排人用一块巨大的雨布，将挖好的墓穴整个盖起来，防止夜晚有露水将墓穴打湿。因为内藏气湿之水，外渗天雨之水，皆为凶宅。所以挖开的墓穴是不能见任何水汽，墓穴一旦被挖开，最怕的就是下雨，如果有雨水灌入吉穴就要被破坏。

忙完墓地的这些事情，沐林枫和小三回到谭家时已经是傍晚，庭院内的灵棚早就搭建好了，灵棚内已经"设燎"，就是点燃蜡烛，为的是便于亡灵享用供品。

高鸿进早就不知道跑到什么地方去了，这个家伙滑得很，只要有累活一定会躲到一边，只有没事的时候才会出现。

谭老大已经听说了墓地的事情，待沐林枫吃过晚饭后，悄悄地把他叫到旁边的小屋内，询问事情的经过。

沐林枫把事情简单地说了一遍，然后对谭老大说："谭总，我怀疑这件事情与半年前找过你的那个年轻人有关，因为不懂相墓的人不会想出这样的方法来破坏墓地，而且那些墨水也不一定是今天上午灌入的……"

"沐师傅的意思是这件事早有预谋？"谭老大惊讶地问。

沐林枫轻轻地点点头没有说话，因为有些事情他不便于多说。这个人的行径同挖人家的祖坟没有什么区别，是被老百姓深恶痛绝的行为，如果没有深仇大恨，绝对做不出这种事情来。

谭老大沉思了一下，接着说：“我马上安排追查那个人的情况，看看到底是什么人与我过不去？”

看到谭老大在这种情况下仍能控制住自己的情绪，沐林枫暗暗佩服他，的确是经历过大风大浪的人。为了不使他过多分心，沐林枫就把话题岔开：“谭总，你们商量过没有，准备把老人的‘公事’排几？”

“哦，我也准备跟你说这件事，家族里的几位长辈商量过了，家父年过八旬是喜丧，准备排七，你看怎么样？”

沐林枫掐着手指算了一下，如果排七，送葬的时间就是六天后，而那一天刚好与谭老爷子的八字犯冲，所以沐林枫的心里不觉怔了一下，又因为今天在墓地出现的事情，他忽然隐约感觉谭老爷子的这个丧葬似乎不是那么顺利。

谭老大见沐林枫没有说话，于是轻声问：“沐师傅，有什么问题吗？”

“谭总，如果我说多了话请不要见怪。”

谭老大急忙摆着手说：“我把沐师傅请来就是信得过您，有什么话尽管直说。”

“如果是排七，第七天的时辰刚好与老人的八字犯冲……”说到这里沐林枫就停下了，没有再说下去。

“哦！”谭老大微微愣了一下，随后接着问，“那沐师傅认为排几为好？”

沐林枫掐着手指数算了一下，然后看着谭老大说：“排三是最合适的时间。”

“这个……”谭老大低头沉吟了一下，随后对沐林枫说，“这件事我不能做主，需要跟姑妈和几位长辈商量一下，得由他们来拿主意。”

谭老大说的是实情，不管你做多大的官，有多少钱，父母的丧事必须听家族长辈的，这一点绝对不能乱，否则会被认为是大逆不道。

沐林枫点了一下头：“嗯，是应该听长辈们的，这件事得由他们来拿主意。”

“请沐师傅喝着茶等一会儿，我去去就来。”说着话谭老大起身走出去。

谭老大回来的时候已经是晚上十一点多钟了，去了两个多钟头，看来对改变丧葬时间，谭家的长辈们一定非常慎重。谭老大用歉意的口吻对沐林枫说：“不好意思，去了这么长时间。沐师傅，您看排五行不行？这是我姑妈的意思……她想请些和尚、道士来念念经……”

沐林枫知道这件事情令谭老大很为难，也不好再说什么，这种事情很大程度是做给外人看的，也就是为了面子。

对于谭家兄弟来说家产过亿，富甲一方，父亲的丧事如果办得不够隆重，会被乡亲们说闲话，而外面人不知道内情，这种事情又不好向人们解释，所以排五已经是谭家长辈能够接受的最低限度了。

“好吧，我尽自己所能来化解一些相冲。”

听沐林枫这样说，谭老大流露出感激的神色，激动地说：“谢谢沐师傅，等事情都忙完后，我一定专程登门拜谢。”

“谭总这样说就见外了，这也是我分内的事情，既然接了这个活，就必须善始善终做好。”

“沐师傅，虽然第一次与您打交道，看得出您是一个实诚人，您这个朋友我交定了。”谭老大诚心实意地说。

“好，能与谭总这样的人交朋友，我求之不得……”

说着，沐林枫站起身来，对谭老大说：“咱们去堂屋那边给老人上一炷香，再添些灯油。”沐林枫之所以要这样做，是因为他的心里一直隐约有种不安的情绪，总感觉今晚似乎要发生什么事情。

两人从西屋出来，看到小三坐在门口外的凳子上，见两人出来小三急忙站起来，跟在他们身后一起走进堂屋里，谭老二和他的两位叔伯兄弟在这里守灵，见两人进来急忙都站起来。

谭老大对三个兄弟说：“你们都去歇一会儿吧，这里有我守着。”

看到他们几个都不想离开，沐林枫也劝说道：“大家最好轮流休息，还有好几个晚上，都这样耗在这里也吃不消。”

听沐林枫这样说，谭老二招呼两个兄弟去隔壁房间睡一会儿。堂屋内就只剩下谭老大、沐林枫和小三。

谭老爷子的遗体就躺在堂屋西侧的灵床上，脸上盖着一张黄表纸。脚腕处用麻纰捆住，双脚上裹着白纸。在入殓前死者的双脚是不能叉开的，这是为了防止死者的游魂乱跑，到入殓时再将麻纰和裹脚的白纸除去，否则死者到了阴间就不能走路了，而成为跛脚的鬼。

在谭老爷子的头部摆放着一张小矮桌，上面有供品和一盏用小碟做成的长明灯，这盏灯燃烧的是香油，因为小碟很浅，需要不时地往里添加香油，这样做的目的也是为了让守灵人谨慎地看护尸体，精心尽孝，不能轻待死去的人。

谭老大小心翼翼地往长明灯里添加香油，嘴里还轻声念叨着什么。堂屋内除了这盏长明灯，在旁边还有两盏蜡烛，守夜的时候不能亮电灯，光线太亮会惊扰了死者的灵魂。幽暗的房间里显得有些阴森，半夜时分山里的温度下降得大，让人感觉有些凉意。

沐林枫注意到张小三总躲在他的身后，看来张小三还不习惯在晚上守着尸体。正常的人第一次处于这样的环境中，内心的确有些异样的感觉。人的心理一时很难接受一个没有生命迹象的人，似乎总感觉躺在那里的尸体会突然坐起来。

这时一阵微风从门口吹进来，烛光在微风中不住地摇曳，照在墙壁上的人影也随之摇摆不定，仿佛是鬼影一般。

微风同时把盖在老爷子脸上的黄表纸吹拂得掀起来落下去，不时地露出老爷子那苍白的脸庞，一般人看到这种情景的确感觉有些害怕。

沐林枫急忙走过去，伸手压住黄表纸，不让纸掀起来，他能感觉到手掌下面冰冷的遗体，不过在沐林枫的心里没有一丝恐惧的感觉，在他的意识中一个死人同旁边的桌椅板凳没有什么区别，就是一件没有任何生命的物件。如果把世间的一切都看开了，就没有什么令自己害怕的东西了……

看到小三眼睛里流露着恐惧的眼神，沐林枫轻声对他说："你去找高师傅吧，也睡上一会儿。"

小三双手抱着那个藏着阿黄的提包，默默地摇摇头，这个孩子真的不错，只要是出来就一声不吭地跟着沐林枫身边，认真地做该做的事情。

见小三不想走，沐林枫也不多说了，因为小三以后跟着他，就必须过这一关，如果看到尸体就害怕怎么能做"疙瘩"。

三个人坐在尸体旁边的小木凳上，谭老大同沐林枫低声闲聊着，不知不觉过去了两个多钟头，就在沐林枫感觉身体有些疲惫的时候，屋后的邻居家突然传来几声狗叫，随即左邻右舍的狗也跟着狂叫起来。

谭老大和沐林枫不约而同地相互看了一眼，夜深人静的突然有狗叫肯定是有动物进村了。

守灵的时候最怕遇到这种意外骚扰，特别是尸体入殓前这段时间，最忌讳有动物靠近，特别是猫和其他动物。一旦有动物从尸体上面跳过去，因为动物的阳气会扑到尸体内，如果是这样就会诈尸而变成僵尸。

谭老大侧着耳朵听了一下，然后慢慢站起来，看他的意思是想出去到院子里查看查看。

沐林枫依旧坐在小板凳上没有动，不过他目光却随着谭老大身体在移动，谭老大坐的位置在老爷子遗体的头部。谭老大站起来后，沐林枫不经意地抬头向上看着他。

就在谭老大要转身出去的时候，沐林枫突然听到房顶有咯嘣的轻微响声，他仰脸往上看了一眼，只见一道明晃晃的亮光从房顶落下来……

根本来不及多想，沐林枫本能地迅速出手，一把就抓住了从房顶落下来的东西，原来是一根一尺多长的铜钎子，这根铜钎子坠落的方位正冲着谭老爷子遗体的胸膛……

虽然沐林枫出手很快，因为他是坐在老爷子边上，位置很矮，所以钎子的尖还是扎到了尸体的胸口上。如果不是沐林枫反应灵敏，这根一斤多重的铜钎子肯定会把尸体扎透。

就在沐林枫抓住铜钎子的瞬间，猛然感觉到铜钎子竟然非常烫手，他的心陡然提了起来，随即明白了有人将这根铜钎子弄下来的目的……谭老爷子是金命，而且是旺金，有人将这根滚烫的铜钎子插入尸体的目的只有一个，就是要促使尸变……

沐林枫的手掌被铜钎子烫得生疼，所以情不自禁地“啊”的叫了一声，迅速将铜钎子顺手甩在地上，钎子的尖“啪”的一声竟然将铺在地面的瓷砖扎破，然后稳稳地插在了那里，上面部分还在突突地颤抖着。

这一切都是眨眼间发生的，谭老大睁大眼睛看着沐林枫，惊愕地问：“沐师傅！怎么回事？”

“快，有人在屋顶上……”

沐林枫的话还没说完，只见躺在门板上的尸体忽地一下坐了起来，上身直挺挺地立着，两只胳膊机械地张开，然后再猛然朝自己的怀里收拢……沐林枫担心的事情终于发生了，尸体被滚烫的铜钎子扎中后出现了尸变……

尸变的原因有很多种，受到五行之气中某一种的冲击会出现尸变，不过这种尸变情况很少见，因为冲击尸体的五行之气必须与尸体本身很旺的五行之气刚好相符。

组成人体的五行之气本来是相互平衡的，只有极少数的人会出现某一种五行之气特旺，如果再被这种五行之气冲击，就如同是火上浇油，从而令尸体出现尸变……

沐季先祖留下的《相墓手札》中曾记录有这种事情的发生，出现这样的情况多是人为原因，而且还必须是精通阴阳之理的人才能制造出这样的尸变。沐家先祖们遇到的这种情况，都是遭人暗算而出现的，所以沐林枫突然意识到自己也遭人暗算了。

此时沐林枫还有点儿怀疑自己也遭人暗算了，他暗暗琢磨好像有点儿不太可能，因为自己是刚出山，从来没有与人结下过梁子，怎么会有人暗算自己？

这个时候，出现尸变的尸体已经直挺挺地站了起来，因为尸体的双脚被麻绌捆绑着，所以只能直挺着身体往前蹦。因为僵尸只有在入殓前出现，封入棺椁后，出现僵尸的可能性就非常小了。而这时尸体的双脚是被捆绑住的，所以才会直挺挺地往前蹦，电影中出现的僵尸蹦跳的场景是真实的。

对于出现的意外沐林枫并没有慌乱，因为他知道尸变的僵尸只会沿着直线往前去，只要不被僵尸的双臂抱住就没有事情。不过一旦被僵尸抱着就必死无疑，这个时候解决的方法是把枕头或是扫帚抛到僵尸的怀里，让僵尸紧紧抱住，然后用粪勺或是扫粪的扫帚将其推倒，就能将尸变破解。

此时堂屋内只有沐林枫、小三和谭老大三个人，见到尸体突然站起来后，最害怕的是小三，他迅速地躲闪到了墙边，双手把提包抱在胸前，身体不住的发抖……因为有沐林枫在这里，小三虽然害怕，还能挺得住。

谭老大看到父亲的遗体起来后，因为是自己的亲人，所以他并没有感觉恐惧，急忙连声叫爹：“爹，您老是怎么了？爹……”

不过僵尸听不到回应，僵尸就是人们常说的行尸走肉，没有任何思维意识。

沐林枫的眼睛快速地把屋内巡视了一圈，突然看到了屋门后竖着一柄大扫帚，于是一步窜过去抓起扫帚来，然后转身把扫帚一下子塞到老爷子的怀里。

只见老爷子的两条胳膊如同木棒一样，生硬地抱住大扫帚后身体也不动了。

沐林枫赶紧回头对小三说：“快，把桑木棍给我。”

因为是第一次出来做“疙瘩”，沐林枫带的东西很齐全，昨天晚上把《相墓手札》中提到的可能会遇到的意外情况都考虑过了，需要的东西也都带来了，没想到真的用到了。

小三用最快的速度从提包外的夹层中摸出桑木棍递给沐林枫，这是一根十厘米长，圆溜溜的桑树根做成的木棍。这根桑木棍也不知道在沐家人手中传了多少代了，已经被磨蹭得光滑明亮，桑木棍就是专门破解僵尸的法器。

拿到桑木棍后，沐林枫快步上前，用桑木棍顶到老爷子的胸口上，只见老爷子的两个胳膊顿时垂了下来，大扫帚也随即掉到了地上。

沐林枫知道已经将尸变化解了，赶快用一只胳膊揽住了僵尸的后背，主要是防止尸体跌倒。同时招呼谭老大，一起把老爷子的遗体抬起来，重新放到灵床上。

沐林枫先用黄表纸把老爷子的脸盖好后，然后长长松了一口气。这时他才感觉自己的后背湿漉漉的，虽然刚才心里没有感觉到害怕，还是紧张得出了一身冷汗，回想起惊险的一幕，仍然心有余悸，细细想想还是有点儿后怕。

放好老爷子的遗体后，谭老大转身要向屋外跑，沐林枫知道他要查看房顶上的情况，于是叫住了：“不用去看了，上面的人肯定早就跑远了。”

现在是凌晨三点钟，正是人们沉睡的时候，所以刚才一番折腾并没有吵醒其他人。

沐林枫抹了一把额头的汗水，然后对谭老大和小三说：“这件事到此为止，千万不要声张，就咱们三个人知道就行了。”

谭老大神情激动地看着沐林枫，感动得不知道说什么好，一个劲地说谢谢：“沐师傅，谢谢……谢谢……真是谢谢你……”

家里出了这种事情，一旦传扬出去对他们兄弟的声誉非常不好，所以谭老大特别感激沐林枫刚才的话。

沐林枫轻轻摆摆手：“我说过这是分内的事，大家都不愿意看到这种事情出现……”

说着话，沐林枫弯腰把那支还插在地上的铜钎子拔出来。这根钎子显然是专门加工制作的，打磨得很亮。沐林枫仔细地看了一下，钎子的两侧还刻有一些神秘的符号，好像是甲骨文，沐林枫猜想有可能是符咒一类的东西。

沐林枫把钎子递给谭老大，轻声说：“看来对方是有备而来，目的很明确，

就是想让老爷子的遗体出现尸变。”

谭老大接过铜钎子，紧锁眉头看着这个并不常见的东西，愤愤地说：“什么人会下此毒手？在墓地那边闹一场还不算，竟然跑到家里来了！”

沐林枫抬手指指屋顶，轻声说：“对方一定会在上面留下痕迹，天亮后我上去查看一下，应该会有所发现，如果碰巧也许能追查到什么。”

“哦！沐师傅会跟踪术？”谭老大惊讶地问。

沐林枫微微一笑：“多少懂一点儿，在部队里跟着一个老班长学的。”

谭老大摆弄着手里的钎子，担心地说：“多亏有沐师傅在这里，否则就麻烦了，您看接下来应该怎么样防备？”

“谭总，请恕我直言，老爷子的葬礼必须改为排三，从现在的情景看是有人想要搅乱老爷子的‘公事’，所以应当尽快把葬礼办完，否则夜长梦多，因为这个人躲藏在暗处，咱们会防不胜防……”

谭老大点点头：“好吧，长辈们那边由我来说服，其他事情就请沐师傅多费心了。”

天亮后，沐林枫绕到了谭家老屋的后面，很快就发现了昨晚那人留下的痕迹。距离老屋两米多的地方有一棵老槐树，来人就是从老槐树上的房顶。

从树边留下的脚印，沐林枫一眼就能看出这个人身形偏瘦，年龄在三十来岁，而且身手非常灵活，非常善于攀爬。

沐林枫让小三把谭老大叫到这里来，然后把自己分析判断出来的情况对他讲了一遍，最后问：“我说的这个人的情况是否与半年前找过谭总的那个人相符？”

谭老大瞪大眼睛看着沐林枫，一脸惊异的表情：“真神了，那个人同沐师傅说的非常像，不知道您是如何看出来的？”

沐林枫轻轻一笑，用一根树枝指着距离槐树一米外的一个清晰的脚印说：“从脚印推断体形和身高非常容易，一眼就能看出来，最难的可能是年龄，要通过脚掌的受力线来判断……”

沐林枫一边说一边用树枝在脚印上画了几条线，然后解释说："二十岁左右的人，脚掌的受力线在拇指这条线上，三十岁左右的人在食指这条线上，依次往后推……你看这个这个脚印的受力线在食指这条线上，所以我推断这个人在三十来岁。"

说到这里，沐林枫又用树枝指着树干上的一个痕迹说："树干上的第一个攀爬的痕迹离地有一米半高，而树地下又没有脚印，说明这个人是在奔跑中飞身上树的，足以证明这个人身手敏捷善于攀爬……"

谭老大一边听沐林枫解释，一边连连点头，不住地赞叹说："精辟，太精辟了，真没想到沐师傅还是一位推理高手……"

沐林枫摆摆手，轻声说："雕虫小技，谭总跟长辈们商量的丧事时间怎么样了？"

"都同意了，老人们都知道我们兄弟俩对父亲很好，其实孝心不一定表现在'公事'上，都说这件事由我来拿主意。"

"那好，我看今天中午时分，小殓大殓一起办，你看怎么样？"

"一切都听沐师傅的，您认为怎么做好，咱们就怎么做。"谭老大爽快地回答。

"那咱们现在就回去准备。"

说着话三个人一起往回走，抓紧时间去准备丧礼过程中非常重要的两个环节。

第十章

小殓和大殓是整个丧葬过程中间的两个最重要的环节。小殓，是指为死者穿上入棺的寿衣，一般是在去世后的第二天进行这个程序。

而大殓则是指入棺的仪式，是死者家的主人和主妇，在“疙瘩”的指导下，奉尸入棺，也就是把尸体从堂屋的灵床上移入棺材里。

死者躺在灵床上叫“尸”，移入棺内后叫“柩”。也就是在大殓后就可称为“柩”。

大殓结束后，叫做“既殡”。以前的时候把大殓后还没有下葬称为“殡”，所以在当地把送葬的过程叫“出殡”，也就是把“殡”和“葬”两个概念混在一起了。

因为葬礼改为了排三，所以很多事情都必须在今天做完。排三又叫“三日葬”，就是死者去世后的第三天举行葬礼。在当地的丧俗中，葬礼分为七日葬、五日葬、三日葬和当日葬四种等级。

死者是二十岁以下的未婚者或是儿童，一般是当日葬或三日葬，这也是为什么谭家的长辈们不同意排三的原因。子女双全的老人，死后都是五日葬或七日葬，只是没有儿孙的孤寡老人去世才会三日葬。

在主事小殓前，沐林枫还有一项重要的事情要做，就是去墓地选好时辰请泥瓦匠们砌穴，上午把墓穴砌好，然后在傍晚前才能放“镇符”，也叫放“符砖”，这也是相墓过程中一项很重要的环节。

符砖一定要用青砖，上面用朱砂画上符，在以前符砖要用玄色大轿抬到墓地，一路还要请道士吹吹打打，沿途要撒买路的纸钱，非常隆重。

符砖送到墓地后，放在墓穴的正堂，在符砖的左右两边点上大红蜡烛，放上一对纸钱，焚上三炷香。然后，穴内再放上二十四枚双角铜钱，摆成福、禄字形，最后进行叩拜，这样做的目的是为后代求福、求财。

沐林枫把砌穴的几个要点告诉泥瓦工后，就赶紧往回去，因为家里还在等着他为老人进行小殓。

只有小三跟着沐林枫，小三虽然脚有点儿瘸，但是走路的速度一点儿也不慢，他一瘸一拐地跟在沐林枫身后从不多说一句话。

沐林枫忽然想起一件事，边走边回头对小三说：“等会儿回到沐家举行大小殓仪式的时候，你注意别靠我太近了。”

“为什么？不挨近了我怎么跟着学？”小三不解地问。

沐林枫指着小三挎在肩膀上的皮包说：“阿黄在里面，如果离得尸体太近，我担心它会冲撞了尸体。”

“哦，知道了。”

小三的话音刚落，从路旁的小胡同里跑过一个十一二岁的小男孩，来到沐林枫面前，把手里一个折叠成三角形的信纸递给他，轻声说：“有个人让我把这个交给你。”

沐林枫楞了一下，接过这个三角形的信后小声地问他：“小朋友，是谁让你把它交给我的？”

小男孩摇摇头：“是个叔叔，我不认识他。”

沐林枫一听就知道肯定不是这个村子的人，赶紧又问：“那个叔叔在什么地方把这个给你的？”

小男孩转身用手指着胡同说：“就在里面。”

沐林枫来不及拆开看信纸上写着什么，急速向前赶了两步，只见小胡同不到二十米深，里面没有一个人影，他忽然有种预感，给自己这封信的人，很可能就是昨晚登上谭家房顶的人。

想到这里，沐林枫顺手拆开了折叠成三角的信纸，只见上面写着：

沐林枫，想不到你已经继承了沐家祖传绝技。我是马家后人，相信你一定了解我们马沐两家的世代恩怨。

我希望咱们化干戈为玉帛，放弃祖辈恩怨，携手干一番大事业。如果同意请把你们沐家祖传的相墓绝技和《帝葬山图》交给我，条件随便你开。

如果你不同意我的提议，我会慢慢把你逼进死胡同，让你身败名裂，同时让沐家的声誉毁在你手里。我就在不远处看着你，如果接受我的提议，就请举起你的右手示意一下。

看到这里，沐林枫终于明白了全部事情的真相，看来李建平说得一点儿也不错，马家后人真的盯上自己了。

沐林枫抬头把周围巡视了一圈，希望找出写信人的藏身之处。他现在站立的位置是村口，在村子里房前屋后都种着许多树，藏个人很难发现。

沐林枫知道这个家伙就躲藏在暗处偷偷观察着自己，但是要想找出他来却很困难，而且从昨晚的情况判断，对手不是一般人。沐林枫想都没想就把手里的信撕成了碎片，然后一扬手抛向了空中，他相信对手一定明白自己的意思……

站在旁边的张小三看到沐林枫气愤的表情，急忙问："大哥，是谁写的信？"

沐林枫不想让小三知道这些复杂的事情，朝他摆摆手："没什么，咱们赶快去谭家吧。"

沐林枫边走边琢磨着这件事，他是越想越生气，自己被人戏弄了还不知道。昨晚谭老爷子的诈尸，还有看好的墓地被破坏原来都是马二木的所为，而且都是为了测试自己是否已经掌握了祖传绝技。

马二木在信中说得很清楚，如果不答应他的提议，就把自己逼进死胡同，让沐家的声誉毁在自己手里。

想到这里，沐林枫意识到一场恶斗很快就要来临，他内心的斗志一下子被激发起来。沐林枫生来就是吃软不吃硬的人，如果被对方的两三句话就吓住了，怎么有脸做沐家子孙……

沐林枫向前走了没几步，忽然感觉张小三没有跟上来，于是停下脚步回头看他。

只见小三双手捂住携带的皮包，而皮包好像在不停地乱动："阿黄，老实点，你想干什么？"

张小三说话的同时，拉开了皮包上的拉链，阿黄的头一下子从皮包口挤出来，随即整个跳了出来，然后快速地朝村东边的树林窜过去。

见此情景，沐林枫扭头又跑回了，急忙问小三："阿黄怎么了？"

此时黄鼠狼细长的身影已经看不见了，隐没在三十米外的树林里，张小三摇着头说："不知道，也许是想撒尿了吧。"

张小三的话音未落，就听树林里突然响起一声枪响。特种兵出身的沐林枫一听就知道这是自动手枪的声音，他的心猛然提了起来，而且明白了黄鼠狼窜进树林里的原因了。

刚才那封信上写得很明白，对方就躲藏在旁边观察这自己，很显然阿黄发现了对方的踪迹，没想到对方竟然有枪，而且还对阿黄下了毒手……

沐林枫来不及多想，对张小三说了句："待在这里别动。"然后弯着腰迅速地朝枪响的方向跑过去……

给沐林枫写信的正是从国外回来的马家后人马二木。

从沐林枫进入谭坊村，就一直没有逃脱马二木的监视，通过昨天破坏墓地以及晚上的尸变测试，马二木坚信沐林枫已经掌握了相墓绝技，也就是说他已经得

到了沐家真传。

马二木真的是非常有耐性，从半年前就开始了这项计划。这一点他完全继承了马家的风格，马家为了盗窃一座古墓，可以用几年的时间进行准备，然后等待合适的时机再动手，所以马家人盗墓很少有失手的时候。

根据对沐家人的了解，马二木知道要想从沐家人手里弄出相墓之术和《帝葬山图》绝非易事，因为他的祖上也曾多次尝试过，都没有成功。

不过马二木还是非常自信，他认为祖辈们之所以没有成功完全是因为计策不行，而他现在绝非祖辈可比了，不仅是考古专业的硕士，而且身后还有实力雄厚的国际组织的支持，自己一定可以得手。

经过缜密调查，马二木了解到沐林枫现在是沐家唯一的后代子孙了，不过沐林枫已经不再做“疙瘩”了，他显然不会相墓之术，当然也就不知道《帝葬山图》在什么地方。

马二木知道要想找到沐家的这两件传家宝，还得通过沐家子孙，外人根本不能找到，于是马二木设下了一连串的计策，不仅成功地把沐林枫逼出来做“疙瘩”，而且让他找到了祖传的相墓绝技。

为了使自己的计策得以成功，马二木下大力气详细地研究了沐林枫的各个方面，所以每一步都有针对性的。他知道沐林枫把家族的声誉看得比自己的生命还重要，因此要想让沐林枫就范，就必须毁掉沐家在当地的声望。

通过安插在沐林枫身边的眼线，马二木对沐林枫的一举一动，掌握得可谓是非常详尽。在确定了沐林枫已经学会了相墓之术后，马二木决定试探一下沐林枫的反应，于是给沐林枫写了一封信。

马二木就隐蔽在阿黄窜进去的树林中，他通过望远镜把沐林枫的行动看得清清楚楚。与马二木最初的猜测差不多，沐林枫将信撕了个粉碎，并且抛向了空中。马二木相信，沐林枫的这个举动就是做给自己看的……

通过望远镜，马二木一直紧紧地盯着沐林枫师徒俩，突然他发现从那个小瘸子的挎包里跳出一只金色的动物来，最初马二木还以为是一只猫，随即他发现这只动物竟然飞速朝自己藏身的树林里跑了过来。

眨眼间，这只小动物如同一只金箭冲马二木射了过来，马二木顿时大吃一惊，他没有想到这么个小东西竟然会攻击自己，马二木迅速朝旁边一闪，躲开了阿黄的攻击。

这时马二木也认出了向自己扑过来的竟然是只黄鼠狼，他迅速拔出腋下枪套里的“贝雷塔 92”式手枪，朝扑空的阿黄开了一枪，然后迅速朝树林深处跑去，凭借敏捷的身手，马二木很快就消失在树丛中。

沐林枫靠近树林后，首先将身体躲避在一棵大树后，他知道对方有枪，所以也不敢贸然冲进树林中。沐林枫凝神静气观察这树林中的动静……

突然，头顶的枝叶晃动了一下，只见阿黄金色的身体一闪，从树上悄无声息地跳了下来，稳稳地站在了沐林枫的面前。

看到阿黄出现后，沐林枫就知道危险已经解除了，隐藏在树林里的人一定是逃走了。沐林枫蹲下身体，用手轻轻地抚摸了一下阿黄，察看阿黄的身体是否被枪击中，看到阿黄的身体没有任何损伤后，沐林枫才站起来。

沐林枫一边巡视着围的情况一边慢慢地朝树林走，进入树林几米远，他就发现了踩踏后的痕迹，而且从对方的脚印，他一眼就认出同昨晚留在谭家老屋后面的是同一个人。

很快，沐林枫就在旁边的草丛中发现了一个亮晶晶的弹壳，他弯腰拾起弹壳，精通各种枪械的沐林枫，一眼就认出这是 9 毫米口径的子弹，而且我国根本不生产这种类型的子弹。

看着手里的弹壳，沐林枫立刻想到了从国外潜入的盗墓组织。李建平的提醒是对的，这伙人来者不善，自己真的应该提高警惕了。

就在这时，沐林枫突然听到身后有动静，急忙回身查看，原来是张小三走了过来，看到沐林枫脚边的阿黄，小三关切地叫了一声："阿黄，过来。"

听到叫喊后，阿黄把身体弯起来像一张弓，然后突然展开一下子跳到了小三的怀里，随即叽叽地叫了两声。

张小三轻轻地抚摸着阿黄，一脸的关切之情："阿黄，你没事吧，你怎么这么鲁莽？"

随即张小三又抬起头问沐林枫："大哥，刚才是什么人开枪？"

沐林枫感觉有些事情不能再瞒着小三，于是对他说："刚才开枪的和写那封信的是同一个人，这个人出身盗墓世家，同我们沐家有世仇，这次来就是想对付我。小三，这段时间你要特别小心，尽量不要一个人外出，听明白了没有？"

"知道了，大哥，这件事要不要报警？"

沐林枫沉思了一下，摇着头说："这件事情暂时不要声张，咱们俩知道就可以了。"

张小三不理解大哥为什么要这样做，不过他还是听从地点点头，一边又把阿黄装进挎包里，随后两人从树林里出来，朝村子里走去……

沐林枫和张小三回到谭家老宅时已经是中午十一点，家里的一切都已经准备停当，院子里站满了人，都是谭家的亲朋好友，就等他回来主持入殓仪式。

一口朱红色的楠木棺材已经摆放了庭院中间，听高鸿进说，这口寿材花了近百万，是谭老大从南方订购的木材，请最好的师傅来这里加工制作的。

楠木应该是制作寿材最好的木料了，不过一般的家庭承受不起，在当地都习惯用松柏制作棺材，因为松柏象征着长寿。但是用柏木做寿材时要加入一点杉木进来，因为全部用柏木做的棺材会遭"天打"，也就是雷击。

另外，做寿材的木料有许多的禁忌，有的地区忌讳使用柳木、松木、刺包树等，这主要是因为柳树不结籽，会使死者绝嗣；而松树在砍伐后再不会发芽，会使子孙断种；用刺包树做棺材，子孙会得麻风病等等。

走进堂屋，谭家兄弟俩和他们的妻子，神情肃穆地站在谭老爷子的遗体边等着仪式的开始，接下来的事情就由他们四个人来完成，准备好的入棺寿衣摆放在一旁的桌子上。

此时谭家人还没穿孝服，所有的孝衣要等尸体入棺后才穿，现在只是在头上扎着一条十厘米宽，大约一米半长的白布条，这根白布条在当地称为“头衫”，也是一种戴孝的方式，所以在当地把穿孝也叫“扎头衫”。不过这个时候的头衫两端垂在身后，等到把死者埋葬后，就要把整条头衫盘在头上。

见沐林枫进屋来，谭老大急忙上前一步轻声问：“沐师傅，家里的事情都准备好了，是否可以开始？”

沐林枫点点头，他刚要说好，忽然看到满院子的人，又想起那封信上的话，让沐家的百年声誉毁在自己手里，他隐约感到那个人肯定不会善罢甘休，而大殓是丧葬过程中最容易出现问题的一个重要环节，所以对方怎么能放过这个机会？

想到这里，沐林枫把谭老大拽到里屋，低声对他说“老爷子昨晚受了一番折腾，现在最怕有五行或生肖相冲的人在场，万一再受到凶厄的影响或是冲犯，必然会再次诈尸，所以大殓时只留你们兄弟俩、两位嫂子和几位至亲的长辈在场就可以，其他人全部退出院子，以防万一。”

谭老大对沐林枫考虑得如此周到很是感激，马上说：“谢谢沐师傅想得这么周全，我马上告诉大家，让他们先离开这里到胡同里等着。”

说完谭老大就走出里屋去跟大家说。其实在当地也有这种禁忌，入殓时外人是禁止靠近棺材的，尤其是在盖棺时，除了死者的近亲其他人都会远远的躲开，因为如果有人的影子盖棺时被封在里面，他的魂魄也有被一同封入棺材里的危险。所以谭老大跟大家一说，所有人都很自觉地离开了院子。

大伙退出去后，院子内顿时冷清下来，只有一口朱漆大棺材摆放在院子的中间，棺盖已经被打开横着竖立在棺材的一侧，一床大红锦衾一半铺在棺材里，还有一半搭在棺材外，奉尸入棺后，便于把尸体包裹起来。

沐林枫见一切都准备停当，便点上一炷香，这是给老人的指路香。嘴里念叨一番后，招呼谭家的两位媳妇过来，开始烧纸钱，这叫铺路钱，意思是先用钱把路上的小鬼买通，在西去的路上不要难为老人。看来行贿这种事情不仅阳间有，阴间也很流行。

做完这一切后，沐林枫对谭家兄弟俩说："可以开始了，先把老人嘴里的'噙口钱'取出来。"

听到沐林枫的吩咐，谭老大掀起盖在老人脸上的黄表纸，然后从老人口中取出一枚铜钱。

按照本地习俗，去世的人在用过"倒头饭"后，要在死者的嘴里放入一枚铜钱，俗称"噙口钱"，为的是防止死者转世投胎后变成哑巴，不过这枚铜钱在入殓时要从死者的口中取出来，否则死者会把家中的财产都带走。

在谭老大取出"噙口钱"的同时，老二将拴住死者脚腕处的麻纰解下，入殓时最禁忌拴住死者的双脚，否则死者到了阴间就不能走路。

除去这些东西后，兄弟两人和两个媳妇开始为死者穿入棺的寿衣，一共两套，一套夹衣和一套棉衣。老人在送终的时候穿了三套寿衣，所以再加上入棺的这两套，刚好是五套。这个过程称为"小殓"，也就是为奉尸入棺作好准备。

穿好入棺的寿衣后，两位媳妇在老人的衣袖里塞入几个用面粉烙成的小饼和小棒子。这是因为死者在去阴间的路上要经过恶狗村，所以给死者准备好喂狗的饼和打狗棒，以便顺利地通过。

这一切都结束后，其他几个长辈都过来，一起用白布把老人的身体从头到脚包裹得严严实实，外面再用棉被包裹一层，接下来就要奉尸入棺，也就是"大殓"。

入棺仪式必须由主人和主妇亲自来操持，所以沐林枫指挥谭家兄弟俩和他们的媳妇，四个人分别站在老人遗体的两侧，将胳膊都插到包裹好的遗体下面。

沐林枫站在死者的头部，面对着四个人，双手示意，嘴里轻轻喊了一声：“起……”随后四个人平稳地将遗体抬起了……

此时移动尸体的关键是要保持平稳，这是每个人在世间最后的一段路程了，进入寿棺后就预示着彻底离开了这个世界。

四个人在沐林枫的引导下缓缓将老人的遗体抬出堂屋，为了便于移动尸体，堂屋门前灵棚内的东西都已经移到了一边，灵棚后面的布帘也掀起来了，可以直接从灵棚穿过，然后来到院子中间的寿棺旁。

此时整个院子内除了张小三还站在西屋的门口，已经空无一人。小三之所以没有离开，一是他身上带着沐林枫要用的物件，二是他要观察丧葬的全部过程，这是学习的最好机会。

就在沐林枫引导这四个人抬着尸体穿过灵棚，刚来到院子里时，猛然听到屋顶上传来一声猫叫。

喵——

拖着长音的这声猫叫着实把几个人都吓了一跳，平时听到猫叫没有任何感觉，此时这个声音不亚于晴天霹雳，令在场的人心惊肉跳。

大家都知道，此时最忌猫靠近尸体或是棺柩。因为猫是有虎性的动物，特别是全身黑色而四个爪子是白色的白爪猫，如果从尸体上面跳过去，或是触碰到了尸体，白爪猫就会立即死去，而猫的阳气就会转移给尸体，尸体就会变成僵尸。

沐林枫顺着叫声抬头望去，只见北屋的房顶上站立着一排猫，足有六七只之多，令人恐惧的是这些猫竟然全部都是黑色的毛皮，而爪子全部都是白色的……

这样的猫平时要想找到一只都非常困难，现在怎么会突然聚集在一起了？沐林枫顿时感觉头皮生生地发麻，他心里很清楚，这一定又是马二木所为。这一招真是太毒辣了，如果在自己操办的丧礼上出现了尸变，那么沐家的声望就要扫地，从此就没有人敢再请沐家人做“疙瘩”了。

抬着尸体的四个人此时也看到了屋顶上的这群猫，大家的脸上顿时流露出惊恐的表情，几个担心的不仅是老人发生尸变，还在害怕为什么出现这种情况。因为老人的丧事如果出现意外，就预示他们这个家要遭难。

就在大家惊慌失措的时候，房顶的一只猫突然尖叫了一声，随后向下冲了过来，只见这只黑猫从屋顶窜到了屋前的灵棚上面，然后从灵棚上纵身跃起，从半空中朝四个人抬着的尸体扑过来……

谁也想不到黑猫竟然会袭击老爷子的尸体，谭老大他们四个的手都在老人的遗体下面，眼睁睁地看着那只黑猫闪电般地扑下来却毫无办法。

此时在前面引导的沐林枫正好面对着北面，发生的一切他看得清清楚楚，而且他比任何人都了解这只黑猫扑到尸体上的后果，他心里只有一个念头，必须阻止黑猫……

沐林枫的双手空无一物，而黑猫凌空扑下来的方向刚好隔着老爷子的遗体……沐林枫急中生智，他快速摸出了自己的手机，一扬手抛了出去……

只听啪的一声，手机准确地击中了黑猫的头部，把黑猫一下子从空中打了下来，黑猫坠落下来的时候仅相差几厘米就会砸在老爷子的遗体上，惊险的场景把几个人都吓出了一身冷汗。

还没容大家松口气，又有两只黑猫嚎叫着从屋顶窜下来，几个人的心顿时提到了嗓子眼儿……沐林枫的身上除了手机本来就没带其他东西，刚才把手机甩出去后，没有可用的武器了，只能眼睁睁地看着两只黑猫从屋顶跳到了灵棚上，他要想找东西已经来不及了，这两只黑猫用不了一秒钟就会扑到尸体上……

就在这千钧一发之际，只见一道金色的闪电从西侧突然跃上了灵棚顶上，猛然撞到了两只黑猫的身上，把两只黑猫同时从灵棚上撞了下来，跌到了旁边的地上。

只有沐林枫知道又是那只黄鼠狼帮助了自己，只见这只金色的小精灵把两只黑猫撞下灵棚后，身体一扭，迅速又冲上了北屋顶，原来屋顶上还有三只猫站在上面伺机出击。屋顶上的三只猫被阿黄的神勇吓得四散而逃，眨眼间就消失得无影无踪……

发生的这一切前后不过几秒钟，险情解除了，沐林枫来不及多想，赶紧指挥四个人把老爷子的遗体移入寿棺中，然后迅速将棺盖盖上。

第十一章

危险来得快，解除得也快，在场的人除了沐林枫和张小三，甚至都没有看清楚是什么神兽把屋顶上的几只恶猫赶跑了，其实谭家的人在心里更期望是神物来保护了他们。

等到把谭老爷子的遗体放入棺材中，盖上棺盖后，大家终于松了一口气。不过大殓的仪式还没有结束，接下来要钉棺盖，俗称为“镇钉”。

镇钉要用七根钉子，在本地称之为“子孙钉”，能使后世子孙兴旺发达。

沐林枫招呼谭家兄弟俩到院门外面去，一是把等在外面的木匠叫进来。另外在钉棺盖时禁忌孝子靠近，他们俩必须在门外候听。

已经等候在外面的木匠进来，木匠五十多岁，手里握着一柄木匠专用的斧头，看样子对于钉棺是轻车熟路，不用沐林枫多交代，拿起一根镇钉，“啪”的一下，将镇钉砸入了一半，然后等着外面的谭老大喊“躲钉”。

这是钉棺的一个习俗，院内的木匠敲击一下镇钉，大门外的孝子就要高喊一声：“爹啊，小心了”“爹啊，别害怕”。

这是为了提醒棺材里的死者躲避铁钉，同时让死者别害怕，在民间谓之“躲钉”。

老木匠非常熟练，每敲击一下就等门外的谭老大喊一声，然后再敲击一下，每颗镇钉敲击三下刚好没过钉头，七颗镇钉不多不少敲击了二十一下。

棺盖落钉后，老木匠马上用熬好的骨胶将棺缝涂抹起来，以防空气、水分和尘土进入到棺材内，至此大殓的仪式算是结束了。尸体入棺后就被称为“柩”了，大殓礼毕叫做“既殡”，也就是说殓而未葬叫做“殡”。

不过沐林枫丝毫不敢放松，刚才发生的事情依然让他心有余悸。他把一只家传的玉钵放在了灵柩盖上，这样就可以防止有什么邪魔鬼怪的惊扰亡魂，可以保证死者灵魂的安宁。然后再在灵柩的周围撒上了一圈朱砂粉，这样做的目的是将死者的灵魂圈在这里面，防止其逃匿，做完这一切，沐林枫才把心彻底放下来……

既殡以后，死者的亲属就要穿上不同等级的孝服，也就是人们常说的丧服。为了区别每个人与死者的远近亲疏，服丧的时间和孝服都是有严格的区分，这就是从古代流传下来的“五服”制度，五服的来历就是源于丧葬之礼。

五服制度非常复杂，每个朝代在细节上也曾稍有变动，但是自先秦确立一直流行到现在，是确定血缘关系和婚姻关系的依据，现在所说的“出五服”、“未出五服”也是指这一制度。

据《仪礼·丧服》中记载：“孝服共分五等，分别为斩衰、齐衰、大功、小功和缌麻。”

“斩衰”是最重的孝服，以粗劣的生麻布制作，裁布时要用刀将麻布剁开，而且破碎的边角不能缝制起来。

穿“斩衰”的有三种人，没有出嫁的女儿和儿子为去世的父亲穿；嫡长孙为去世的祖父穿；再就是妻子为去世的丈夫穿，只有这三种情况下穿“斩衰”。

后面的四种孝服不详细介绍了，现在基本不再分得很详细。“五服”，一般理解为是否经历了五代了，古时讲“四世共高祖”，依次为本人、父亲、祖父、曾祖父、高祖。

现在所穿的孝服基本为第五等“缌麻”，以细麻布缝制，同穿缌麻则是五服以内的亲属，即未出五服；出五服则不会同一个人服丧，也就是说可以不参加葬礼了。这一点在宗亲观念非常严重的农村是很关键的，如果理顺不当会弄出大事来。

忙完后，沐林枫来到西屋，这里是专门供他休息的地方，有为他准备的桌椅，而且有上好的铁观音，张小三已经给他泡好了茶。

沐林枫端起茶碗刚喝了一口，高鸿进从外面走进来，沐林枫忽然意识到今天一天都没看到他的影子，于是问：“你去哪里了？怎么一直没看到你。”

高鸿进端起茶碗喝了一口水，然后用手在嘴巴上抹了一把：“我跟谭总的秘书进城办了点儿事，刚回来不久，听说大殓的时候好像出了点儿意外。”

“难怪一天都不见人影。”沐林枫轻声说，“没什么，不知道从什么地方跑来几只野猫。”

“大家都在议论说有一个神兽从天而降，把几只闹事的恶猫赶跑了，都说有神灵保护着谭家……”

高鸿进的话音未落，张小三就笑着说：“什么神兽，是阿黄窜上房顶把那些猫赶跑了。”

“啊……”高鸿进显得很惊愕，他似乎有点儿不太相信，看着沐林枫问，“真的是那只黄鼠狼把那些黑猫赶跑的？”

沐林枫点点头：“实话说这一次如果没有阿黄的帮忙，后果真的不堪设想。”

“原来是这样……”高鸿进不自觉地站了起来，忽然对沐林枫说，“你先喝着茶，我出去一下。”

说完高鸿进就急匆匆地走出去，沐林枫好奇地看着他的背影，心想什么重要的事情这么急匆匆的，板凳还没坐热就又走了。

高鸿进出去后没几分钟，已经披麻戴孝的谭老大走了进来，大殓后家属们就要穿上孝服了，谭老大自然是最重的“斩衰”。

不过与古代生麻布不同，现在都是用细白布做的，下面是白布裤子，上面是白布长衫，都是反穿着，缝线都露在外面，甚至在鞋面都粘贴上一小块白布。按照本地习俗，只有过了五七祭日，才能把反穿的白裤翻过来。

这里顺便说一下，这个“五七”祭日是一个人去世后最重要也是最隆重的祭奠节日，不过并不是三十五天，一般有几个孩子就要减去几天，另外死者本人还要减去一天，这就是所说的“短七日，长百日”。

这个“五七”祭的来历与佛教有关，佛教认为人死后，在死此生彼之间要寻求生缘，以七天为一期，七日不得生缘就再续七日，至“七七”必生一处，因此有“斋七”的风俗，现在简化成了“五七”。

一个人去世后，一共要进行四次重要的祭奠，分别为“五七”、百日、周年和三周年。死者满周年后，要进行小祥之祭。在去世后的第二十五个月，进行大祥之祭，又称樟祭，即在死者去世后的第三个年头，也就是常说的守孝三年。此后家人就脱去孝服，恢复正常的生活。

谭老大进来后对沐林枫说：“沐师傅，您刚才一直在忙，所以没得空向您说声谢谢，要不是您出手快，不知道会出现什么事情……”

没等谭老大说完，沐林枫就急忙摆着手说：“谭总，说这话就见外了，我说过这都是我分内的事，千万不要再说客气话。”沐林枫没法说出这些都是冲他来的，对方这样做的目的就是为了让他出丑。

见沐林枫说得如此诚恳，谭老大也不再多说什么了，他稍微停顿了一下接着又问：“刚才事发突然，我们都没有看清到底是什么灵兽冲上屋顶把那些恶猫赶跑了？”说到这里，谭老大指着张小三说：“我注意到那只神兽好像是从他身上飞出来的……”

沐林枫轻轻笑了一下：“这件事的内情我以后再告诉谭总，您过来一定还有

其他事情吧？”

沐林枫如此说，谭老大也不好再追问，而且这件事不了解内情对他来说会更好，因为谭老大更希望像大家说的那样，是一只神兽来帮助自己家，这件事反而让乡亲们更加高看谭家。于是对沐林枫说：“墓地那边打过电话来，已经放好了符砖，想问一下沐师傅接下来该做什么……”

接下来要做的就是相墓环节中的第五步，放置“测福物”，这个福物是用来测试后代祸福的东西，同时也是为了验证墓穴的好坏。“疙瘩”所点的墓穴是好是坏，就用放置的福物来测试。

相墓人点中的墓穴，不能仅凭自己来说，要在墓穴中放置测试物，如果以后墓主的家里人提出异议，就要挖开墓穴，从里面取出测试物来断定孰是孰非。

测福物一般是一瓶食用油，在砌好的墓穴的一角放入油瓶，敞开瓶口不能有盖。若穴里太热，油溢出，就表示后代不发，这个穴选得有问题。穴里干燥，油瓶半干，就是风水好。穴里太湿，油瓶发黑变糊，表明后代要绝孙，是最差的穴。所以，若日后挖出油瓶，还是剩油，表示是后代会发，说明相墓人所点的穴正确。另外也有放入杉树块的，事先将木块称好重量，放入墓穴数年后，变重或变轻，来测墓穴选定的是好是坏……

不过这个放置“测福物”在很大程度上仅仅是一种形式，没有哪一家会在死者埋葬了数年之后再将坟墓挖开，取出里面的测福物来察看。

在谭老大的亲自陪同下，沐林枫去墓地，将一瓶盛满菜油的玻璃瓶放入砌好的墓穴中，因为这需要家主的见证，所以必须由墓主的亲属一起来做，至此相墓的全部过程就结束了，接下来就要等待明天的送葬了……

从墓地回来后，沐林枫心里一直有种惴惴不安的感觉，明天就要给谭老爷子举行葬礼了，也就是俗称的“出殡”，沐林枫总感觉要出点儿什么事情。

以谭家的威望，全村人肯定会都来观看，甚至是外村的人也会赶过来，到时候说人山人海有点儿夸张，不过街道两旁一定会挤满人。

送葬的过程是最能展现一个"疙瘩"应变能力的时候，沐林枫现在担心的不是自己能否主事整个葬礼，他考虑的是躲藏在暗处的马二木是否会来捣乱。

出殡不是像进行大殓那样的仪式，可以编造一个理由不让众人靠近或是看到，整个出殡的过程要在乡亲们的注视下进行，而且还要进行多场"路祭"。

从谭家到村后的墓地不过一公里的距离，但是要走完这段路程，至少需要走两个钟头的时间，或许更多时间。在这个过程中，隐藏在暗处的对手要给自己弄出点儿麻烦来，真是太容易了。

就是不用大脑想，也能猜出马二木肯定不会放过这最后的绝佳时机。

回到谭家后，沐林枫在西屋里一边喝茶一边低头思索着对策，他在琢磨如果马二木想来捣乱，会给自己弄出什么乱子来。

小三看到沐林枫紧皱眉头沉思不语，于是关切地问："大哥，你在想什么呢？是不是担心那个开枪的人！"

听到小三问自己话，沐林枫意识到现在能帮自己的也就只有小三了，想到这里，他忽然想起来没有看到高鸿进，于是问小三："怎么没有看到高师傅？他去什么地方了？"

张小三摇摇头，轻声说："从上午离开后就没再见到他，也不知道在忙什么，神神秘秘的。"

沐林枫叹了一口气："哎，他就是这么个人，这么多来拜祭谭老爷子的社会名流，老高自然不会放过机会，肯定是找人拉关系了。"

"大哥，我感觉高师傅跟咱们好像不是一路人……"

"呵呵"，沐林枫轻轻笑了两声："取长补短，老高跟咱们是相互协助，如果没有他，咱们也接不了这个活儿，以后跑业务还得靠他。"

听沐林枫这样说，张小三笑了笑没有再说什么。沐林枫沉思了几秒钟后，像是自言自语地说："我是担心写信的那个家伙在明天的送葬过程中会弄出些事来……"

"大哥，今天上午的那些黑猫也是这个家伙弄来的？"

沐林枫轻轻点着头说："嗯，否则怎么会有那么多白爪猫。"

"大哥，这个人到底是谁？咱们见过他吗？"张小三好奇地问。

"这个人叫马二木，跟我们沐家有世仇，他不是一个人，这个家伙现在是一个国际文物走私集团的成员，所以我们要特别小心。"

张小三想了一下不解地问："大哥，这个人干吗要跟咱们过不去？"

"他想从我这里得到相墓绝技，我不答应，所以就不择手段来对付咱们。"

"原来是这样。"张小三流露出恍然大悟的神情。

沐林枫看着张小三突然问："小三，你怕不怕坏人？"

张小三咧嘴一笑："嘿嘿……只要大哥不怕俺就不怕……"

沐林枫也被小三的话逗得笑了起来，笑过之后心情也陡然开朗了许多，心想"兵来将挡，水来土掩"，现在不知道对方使什么招，考虑太多也没用，到时候见招拆招吧。在相墓手札上，祖辈们留下最多的一句话是邪不压正，沐林枫同样相信这句话。

看到张小三用手抚摸着从不离身的挎包，沐林枫笑着说："别忘了喂喂阿黄，上午多亏了带着阿黄来，否则就麻烦了。"

说到阿黄，张小三立刻来了精神，眉飞色舞地说："忘不了，我不吃也得先给它。想不到这个小家伙不但机灵，还这么勇敢，发现危险立刻就窜出去。"

"呵呵，外面人都说是神物帮了谭家，没人知道咱们的阿黄，实话说阿黄还真的是只灵兽……"

说到这里，沐林枫心里顿时增添了许多信心，从前面出现的几次意外情况看，说明老天都在帮助自己，还有什么好怕的。

第二天上午十点钟，谭老爷子的葬礼准时开始。

院子内的灵棚已经拆除，摆放灵位和祭品的供桌被移到了胡同口。沐林枫也在头顶扎上了白头衫，腰间缠着一条白布带，他站在棺材前高呼了一声“起灵”，十个年轻力壮的小伙子肩扛木棒，缓缓地将沉重的楠木棺柩抬了起来。

谭家所有的亲属走在棺材前放声大哭，亲属手执哭丧棒走在灵柩前，原来的时候还有绳索牵引这灵柩，称作“执引”，现在这些都简化了，亲属们只是边走边哭。

请来的六只大喇叭也同时吹起来，低沉刺耳的喇叭声冲击着人们的耳膜，人们的心也随着音调一颤一颤地抖动着。

在胡同口已经摆设好了一张供桌，上面只有香烛却没有摆祭品，在旁边临时支起了一个棚子，里面坐在三个人。

数十位亲属绕过供桌后纷纷跪在了街道中间，跟随在后面的灵柩抬到供桌前也停了下来。在这里要进行所有的“路祭”中最重要的一个，称之为“迎门祭”。

在送葬过程中，死者的亲戚要在途中逐一祭拜死者，这叫“路祭”，路祭的多少视主家亲戚的多少而定，路祭进行不完，灵柩就不能进入坟地。

死者的亲戚中如果有人对死者的后代子孙不满的，就会利用路祭来惩罚他们，比如拖着不拜祭，让死者的子孙跪在那里受罪，而这种情况也会被乡亲们看笑话。葬礼进行不下去，对于做“疙瘩”的人来说也是很尴尬的事情。

“迎门祭”之所以最重要，因为这是由儿女的娘舅来祭拜，也就是所有亲戚中说话分量最重的。如果出事，往往就出在这个迎门祭上，后面的路祭都是较为远一些的亲戚，比如是儿媳的娘家人，一般不会有问题。

所有的祭拜者都要在“疙瘩”的引导下进行拜祭，沐林枫站在供桌的一端等待拜祭的人过来，他注意到供桌上没有摆祭品，而且发现坐在帐篷里的人没有穿上“布衫”，沐林枫忽然意识到要出事。

祭拜者在进行拜祭前需要穿上白布做成的长衫，在当地称这种长衫为“布衫”，相当于古代第一等丧服斩衰。“布衫”样子有点儿像戏装，两只袖子又宽又长，拜祭的人在祭拜前要把两个长袖往身后一甩，同时发出“啪啪”的声音，这样做的目的是为了让旁边观看的人知道，祭拜的人是老手。

沐林枫往临时帐篷里张望了一下，只见谭家那个管家手里拿着“布衫”站在三位拜祭人前面，似乎在向他们说什么，看到坐着的人没有要穿长布衫的意思，沐林枫知道他们在“拿怪”了。

街道两边围观的人显然也看出些“苗头”来，有的人开始低声议论纷纷了。

总管似乎没有能说动拜迎门祭的人，于是从帐篷里出来，走到跪在街道中间的谭老大身边，伸手把他拉起来，然后两人一起又走进帐篷里。

沐林枫见此情景，猜想一定是谭老大去向亲戚们解释什么，他心里一动，忽然领会到出现什么问题了，于是急忙跟了过去。

走进帐篷后，沐林枫听到坐着中间的那个老头在问谭老大：“老姐夫八十高龄，是喜丧，而且有儿有女，你们为什么要排三啊？这样做不怕乡里乡亲们笑话嘛……”

听到这话，沐林枫心想跟自己猜想的一样，亲戚们果然在这上面“拿怪”了，而谭老大跪在地上无言以对，因为有些事情当着众人的面他无法解释。

见此情景，沐林枫急忙上前一步，对老者说：“老人家，可否听我说句话？”

站在旁边的总管赶紧向老者介绍说：“这位沐师傅是沐家营老沐家的后人，老爷子生前专门交代过，一定要请沐家人来主事葬礼。”

方圆百里，如果提到“疙瘩”，不知道沐家的人很少，特别是上了年纪的人。坐在板凳上的三个人显然对老沐家很是熟悉，马上站起来，领头的老人双手抱拳恭敬地说：“原来是沐师傅，有什么话您请说。”

“谭老爷子的葬日乃天定，与谭家兄弟无关。”

“哦！请沐师傅明示。”

沐林枫接着说：“您老是谭总的舅爷，一定知道谭老爷子是金命，老爷子不但命属金，而且还是金性非常旺的金箔金，旺金必须克之，否则对后代极为不利。如果排七，第七日刚好是五行中的金日，同性相助旺上加旺，五行亢乘，非常不利。而第五日属土，土生金，同样增加了金的力量。只有今天五行属火，火克金，刚好可以抑制老爷子的旺金，荫庇后代子孙。而此时快要接近正午，恰好是一天中火性最旺的时刻，最利于老爷子的送葬，时辰不可错过，相信舅爷一定惦记后辈们的安慰……”

沐林枫的话还没说完，谭老大的舅爷伸手就从总管手里抓过来“布衫”，麻利地开始往自己身上穿，边穿边说：“有沐师傅的这些话我们就明白了，刚才主要是考虑排三对我老姐夫不公，既然是天意我们当然没有意见。”

帐篷外围观的乡亲们听不清沐林枫说了些什么，看到老舅自己主动地抢着穿“布衫”，感觉这个“疙瘩”不简单，三言两语就把谭家的老舅说服了。

沐林枫紧张的心情稍稍放松了一下，心想这个坎儿终于应付过去，然而还没等他缓过劲来，更大的意外又出现了……

听到沐林枫说不能错过好时辰后，谭家老舅不用劝，赶紧抢着穿拜祭用的大布衫。“疙瘩”已经把话说到这个份上了，谁也不敢背上祸害子孙的骂名。

在老舅穿布衫的同时，另外跟随来的两个人赶紧抬着一个大食盒，走到供桌边，把带来的祭品摆好。

这种食盒非常大，底座有半米宽，长度接近一米半，中间部位有一个一米多高的提梁，所以也称“提盒”，上下两层，最上面还有盖子，整个提盒全部是用上好的木头制作而成。

“提盒”在当地是葬礼路祭时专用的盛放祭品的器具，每个村子都有一两个，这些食盒都有百年以上的历史，表面黑黝黝的布满裂纹，现在的人都不知道提盒原来是什么颜色的。

谭家老舅穿好肥大的白布衫后，站到了供桌前。沐林枫面对着祭拜者双手作揖施一礼，这是代死者向拜祭的人致谢，随后从祭拜者的手里接过一个白纸叠成的大信封，上面写着祭拜人的名号。

沐林枫替拜祭的人上三炷香，再向后退一步，然后拖着长音高声吆喝起来：“为先人上饭——”“给先人敬酒——”

在沐林枫的引导下，祭拜人象征性地用筷子把每样菜都依次戳一下，随后再把三盅酒撒在地上，最后三鞠躬后，祭拜结束后，沐林枫引领谭老大向祭拜者叩谢。

迎门祭结束后，有帮忙的人赶紧把供桌上祭品收拾到提盒中，随后抬着供桌到下一个路祭的地点，在百米外已经有祭拜人等候在那里。

沐林枫转身面对着灵柩，张开双臂，指挥着十个棒小伙子一起抬起沉重的楠木棺材。然而就在这时，意外情况出现了……

棺材是用五道粗壮的棕绳从下面穿过，再在上面系套扣，用碗口粗木棒从套扣中穿过。因为楠木棺材十分沉重，所以棕绳全部是双股起的，而且五根木棒长短不一，刚好让前后的叉开，行走时不至于抬棺的人相互绊脚。

起棺的时候五组人必须同时用力，所以要按照前方“疙瘩”的手势和喊声一同起身，就在第一组的两个小伙子身体起到一半的时候，猛听到砰砰两声巨响，拴棺材的两股棕绳突然从中间崩断了，一下子把两个人闪了一个趔趄……

大家还没反应过来是怎么回事，紧接着又响起了几声嘎嘣嘎嘣的声音，后面的几组棕绳也相继崩断了，刚刚离地十多厘米的棺材轰隆一声又落到了地上，砸在地面上扬起了一股尘土。

突然发生的意外让十个抬棺的小伙子大惊失色，十个人都面面相觑，似乎还没有从震惊中清醒过来。

周围观看的村民们，被眼前匪夷所思的场景弄呆了，所有人都睁大眼睛，嘴巴也张得老大，在发出了一声声惊呼后就什么也说不出来了，呆呆地看着被扬起的灰尘笼罩着的棺材，还有两边那十个不知所措的抬棺人。

最晚发现意外的是谭家的人，因为他们还跪在地上，有的还低着头哭泣，随着棺材的落地，悲伤的哭泣声也戛然而止，本来还是哀声一片，突然间整条街道变得鸦雀无声，所有人都被这诡异的事情惊呆了……

山里人对这种结实的棕绳非常了解，这五根棕绳都有酒盅那么粗，而且还是双股一起用，别说是一口棺材，就是十口也压不断。

沐林枫因为正在指挥起棺，刚好面对着棺材，对于发生的一切他看得最清楚。当看到拴棺材的棕绳崩断后，他的心里如同被一阵电流击穿了一般，所有在场的人中，只有他明白是怎么回事。

六年的特种兵生涯，训练出了沐林枫临危不乱的过硬心理素质，沐林枫知道这个时候自己绝对不能乱了阵脚，他的大脑在急速地思考着对策。他心里很清楚，这件事如果处理不好，祖辈们创下的声望就要毁于一旦，沐家以后就再也不用做“疙瘩”了。

沐林枫一声不吭地向前走了几步，他来到棺材边，伸手抓起一根断裂的绳子头，用鼻子闻了一下，一股淡淡的酸味钻入了他的鼻孔中。沐林枫心想果然证实了自己的猜测，绳索被人做了手脚，上面很可能喷洒了强酸。

现场数百人的目光都集中在沐林枫身上，人们的脸上流露着惊愕、恐慌、担心，甚至有些恐惧，送葬的路上遇到这种事情，应该说是闻所未闻。

现场所有的人第一反应是谭老爷子的尸体出现问题了，人们最担心的是要诈尸，所以大家把注意力都集中在了这个“疙瘩”身上，在村民的意识中“疙瘩”有消魔除怪的法力。

沐林枫虽然清楚发生了什么事情，但是他却不能向众人解释，而且他知道现在就是把真相讲出来，也不见得有人会相信。现在唯一的办法是让围观的众人相信他能控制局面。

沐林枫一边紧张地思考着办法，同时巡视了一圈周围的情况，他猜想那个做手脚的人一定也藏在围观的人中……

忽然，沐林枫的目光落在了张小三身上，当他看到小三随身携带的牛皮挎包后，心里突然有了主意。沐林枫非常清楚村民们在想什么，必须顺着村民们的思维来化解这一切，而且要变被动为主动。

沐林枫什么话也没说，在众人惊异的眼神里走到张小三身边，把手伸进挎包后面的小袋里摸出了一包朱砂，同时贴近小三的耳边低声说：“躲到后面去，看到我的手势后就把阿黄撒出来，让它跑到我身边来。”

沐林枫手里拿着这包朱砂粉来到棺材前，在距离棺头三米远的地方把朱砂慢慢撒在地上形成了一个直径大约一米的圆圈。然后站在圆圈边上，单手掐灵官诀，脚踏天罡步，嘴里念念有词。

十多秒钟后，沐林枫突然把右手剩余的朱砂粉朝棺材方向的上空抛撒过去，朱砂粉顿时化作一阵红色的烟雾把整个棺材笼罩起来。众人的目光紧盯着这团红色的烟雾，等烟雾落下来后，陡然发现在沐林枫面前的圆圈中站着一只皮仙。

没有人注意到这只黄鼠狼如何出现的，在村民的意识中黄鼠狼本来就有仙气，被称为黄皮仙。突然间在这种场景下神奇地出现了，所有的人都以为沐林枫这个“疙瘩”的法力让它显灵了。

只见在圆圈中的黄鼠狼，两条后腿支撑着身体，两条前腿抬起来，圆溜溜的眼睛望着沐林枫，似乎跟他很亲切的样子。

沐林枫一本正经地问阿黄：“大仙，灵柩为何突然不想走了？”

黄鼠狼的两只前爪在空中抓挠了几下，黑嘴巴里发出吱吱的叫声，仿佛在回答沐林枫的问话。

沐林枫装模作样地边点头边答应，就像是在听黄皮大仙说话，随后沐林枫走到路边的帐篷边，低声对站在那里的总管耳语了几句，总管点点头急忙转身离开。

随后，沐林枫朝负责撒纸钱的人招招手，那个人赶紧跑过来，沐林枫从他胳膊上挎着的竹篓中抓起一大把纸钱，然后猛地抛向空中，扬起的纸钱如同漫天飞舞的雪花般飘落下来。

众人的目光都随着沐林枫的动作移动着，谁也不知道他要做什么，等到纸钱全部落下后，却发现圆圈中的黄皮仙已经消失了，大家对沐林枫的法力更是深信不疑了……

做完这一切后，沐林枫走到了依然跪在那里的谭家亲属面前，大声说："刚才老爷子托黄皮仙来告诉我，拴灵棺的绳索太紧了，使老人家很不舒服，所以才挣断了棕绳。老人家告诉我想坐车去墓地，我已经让总管安排人去推车了。"

沐林枫刚才的一番举动已经把大家都唬住了，此时没有一个人怀疑他的话，特别是黄鼠狼的来去无踪，更增加了事情的诡秘。

谭老大听沐林枫说完，急忙磕了一个头，然后说："一切由沐师傅做主。"

"哎！"沐林枫重重地叹了一口气，神情沉重地说，"老爷子还跟我说，儿女们都太好了，个个都有孝心，他也舍不得离开你们，所以想再同你们多待一会儿……"

说到这里，沐林枫不经意地回头张望了一下，他是想看看去弄灵车的人来了没有，现在一家人不能这样干等着，看到还没有动静后，于是又说："谭老板，你们兄弟姐妹们几个来灵棺这边，再跟老人说说话，也劝劝老人，让老爷子一路好走。"

一听这话，谭老大兄弟俩和两个媳妇赶紧走到灵柩边，双膝跪下，双手抚摸着棺材放声痛哭，一边哭泣一边不停地念叨着，让老人放心走好……

见此情景，两边围观的乡亲们都为之动容，有的跟着抹眼泪，有的还竖起大拇指，也有的在低声议论："谭家兄弟们就是好，对老人这么有孝心，难怪老人不想离开……""哎，如果咱家的孩子也这样，咱就烧高香了……"

一场尴尬的意外，让沐林枫慢慢地化解了，而且还让乡亲们对谭家兄弟们赞不绝口，没有人去想其他事情。

不一会儿，一辆山里拉货用的平板车被两个人推了过来，沐林枫马上招呼原来抬棺的十个小伙子，用手抓住棺材两边断了的绳子头，将棺材平稳地抬起来，然后迅速地将平板车推到棺材下面，再将棺材稳稳地放在了平板车上。

原来抬棺材的小伙子分别在灵车的两边，用一只手扶住棺材，簇拥着灵车开始慢慢向前走……

第十二章

就在沐林枫操办谭老爷子葬礼的同时，东方教授与助手凌霄一起来到了古城青州。

东方教授此行的目的就是要来会见沐林枫，并且要说服他继续参加课题组，因为课题组这边最近得到了一条新线索，需要沐林枫来协助完成。

教授到达青州后直接去了宾馆，因为他想先与李建平会面，了解一下沐林枫最近的情况。

教授入住的这家宾馆位于穿城而过的南阳河边，透过窗户不仅可以看到风景如画的南阳河，还能遥望到气势巍峨的青州博物馆。

作为考古学家，东方教授来青州博物馆考察过多次，因为博物馆内藏有大量国家级珍贵文物，其中有全国唯一的明代殿试状元卷真迹、汉代宜子孙玉璧、龙兴寺佛教造像窖藏等等，都有非常高的研究价值。

因为这家宾馆距离博物馆最近，为了方便工作，教授每次来都入住这家条件不算很好的宾馆，这次来虽然不去博物馆，因为熟悉便又来这里住下。

宾馆的服务人员都认识教授和凌霄，热情地向他们打招呼，特意为教授开了

位于楼房西南角的套房，因为这间套房两侧有窗户，可以看到更多的风景，站在阳台上还能遥望到远处的云门山。

东方教授来到客房不到十分钟，李建平和小曹就赶到了。

这几天为了沐林枫的事情，两人投入了大量精力，好在有当地警方的协助，工作还算比较顺利。对于沐林枫去谭坊村为谭老大的父亲主事丧葬的情况也全部掌握。

几个人见面后，教授顾不上客套，急忙问李建平："林枫这边的情况如何？了解到他退出课题组的原因了没有？"

"沐林枫现在正式继承祖业了，而且这两天接手了一个葬礼，本市一个知名民营企业家的父亲去世了，根据反馈回来的信息，丧礼好像不是很顺利，送葬的时间也改变了，具体情况还不是很清楚。另外关于沐林枫从课题组退出的具体原因还在调查中，根据这几天的观察，我判断很有可能与他继承祖业做丧葬执事人有关系。"

听李建平介绍完情况，东方教授沉思了一下，随后又问："潜入到这里的那些人有什么动静？"

"我和小曹来到青州后，马二木他们就突然消失了，这几天警方也一直在配合我们寻找他们的踪迹，有迹象显示这帮人好像进山了，而且马二木似乎也在注意沐林枫……"

"哦！那林枫会不会有危险？"东方教授急忙问。

李建平轻轻摇摇头："我判断沐林枫那边暂时不会有什么事情，因为他们也想利用沐林枫找到《帝葬山图》……"

说到这里李建平沉思了一下接着问："您亲自到青州来一定有重要的事情吧？"

"我想同沐林枫面谈一下，希望他能继续参加课题组，因为我们刚刚得到一个重要线索。几年前，有盗墓人在中美洲的尤卡坦半岛的丛林中发现了一座殷福布族人祖先首领的古墓，盗掘过程中他们发现了墓室中有一幅古代的海图，国外研究‘殷人东渡’事件的专家得到这个消息后就给我电话，说这幅海图很有可能是殷人东渡时的海上路线，如果真的是这样，那么通过海上路线就能找到天之浮桥岛。所以必须尽快派人去尤卡坦半岛寻找这座古墓，我想让沐林枫参加这次行动，有他参加成功的希望就大很多……”

李建平听到这里马上问：“您的意思是在尤卡坦半岛上的这座殷福布族人的古墓位置并不确定，需要进行探寻？”

东方教授点点头：“如果找不到《帝葬山图》，去尤卡坦半岛寻找线索是唯一可行的办法。在没有得到这个消息前，我就曾考虑过，因为三千年前到达那里的殷人一定会留下证据来。”

李建平想了想说：“在这里寻找沐家祖先传来的《帝葬山图》的几率应该比去尤卡坦半岛寻找海图的要大，您觉得是不是？”

“这也是我想同林枫进行面谈的原因，我想详细地了解一下情况，刚才你提到马二木已经注意到了林枫，这件事就更应该加紧。”

李建平用征询的口吻说：“好吧，不过沐林枫现在没在家，正在谭坊村忙碌，是否等他办完了后再去找他？”

东方教授知道这个时候去找沐林枫，对事主家肯定不好说，于是问：“这个葬礼什么时候办完？”

“来这里的路上刚接到消息，葬礼今天举行，我想天黑之前沐林枫应该能回到沐家营。”

东方教授显得有些急不可待：“那咱们下午就去沐家营。”

此时马二木正在谭坊村，他带着两个同伙混杂在围观的人群中，把沐林枫化解棺材坠地的整个过程看到一清二楚。自己精心设计的这一切竟然被沐林枫巧妙地破解了。马二木意识到沐林枫比他想象的要厉害，难怪自己的祖上没有从沐家得到一点儿东西，看来沐家人的确不好对付。

谭老爷子的灵柩被移到平板车上后，马二木就不再看下去，后面的送葬过程

对他来说已经没有了任何意义。他从拥挤的人群中抽身出来，招呼两个同伙一起向村口走去，他们的车停在村子外面。

马二木边走边考虑着接下来如何对付沐林枫，第一回合就败下阵来，他不甘心就这么让沐林枫占了上风。

虽然谭老大没有声张，得到消息来吊唁老爷子的朋友还真不少，所以村外的道路上停满了各式各样的车，虽然里面有不少的高档车，不过马二木他们乘坐的讴歌越野车还是挺显眼。

李建平安排来的人有一个负责在村子出山的路口监视情况，看到开过来一辆讴歌越野车，这种本田在北美生产的高档越野车在本地很少见，所以这个警员留意看了一下，忽然注意到在副驾驶位上坐着的人正是他们要寻找的马二木，于是马上掏出手机把情况向李建平进行汇报。

李建平接到报告后，更加确定马二木已经盯上了沐林枫。东方教授听到这个消息后，马上要求去沐家营，一是为了早点儿见到沐林枫，另外也想看看沐家所在的这个村子的情况。

谭老爷子的殡葬结束时接近下午一点了，沐林枫吃过饭后就要求回去，因为他所做的事情已经全部完成，按照习俗整个葬礼还有最后一个环节，就是“圆坟”。

“圆坟”是在埋葬死者后的当天下午，由死者的家属煮好水饺，到坟墓边与死者共同吃最后一顿饭，同时给死者烧些纸钱，这个仪式是不需要“疙瘩”主事，所以谭家兄弟郑重其事地跪下向沐林枫磕头叩谢，随后一起把沐林枫他们三个人送上车。

中国人讲究男儿膝下有黄金，上跪天，下跪地，中间跪父母，除此之外绝对不可随便下跪，磕头叩谢是所有礼仪中最为隆重的大礼，然而在长辈的丧葬中，无论是迎接吊唁祭拜的亲朋，还是送走亲朋，家属都要磕头叩谢，从中也可以看出丧葬在人们心目中的重要，没有任何事情比葬礼更重要了，所以当地人常说：“天大的事，也大不过父母的丧事。”

在本地还有一种说法：“父母去世，见人矮三分。”意思是父母去世后，在没有埋葬前见到所有认识的人，亲朋好友以及同事，都要先下跪磕头，否则将被视为不懂礼节，这也是最初沐林枫见到朱福贵给他下跪就猜到他有老人去世的原因。

回到沐家营已经是三点多钟了，车到村口沐林枫就让停车下来，让送他们的越野车回去了。

在村口下车也是当地人都遵循的一种淳朴民风，特别是生活在外面的本村人回来，都会主动地在村口下车，然后步行回家。哪怕是骑自行车回来，也是在村口下来，推着自行车往村里走。如果是自己开车就要将两边的车窗都放下，然后放慢车速，缓缓地让车前行。

一个人在外面无论多么有权有势，多么富贵有钱，回到老家在乡亲父老面前也要恭恭敬敬，绝对不可以坐着车耀武扬威地进村，否则会被老少爷们嗤之以鼻，看不起……

沐林枫虽然已经回到村子里居住了，养成的这个习惯却不能改，他边走边同遇到的长辈们打招呼，而跟在他身后的高鸿进和张小三也在低声说着话。

刚才在车上因为当着司机的面有些话不好说，所以下车后高鸿进就迫不及待地问小三：“小瘸子，谭老爷子出殡的时候，你包里的黄鼠狼子怎么会跑到棺材前面去了？”

张小三摇摇头：“我也不知道是什么回事，反正它自己一下子跑出来，不知道为什么就跑到那个圈圈里了。”

高鸿进用手点着张小三说“撒谎，你在这里跟我撒谎，黄鼠狼子一直是你养着，而且还在你的包里，你不知道谁知道？”

张小三边走边把挎包的拉链打开，然后笑嘻嘻地说：“你如果不信自己问阿黄好了。”

在包包里憋闷了好长时间的黄鼠狼马上探出头来，尖尖的小脑袋刚好对着高鸿进，它突然裂开黑黑的嘴巴，露出锋利的牙齿向着高鸿进尖叫了一声，似乎是有些发怒的神态。

高鸿进被阿黄的发威吓得情不自禁地向旁边退了两步，生气地说："小畜生，干吗对着我龇牙咧嘴的，小心我收拾你……"

听到高鸿进骂阿黄，张小三心里很不高兴，不过老高以前是自己的师傅，所以他也不好说什么，只是用手抚摸着阿黄的头说："阿黄听话，赶快藏起来，马上到家了。"

刚进村不久，沐林枫就远远看到在自己住的胡同口停着一辆高大的丰田越野车，走近后他认出来是李建平乘坐的那辆陆地巡洋舰。

没等三个人走到胡同口，越野车的驾驶门突然打开了，小曹从车里下来，笑着同沐林枫打招呼。

"原来是你们啊，什么时候来的？"沐林枫急忙上前两步，握着小曹的手问。

"来了有两个小时了，这次主要是陪东方教授来……"

没等小曹说完，沐林枫就惊讶地问："东方教授来了？他们去什么地方了？"

小曹指着不远处坐在老柿子树下的几位老人说："知道你还没回来，教授跟那几位老人聊了一会儿天，然后跟李处一起去你家老宅子看看了。"

站在一旁的高鸿进见两人聊得这么热乎，似乎是很熟悉的朋友，不过对于沐林枫没有介绍自己心里很不乐意："林枫，你也不介绍一下这位朋友，只顾自己说话。"

沐林枫赶紧对小曹说："哦，这位是我原来的同事高鸿进，现在我们又在一起做事了，呵呵，准确地说是我的经纪人。"

高鸿进叹了一口气："哎，我是让你介绍这位朋友给我认识，又不是让你介绍我……"

高鸿进从来不放过任何钻营的机会，所以只要他感兴趣的人都要想法结识，看到这辆挂"圆蛋"牌子的豪华越野车，他马上猜出乘坐这辆车的不是一般人。

小曹朝沐林枫使了一个眼色，沐林枫虽然不善于同人打交道，他还是读懂了小曹的意思，于是笑着对高鸿进说：“小曹是我在新兵连时的战友，现在做司机。”

说到这里，沐林枫朝张小三和高鸿进挥挥手：“你们先回家吧，我去老宅看看来的朋友。”说完，沐林枫就跟小曹一起朝村后走去。

望着两人的背影，高鸿进不高兴地对张小三说：“有什么保密的事啊，还躲着咱们俩。”

张小三对此毫不在意，他没有理睬高鸿进，转身朝胡同里走去。

沐林枫和小曹来到老宅的大门前时，东方教授和李建平刚好从院子里出来，凌霄跟在两人后面，沐林枫赶紧走过去向教授问好。

东方教授开玩笑地说：“我看里面刚盖好了几间新屋，看来是有常驻沙家浜的打算了。”

沐林枫听出了教授话里的意思，而且心里也猜测到了教授此行的目的，他笑了笑假装糊涂地说：“房子刚盖好还不能住人，要等干得差不多了才能搬过来。”

东方教授站在大门前环视了一圈，连声称赞说:“不错，很不错，真是个好地方，我也期望能在这样青山环抱，空气清新的地方有栋小屋颐养天年啊！”

“哈哈……欢迎教授来，到时候我给您准备最好的房子，我打算把整座老宅重新修建起来，保证有地方让教授住。”

东方教授点点头：“好，到时候我一定来……”随即教授把话锋一转，“林枫，沐家祖传的相墓绝技是否从老宅这里找到的？”

沐林枫如实地说：“不是，是从我曾祖父的坟墓中发现的。教授，站在这里说话不方便，是不是去我住的地方坐坐？”

东方教授摆摆手：“没关系，在这里说话既清静又敞亮……”说到这里教授停顿了一下，随即用征询的口吻说，“如果方便的话带我们去看看你曾祖父的坟墓……咱们边走边聊……”

“当然可以，院子里不好走，咱们从那边绕过去吧。”说着，沐林枫在前面领路，五个人朝老宅后面的槐树林走去。

东方教授走在沐林枫的身边，随意地说：“刚才在村里跟几位老人聊天，大家说起你们老沐家都竖大拇指，特别是对你的曾祖父，更是敬佩得很，听说你曾祖父是为了阻止日本鬼子盗掘衡王陵而失踪的？”

“曾祖父的确是带着日军大佐蒲健一郎和十多个日本兵一起失踪的，具体是个什么情况没人知道，我看过曾祖父留下的《相墓手札》，曾祖父是有与日本鬼子同归于尽的想法，至于曾祖父是如何做的就不清楚了。”

东方教授用赞叹的口气说：“你的曾祖父不愧是位民族英雄，这也是你们沐家赢得乡亲们称赞的原因所在……”

说到这里教授突然问：“这么说你曾祖父的坟墓是衣冠冢了？”

“曾祖母早我曾祖父几年去世，所以坟墓中有我曾祖母的棺木。曾祖父在失踪前为自己举行了一场葬礼，这件事情在当地流传甚广，一个‘疙瘩’亲自为自己主持了葬礼……”

“不错，我听几位老乡说过这事，当时在十里八乡传得很响，后来乡亲们才知道你曾祖父是抱定了一死的决心，真是位侠肝义胆的英雄。”

说着话，几个人来到了老槐树林边，茂密的枝叶遮天蔽日，走进林子里顿时感觉到丝丝凉意，与树林外面至少相差好几度。

沐林枫笑着对教授说：“您现在来得不是时候，如果春天来满林子的槐花，整个村子都飘着花香，还可以煎槐花饼吃，那个滋味别提了……”

“哈哈……我让你说得不想离开这里了。”

走进树林不远就能看到一座高大的坟墓，如此气派的坟墓在山里还真的不多见。几个人迈步登上石头台阶，东方教授围绕着坟墓转了一圈，然后站在墓碑前仔细地观看着上面的墓文。

沐林枫看着教授，心里琢磨着教授来曾祖父坟墓这里的目的，东方教授看了一会儿后转过身来，看着沐林枫轻声问：“林枫，我听说你打算离开课题组，能告诉我是为什么吗？”

沐林枫感觉教授的目光能看穿自己的内心，他只好如实地说：“是……是因为《帝葬山图》……”

“因为《帝葬山图》？”东方教授显然对沐林枫的这个回答有些吃惊。

李建平他们三个人也都惊讶地看着沐林枫，小曹是个快言快语的人，马上问：“这么说你找到《帝葬山图》了？”

沐林枫笑了笑：“没有，如果找到了《帝葬山图》我一定会告诉教授。”

东方教授看着沐林枫很严肃地说：“林枫，这件事情非常重要，往大处说对于人类文明的发展有很重要的意义，往小处说也关系到咱们中华民族的声誉，我相信你会认真对待。”

“教授，我知道，您听我说完。的确没有找到《帝葬山图》，之所以这样说是因为我发现了曾祖父留下来的一封书信。很多人都知道我们沐家世代做‘疙瘩’，但是没有人知道我的祖上还有一个非常隐秘的身份‘守灵人’……

沐林枫注意到自己说出“守灵人”三个字的时候，东方教授和其他几个人都流露出很意外的神情，跟自己看到这三个字时的表现差不多。

沐林枫喘了一口气接着说：“我们沐家的相墓绝技是由一位云游道长传授的，道长在传授相墓之术前要求我家始祖先发誓做‘守灵人’，然后在传授了相墓绝技的同时，把《帝葬山图》一并交给了始祖。在《帝葬山图》上共有十处极为隐秘的陵墓，守灵人的职责就是要看守好这十处古墓，不让它们受到任何的破坏和袭扰。所以沐家后代必须先发誓做‘守灵人’，然后才能学习相墓绝技……”

听到这里，小曹惊讶地问：“十处古墓，怎么能看守得过来？而且像攸侯喜的陵墓还在海岛。”

“古代的帝王之陵在修建的时候都会留下供葬者灵魂出入的气道，这个气道

都是直接由地宫通到外面来，气道会定期敞开，不同陵墓开敞的时间也不相同，一般情况一个甲子才开启一次。‘守灵人’就是要在气道敞开的时候看护好陵墓，因为很多盗墓人就是利用这个时候由气道进入陵墓地宫中盗窃古墓。”

李建平和小曹对古墓没有研究，两人对沐林枫所说的这些内容感觉有点儿不可思议，所以两人都不自觉地看着东方教授。

东方教授缓缓地点了一下头，轻声说：“林枫说的这个情况的确存在，每座帝王陵在修建时都会留下通往外面的气道，供帝王的魂魄出入。例如秦始皇的陵墓一直有‘牧童烧地宫’之说，《汉书　刘向传》中记载：有一个放羊的小孩在秦陵附近放羊，一天突然发现少了一只羊。经过一番寻找，发现这只羊掉进了一个深洞里。小孩便拿着火把，进入洞后寻找那只丢失的羊。原来这个洞穴就是秦陵的气道，直通秦始皇陵墓地宫，牧童往下走了很远，结果一不小心，火把失手，引燃了地宫，酿成一场火灾，连秦始皇的棺椁都被烧毁了。这个故事在《水经注》和《三秦记》等书中都有记录，所以‘牧童烧地宫’说深入人心，至今仍有人深信不疑。这个故事也证明了林枫所说的情况是真实的……”

站在一旁的凌霄突然插嘴说：“这么说《帝葬山图》上不仅有帝陵的位置，一定也标明了每个帝陵气道开启的时间，所以‘守灵人’才能找到这些陵墓并进行守护。”

小曹反应很快，他马上问沐林枫：“这么说你的祖上一定去过天之浮桥岛，而且也知道攸侯喜的陵墓。”

“应该是。”沐林枫简单地回答。

这时李建平首先明白了沐林枫退出课题组的原因，他看着沐林枫问：“你现在继承了祖传的相墓绝技，也就是说已经发誓成为了‘守灵人’？”

沐林枫用力点了一下头没有说话。

李建平接着说：“课题组需要你做的是找到攸侯喜的陵墓，而守灵人的职责却是要保护好陵墓不被袭扰，这两者刚好是对立的，所以你只能选择其一，我说得对不对？”

“是。”沐林枫简洁地回答，随即又解释说，“曾祖父留下的信中并没有说明‘守灵人’的职责，只是要求先立下毒誓，才能找出祖传绝技。我当时因为寻找心切，并没有多想就发誓做一个‘守灵人’，等看到与相墓之术放在一起的书信后，才意识到自己陷入到了很尴尬的境地……”

“原来如此。”东方教授若有所思地说，他能体会到沐林枫矛盾的内心，当一个人面临这样的选择时是非常痛苦的。

看到东方教授表现出对自己非常理解的神情，沐林枫反而感觉很难堪，因为自己曾经答应过教授，不管怎么说现在又反悔了，他还是第一次作出尔反尔的事情。

沐林枫沉吟了一下又接着说：“我找到的只有先祖们留下的《相墓手札》和相墓绝技，并没有发现《帝葬山图》的踪迹，后来我找遍了所有可能藏图的地方，一直没有任何发现。”

这时，东方教授突然转身，抬手指着旁边的墓碑问沐林枫：“林枫，如果你的曾祖父也面临与你相同的选择时，他会作出怎样的决定？”

“这……”沐林枫一下子不知如何回答是好，他突然明白了教授要求来这里的目的，教授是想用曾祖父的故事影响和改变自己。

第十三章

东方教授自信没有看错沐林枫，他知道不需要对沐林枫这样的人讲什么道理，因为越是信守承诺的人，越容易陷入这种难以抉择的境地。每个人都可能经历过这种内在的信仰与现实发生冲突的情况，任何一种选择都会领取痛苦不堪。

听过沐林枫的叙述后，教授不仅没有指责他，也没有进行开导，只是让他与曾祖父的事迹进行比较，这让沐林枫更加有些不好意思面对教授。

树林中除了不时地响起的灰喜鹊地鸣叫没有其他声音，微风似乎停止了吹拂，树枝也停止了摇曳。大家都在默默地看着沐林枫，宁静中漂浮着沉闷的气氛，让人感觉有些压抑。

沐林枫低头沉思良久，随后抬头望着东方教授缓慢地说:“教授，我心里有些乱，请给我些时间思考一下，然后再把决定告诉您。”

东方教授点点头，知道让沐林枫马上作出选择反而对事情不利，必须留出时间让他考虑，于是轻声说：“林枫，我这次来青州除了看望你，另外还有件事想要同你当面商量一下。”

“哦，有什么事请尽管直说。”

教授把这次来的主要目的告诉了沐林枫："上次见面的时候我曾经提到过生活在中美洲的殷福布族是商代殷人后裔。我们刚刚得到一个消息，两年前，位于尤卡坦半岛的丛林中有座殷福布族人始祖的陵墓被盗。从盗墓者那里传出一条重要线索，被盗的陵墓地宫中有一幅壁画，很可能是殷人东渡的海上路线，如果真是如此，通过这幅海图就能找到天之浮桥岛。另外，据说这座古墓陪葬品众多，因为进出丛林的地形非常险恶，盗墓人只是带走了价值比较高的黄金制品和玉器，还有大量的随葬物被留在了墓穴中。而这些随葬物极有可能是我们需要寻找的历史证物，如果这些随葬品能够证明我们的研究成果的话，后面就可以不用再寻找攸侯喜的陵墓了。因此我们准备向上级领导部门提议组建一支探险队，前往尤卡坦半岛寻找这座殷福布族人始祖的陵墓。我在第一时间就想到了你，想让你一起参加探险队，有你参加寻找陵墓的行动的成功几率要大很多……"

当听到教授说如果找到这座陵墓，就有可能不再寻找攸侯喜的陵墓时，沐林枫的心里顿时有种轻松感，只要不是寻找《帝葬山图》上的那些陵墓，自己就不算是违背誓言，等教授说完，他就急忙问："探险队什么时间出发？"

"这个要等上级批示下来才能组建，具体时间我也说不准，大概需要个把月吧。"

沐林枫沉思了一下，然后说："如果探险队是一个月后出发，我保证参加。"

小曹有些不解地问："为什么一个月后出发你就参加？"

"是这样，从我始祖开始，一直到曾祖父每人都写下了一本《相墓手札》，一共有十八本之多，这些手札都是他们做'疙瘩'和相墓的宝贵经验，要想真正地掌握祖传的相墓绝技，就必须把祖辈们留下来的手札研读完。我算了一下，大概再有二十多天的时间，就能把手札学习完，到那时我就有把握了……"

东方教授很高兴地看着沐林枫："好，时间应该足够了，另外去中美洲的丛林探险不是一件小事，必须作好充分的准备，我想最快也要两个月的时间。"

"太好了，有两个月的时间我保证能把祖传的相墓绝技融会贯通。教授，探险队就算我一个。”沐林枫一扫满脸的阴云，兴奋地说。

“呵呵，不是算你一个，而是以你为主……”说到这里教授摇着头，叹了一口气，“我已经老了，没有能力再进入丛林去探险了，这项重要的任务就要靠你们几个年轻人去完成。”

凌霄走到沐林枫面前，笑着说：“看来咱们俩要成为战友了。”

小曹不失时机地对李建平说：“头，我是不是也算探险队的一员？”

李建平微微一笑，看着东方教授说：“这得由教授说了算。”

东方教授高兴地说：“如果能找到殷福布族人始祖的陵墓，对于考古界来说不亚于发现一座宝库，学术价值难以估量。这么重要的事情，你们国安局肯定要派人参加了，何况国外还有那么多人惦记这个件事。”

东方教授这么一提示，李建平看着沐林枫问：“林枫，你在谭坊村是不是遇到了些意外情况？”

沐林枫感觉很奇怪，李建平似乎知道谭老爷子葬礼上发生的事情，他点点头：“不错，的确有人在背后搞鬼，而且是接二连三地下黑手。”

“发现是什么人了吗？”李建平又问。

“我没有见到过这个人，不过我从他留下的脚印判断出这个家伙三十岁左右，中等身材，体型偏瘦，身手灵活，很擅于攀爬……”

小曹惊讶地望着沐林枫，忍不住赞叹地说：“我靠……真人不露相哎……沐大哥的跟踪术堪比我们技术部门的痕迹专家了！”

沐林枫摆着手说：“雕虫小技，让你们见笑了。”

“你的分析判断非常准确。”李建平用赞许的目光看着沐林枫，同时头也不回地又对小曹说：“把马二木的照片拿给林枫看一下。”

沐林枫从小曹手里接过马二木的资料照，这是他在美国上大学时的毕业照片，戴着眼镜，一副文质彬彬的样子，让人很难把他与一个盗墓贼联系起来。

见沐林枫在辨认照片：李建平问："见到过这个人没有？"

沐林枫摇摇头："没有，从未见过面，不过眉目之间似曾有些熟悉。"

小曹开玩笑地说："哈哈，不会是你说过的，你们之间有一定的血缘联系的缘故吧？"

"狗屁血缘关系，八竿子够不上。"

东方教授对两人的对话很感兴趣，马上问沐林枫："哦，你们有什么血缘联系？"

沐林枫轻描淡写地说："我曾祖母就是出身于金陵马家，与这个马二木的祖辈应该是一家人。"

东方教授指着身旁的墓碑问："就是这位马氏？那一定是个很传奇的故事。"

沐林枫不想说这件事情，赶紧把话题岔开，对几个说："时间不早了，咱们先回去吧。"

不知不觉中过去了一个多钟头，太阳偏西了，树林中显得阴沉了许多。五个人开始往回走，东方教授已经达到这次来的目的，同沐林枫又聊了些其他事情后，四个人没有去沐林枫的住处，随后驱车离开了沐家营。

沐林枫回到住处时，张小三和高鸿进已经准备好了一桌很不错的菜肴，是大盆的全鸡、全羊，还有大葱什么的，都是山里地道的农家菜。

见只有沐林枫一个人回来，高鸿进好奇地问："怎么只有你一个人？来的朋友呢？"

看到都是自己爱吃的菜肴，沐林枫顿时食指大动，顾不上洗手就在饭桌边做下，伸手捞起一个鸡爪子，边啃边说："都回去了……真香……说实在的，我是真饿了……"

"靠，你这人怎么这样，有朋友跑进山里来看你，怎么不留人家吃顿饭嘛，我和小瘸子白忙活了一场。"高鸿进很不高兴地说。

沐林枫满不在乎地边吃边说："怎么是白忙活，咱们自己吃啊……快，快，你们俩赶快下手吃。”

见此情景，高鸿进也不再说什么，坐下后抓过一瓶啤酒，用牙齿把瓶盖咬下来，然后嘴对嘴一口气喝了半瓶，用手抹了一把嘴边的啤酒沫，爽快地说：“也好，咱们兄弟三个痛快喝一顿，庆祝一下接的第一个活，不管怎么说总算是有惊无险，圆满完成。”

张小三急忙又启开两瓶啤酒，递给沐林枫一瓶。

沐林枫也来了劲头，举着酒瓶说：“好，每人先吹一个再说。”说完仰起头，一口气把一瓶啤酒喝了个底儿朝天。

沐林枫心里特别高兴，不仅是因为高鸿进说的这件事，主要是东方教授这趟来让他放下了一个心理包袱——实话说，自从向李建平说出要退出课题组后，沐林枫总感觉不是个滋味。他终于不用再作痛苦的选择了，就像是一块石头落了地。

三个人也不用酒杯，就用直接用瓶子喝，不多时一包九瓶啤酒就喝光了，张小三又从旁边拖过一包来。

高鸿进喝得差不多了，他打了一个嗝，然后对沐林枫说“明天我准备回城里趟，可能要过几天才能回来。”

“哦，有事吗？”说着话沐林枫又接过张小三开的一瓶啤酒。

“辞职书已经交到酒店里了，不过手续还没办，我回去把事情办妥，然后把家里的事情安排一下就回来。”

沐林枫摆摆手：“你不用着急赶回来，多在家里待几天，有事情我打电话叫你就可以。”

“也好，我在城里找找朋友，把咱们的事情都讲一下，让朋友们帮助宣传宣传。”

三个人边喝边聊，每个人喝了接近十瓶才结束。

第二天一早，高鸿进就下山去了，到山脚下坐客车回城。而张小三则去联系工匠，准备把老宅的院墙先修建起来，把院墙弄好才像个家的样子。

沐林枫又开始认真抄写先祖们留下的《相墓手札》，他一边抄写一边潜心研究，同时对照相墓之术进行学习。

很快一周时间就过去了，等沐林枫抄写到沐家第十一代传人所写的《相墓手札》时，竟然发现了衡王陵的重要线索。沐林枫顾不上再抄写下去，急忙粗略地翻看了一下，原来第五代衡王的葬礼就是由沐家第十一代传人主事操办的。

看到这里，沐林枫想到这些手札自己是按照时间顺序倒着往上看的，其他几位衡王的殡葬也极有可能是沐家祖先进行操办的，于是他迅速地翻看了一下后面的几册手札，果然验证了他的猜想。

衡王在青州共传了六世七个王，其中第三代有两个王爷。除了第六代衡王朱由鸲于1645年秋归顺清朝，第二年五月，被以谋反罪诛杀，其他六位衡王的殡葬皆是由沐家传人秘密主事操办。

沐林枫从五代先祖留下的《相墓手札》中发现，不仅是衡王的殡葬是由沐家人主事，还有众多郡王和王妃的殡葬都是由沐家人一手操办的。令沐林枫不解的是先祖为五代衡王主事丧葬的事情自己从未听说过，而且在民间也没有任何流传，直到看完沐家第七代传人的手札后，沐林枫终于找到了答案。

沐家第七代传人叫沐家骏，衡王陵就是他亲自寻龙点穴确定的地方。衡王陵的地点极为隐秘，可以说是位于一个非常神秘的地方，虽然是在青州界内，却没有人知道确切位置。而且五代六个衡王以及众多的郡王和许多王妃都埋葬在了同一地点。这也是多年来人们不知道六个衡王以及众王妃埋葬在什么地方的原因。

因为这处极为隐秘的王陵地点只有沐家人知道，所以从第一代衡王起，所有衡王府内去世的重要人物的丧葬，都由沐家后人来做“疙瘩”，而且这件事对外还保密，为的就是不让外人知道真正的衡王陵在什么地方，因此整个青州府只有沐家传人清楚衡王埋葬在那里。

了解到这些情况后，沐林枫的内心突然产生了冲动，自己一定要找到真正的衡王陵藏匿的神秘地点，并揭开曾祖父沐丁武的失踪之谜。于是开始仔细研究几位远祖留下的手札，他要寻找这个让很多人着迷的地方……

就在沐林枫发现衡王陵线索的第二天，高鸿进从城里回来了，而且还是开车来的。

高鸿进刚走进院子里就大声吆喝起来："林枫，快出来看看，我刚买了一辆二手车。"

沐林枫闻听赶紧把桌子上的东西收拾起来，然后从屋里出来，笑着问："买了辆什么车？"

高鸿进兴奋地说："在胡同口，你出去看一下就知道了。"

两人从家里出来，只见胡同口停着一辆黑色的帕萨特，沐林枫绕着车转了一圈，车有七成新，尾部标有 1.8T，并且带有涡轮增压 . 沐林枫立刻流露出羡慕的表情："不错啊，跑了多少？"

高鸿进用炫耀的口吻说："跑了二十来万，单位用车，一点毛病没有。一个特好的朋友给弄的，不到八万块钱，怎么样？"

沐林枫连声说："不错，不错，很便宜，你还真有办法，八万就买这么好的车。"

"我这还不是为了咱们的事，你住在这里没有车也不方便。"说着话高鸿进朝沐林枫招了一下手，"上车试试，出去溜一圈。"

两人上车后，高鸿进立刻发动起车，然后驶出村子向山下的公路开去。很快沐林枫就发现高鸿进是往城里开，于是对他说："车况的确很好，一点儿杂音没有，跑了不少路了，咱们回去吧。"

"既然出来了就玩玩，急着回去干吗。别把自己弄得跟苦行僧似的，也要出来散散心……"高鸿进若无其事地说。

沐林枫看出来了，高鸿进说试车是假，看来是想拽着自己出去玩，于是笑着问："你想拉我去哪里玩？"

"当然是你喜欢的地方了，放心吧，我知道你清高，不会带你去乱七八糟的地方。"

有车就是方便，半个小时车就到了青州。不过高鸿进开着车并没有进入城区，而是拐向了去西郊的乡村路，又行驶了几分钟后，帕萨特在一栋二层小楼前停了下来。

下车后，沐林枫发现自己还是第一次来这里，整栋小楼掩映在绿荫中，周围全部是果园，环境幽静。只见小楼门口挂着一块古色古香的牌匾，上面书写着“八喜茶楼”四个鎏金大字。楼前的空地停着七八辆轿车，看来茶楼的生意还不错。

“怎么样，来这里喝茶是不是别有一番滋味？”高鸿进笑着问。

沐林枫点点头：“嗯，不错，是个喝茶的好地方。”

“呵呵，不仅地方好，关键是有好茶，快进去吧。”说着话高鸿进率先走进茶楼，看情景似乎常来这里。

从外面看很普通的小楼，想不到内部装饰却别具风格，一进门口就是一座精致的小桥，两旁有假山、流水、还有翠竹，给人清静淡雅的感觉。

身着旗袍的服务员马上迎上来，没有多问就把两人领进了一间古色古香的单间内，很显然高鸿进早就有安排。

这间茶室比一般的单间要大很多，装饰采用的是古典风格，所有的家具摆设全部是红木制品，不仅墙壁上悬挂着字画，而且在茶室的一角还摆放着一只古琴，使茶室内充满了文化气息。

人们总喜欢把一些事情与文化联系起来，特别是品茶，被文人雅士称之为茶文化，好像只有这样才显得高雅。

两人在茶桌边坐下后，负责泡茶的女孩也在他们对面坐下，然后开始熟练地整理茶具。高鸿进对女孩说：“把我点的最好的大红袍拿来，我自己来泡茶，你去把那个专门在这里操琴的那个女孩叫来就可以了。”

沐林枫急忙说：“来这里喝茶就是为了图个清静，你叫个弹琴的来叮叮当当的多烦人。”

高鸿进露出神秘的笑容，轻声说："你真是个老土，根本不懂得享受，等会儿你就知道了，在高山流水中品茶是什么滋味，绝对是五星级的享受……"

"靠，我对音乐一窍不通，根本听不懂什么琴声，狗屁五星级的享受。"沐林枫摇着头说。

高鸿进一边用热水烫茶壶，一边说："实话说跟你一个样，我也是个音乐盲，不过跟朋友来这里喝了一次茶后就上瘾了。我不太会形容，反正那琴声仿佛就是从天上传下来的，跟喝了一口香气扑鼻的清茶一样，一下子就流进心窝子里了，就像有个小手在轻轻地抚摸心头的痒痒肉，那个舒服就别提了……"

看着高鸿进那陶醉的神情，沐林枫一脸的惊愕，比看到外星人还让他吃惊："大哥，你没事吧，听个破琴能把你美成这个样？"

"兄弟，你还别不服气，我跟你打个赌，等会儿听一段古琴后你如果不说好，我给你买两千块钱一斤的铁观音，如果输了今天的茶你买单。"

沐林枫哈哈一笑，连声说："没问题，一言为定，打死我也不说好，非挣两千块钱的铁观音不可了……"

高鸿进端起茶壶，在两个茶盏之间来回斟茶，这叫"关公巡城"，他边斟茶边低声说："这间茶室是我三天前就预定好的，如果是今天来门都没有。操琴的是个非常漂亮的女孩，每天只演奏一场，给再多的钱也不干……"

高鸿进的话音未落，茶室的木门一开，走进了一位清秀的女孩，看样子最多二十岁，白色的连衣裙，长长的马尾辫，俊秀的脸庞素面朝天，没有任何化妆，给人一种特别的清纯感。

女孩的出现仿佛是一阵清新的春风吹进茶室，沐林枫顿时觉得眼前一亮，他的第一反应这个女孩就像是个单纯的学生，还没开始操琴就忍不住想叫好，看来这个打赌沐林枫是输定了。

女孩朝两个人微微一笑，同时轻轻地鞠了一个躬，什么话也没说就坐到了古琴边的圆木凳上。

只见她全身不动静静地坐了几秒钟，随后轻盈地抬起胳膊，随着她双手的舞动，一曲难以描述的天籁之音随即从她的手下流淌出来，任何听到琴声的人都会为之一振。

沐林枫端起茶盏，刚送到嘴边竟然一下子停住了，仿佛有一缕温暖的春风扑面而来，又恰似一股清澈的溪水缓缓淌进心田里，顿时有种说不出的舒服感。

一个对音乐一窍不通的人，在悠扬的琴声中，竟然感觉自己仿佛置身于雨后的森林中，清脆的鸟鸣、蜿蜒的流水、挂着水珠的绿叶，一一展现在沐林枫的面前……

一曲高山流水令沐林枫如痴如醉，他从未想到音乐竟然有如此力量和魅力，让他恍若在仙境中。

曲终声停后，沐林枫依然沉浸在梦幻之中，突然感觉有人拍了一下自己的胳膊，这时他才察觉茶盏还端在手里，里面的茶水已经冰凉了。

高鸿进笑嘻嘻地看着沐林枫："感觉怎么样？"

"好……"沐林枫轻轻地说了一个字，看他的表情似乎还没有明白过来，自己怎么会一下子沉醉在琴声中了？

看到沐林枫茫然的神态，高鸿进用嘲弄的口吻说："是不是听傻了，除了会说'好'，就不会再说点别的？"

沐林枫缓缓地说："此曲只应天上有，我终于明白古人为什么用'余音绕梁'、'三日不知肉味'来形容琴声了……"

这时操琴的女孩站起，朝沐林枫微微一笑，轻声说："谢谢先生的夸奖。"说完转身准备离开。

就在这一刹那，沐林枫感觉自己的心脏似乎被一股弱弱的电流穿过了一样，顿时产生了麻酥酥的感觉。

看到女孩要离开，沐林枫突然脱口而出："请等一下……"

女孩停下脚步，回眸一笑："先生有什么事？"

这一笑彻底把沐林枫征服了，他一下子不知说什么好，张口结舌地说："我……我……可以请你喝杯茶吗？"

女孩犹豫了一下，随后走回来，大大方方地在茶桌边坐下，笑着说："好吧，今天刚好有点儿时间，就陪两位先生喝杯茶、聊聊天。"

沐林枫流露出受宠若惊的神情："谢谢，谢谢姑娘，我没有别的意思，刚才听了姑娘的演奏真的是太好了，我想不出用什么词语来形容姑娘的琴声……"

"呵呵，谢谢先生的夸奖。"

高鸿进急忙给女孩斟茶，同时朝沐林枫挤了一下眼睛："别忘了咱们俩的打赌。"

"忘不了，忘不了。"沐林枫连声说。

女孩很感兴趣地问："两位先生赌什么？不会跟我有关吧。"

高鸿进指着沐林枫说："刚才他说听不懂音乐，我就同他打赌，如果听了你的演奏后，他不说好，我就输给他两千元一斤的铁观音。"

听到两人打赌的内容，女孩抿嘴一笑没有说话。

沐林枫好奇地问女孩："刚才不知道是怎么回事，我真的对音乐一窍不通，听到姑娘的琴声后竟然一下子沉醉在里面了……"

"因为音乐是万能的语言，任何人都能听得懂，这与懂不懂乐理知识没有关系。"

沐林枫摆着手说："不，不，街边放的那些音乐我不但听不明白，还感觉刺耳，跟听姑娘的演奏绝对不是一回事。"

女孩笑着说："这也许就是古人所说的知音吧。"

高鸿进白了沐林枫一眼："我怎么听你一个劲的叫'姑娘'不舒服，你不会问一下人家叫什么名字？"

沐林枫不好意思地对女孩说："对不起，我不大擅于交际……"

“呵呵，看得出来，我叫文吟秋，两位先生怎么称呼？”

高鸿进急忙抢着说：“他叫沐林枫，我叫高鸿进，我们是最好的朋友。前几天我来听过文小姐的演奏，所以今天特意把他拉来欣赏一下。”

沐林枫不失时机地问：“文小姐的古琴演奏得这么好，一定是专门学习音乐的吧？”

“我的确是学习音乐的，不过我的古琴演奏却是跟母亲学的，与母亲相比，我的水平要差很多。”

听文吟秋这样说，沐林枫于是问：“文小姐也是青州人吗？”

文吟秋摇了摇头，否认了自己是青州人，不过也没有说明自己来自哪里，只是说：“我出生在国外，我来青州是想了却母亲的一个心愿。”

文吟秋的话一下子勾起了沐林枫的好奇心，孤身回国的靓丽女孩，来此的目的又是了却上辈人的心愿，这里面一定有着非常吸引人的传奇故事。沐林枫忍不住问：“哦！不知道文小姐的母亲是想了却什么样心愿？”

“林枫，你这样打听人家女孩的私事不太好吧。”没等文吟秋说什么，高鸿进就用批评的口吻对沐林枫说，有点儿护花使者的意思。

沐林枫毫不在意地笑着说：“我是感觉文小姐一个人从国外来到咱们青州不容易，如果有用得着咱们的地方，也可以帮一把。”

高鸿进意味深长地笑了笑：“嘿嘿……我是怕你的好心被别人误解成不怀好意……”

文吟秋急忙说：“两位大哥一看就知道是好人，我相信沐大哥是真心想帮我。”

文吟秋的一声大哥，顿时拉近了三个人之间的距离，这个女孩显然是个绝顶聪明的人，知道如何赞誉男人。

不过文吟秋随即脸色一沉，神情变得凝重了许多：“我虽然从国外来到了这里，但是我知道母亲的心愿是绝对不能完成的……”

沐林枫急忙问："文小姐，如果不介意就请把你母亲的心愿说出来，或许我们能帮上什么。"

文吟秋没有直接说出母亲的心愿，而是侧身指着刚才使用的古琴说："两位大哥刚才听我演奏高山流水时都说好，其实用这种制作低劣的琴是很难达到这首古曲所要表达的意境，要想真正地把这首古曲的意境展现出来，不仅需要精湛的演奏技巧，还要一张上好的古琴才可以……"

沐林枫不好意思地笑了笑："文小姐，实话说我就是个乐盲，对乐器更是一无所知，你能说一下什么样的古琴才能算是好琴吗？"

文吟秋轻启朱唇，露出一排洁白如玉的牙齿，轻声道："能展现高山流水这首古曲意境的，只有衡王琴才能做得到。"

"衡王琴！"沐林枫惊讶地重复了一遍。

文吟秋点点头："不错，我母亲曾经用过许多有名的古琴演奏高山流水，感觉都有欠缺。她曾听自己的老师说过，世界上唯有衡王琴才能够演绎这首古曲的意境，所以直到母亲去世时还念念不忘这件事……"

"文小姐，你母亲所说的衡王琴，是不是与我们青州府的衡王有联系？"

沐林枫话音刚落，高鸿进就顶了他一句："你是明知故问，衡王琴跟衡王没有联系与谁还有联系？"

文吟秋没有理会两人的对话，她接着说："衡王琴乃就藩青州府的衡王亲手所制，是明代四大王琴中最珍贵的古琴。明代四王琴按其顺序和年代的排列应为：宁王琴、衡王琴、益王琴、潞王琴。其中衡王琴传世最为稀少，据《琴学丛书》一书中记载：'明宁、衡、益、潞四王皆能琴，潞琴最多，益次之，宁、衡最少。'所以现在假如有衡王琴现存于世，那一定是旷世绝品……"

听文吟秋说到这里，两个人终于明白了她来青州的目的，高鸿进急忙问："这么说文小姐来青州就是为了寻找衡王琴了？"

“哎！”文吟秋发出了一声轻轻的叹息，随即用无奈的口吻说，“说实话我只是来青州碰碰运气，或者说是为了安慰母亲的在天之灵……其实我心里很清楚到青州也是白来，因为根本不可能有衡王琴流传于世……”

高鸿进不解地问：“文小姐为什么这样说？”

“因为真正的衡王琴已经作为衡王的随葬品埋入了坟墓中，世间根本就没有，要想演奏衡王琴除非到衡王陵中，所以我来青州也只是痴心梦想而已……”

“哈哈……”高鸿进突然情不自禁地大笑起来。

文吟秋被高鸿进的大笑弄愣了，疑惑不解地问：“高大哥，我的话很好笑吗？”

高鸿进急忙摆着手说：“不，你误会了，我不是笑你说的话……”

“那您笑什么？”文吟秋好奇地问。

高鸿进收起笑容，很认真地说：“你既然称呼我们大哥，那我也不叫你文小姐了，就叫你小文吧。有句话说得好，精诚所至，金石为开。你的一片孝心也许能感动上天，所以达成你母亲的心愿并不是痴心梦想……”

在文吟秋听来，高鸿进的话就是安慰自己，于是笑着说：“谢谢高大哥的安慰，来到青州后我了解到甚至没有人知道真正的衡王陵在什么地方，更不用说要找到衡王琴了，所以我知道这件事是根本不可能实现的。”

“小文，我不是在安慰你，我说的是实话，有一个人也许能帮助你了却母亲的心愿。”

看到高鸿进一本正经的神情不像是在开玩笑，文吟秋用怀疑的语气问：“高大哥的话是真的……谁能帮我实现母亲的心愿？”

“嘿嘿，这个人远在天边，近在眼前……”

文吟秋惊喜地说：“这么说高大哥能帮助我了！”

沐林枫早就听出了高鸿进话里的意思，他一个劲地朝高鸿进使眼色想制止他，哪知高鸿进根本就不理睬他，只顾自己说。

高鸿进朝文吟秋摆摆手："我没有这个本事，实话对你说，全世界知道衡王陵在什么地方的只有沐家人。"

"沐家人？"文吟秋愣了一下子，旋即明白过来，两眼放光地看着沐林枫，同时兴奋地问，"沐大哥一定就是沐家人了，这么说沐大哥能帮助我实现母亲的心愿了？"

"我……我……小文姑娘……你别听老高瞎说……"沐林枫突然张口结舌不知道如何解释这件事，于是把矛头对准高鸿进，"你怎么可以对人家小文信口开河，这样的事情能乱说吗？"

高鸿进根本不买沐林枫的账："林枫，我说假话了没有？你敢摸着胸口说你们沐家不知道衡王陵在什么地方？"

"这，这……我……"沐林枫支支吾吾不知该说什么好，特别是当着这么一个纯洁女孩的面，真没法撒谎。

高鸿进没有理睬沐林枫，看着文吟秋说："在咱们青州流传着一个故事，年龄稍大些的人都听说过这个故事，故事的主人公就是林枫的曾祖父。日本人发动侵华战争的时候，驻守青州城的鬼子官也想找到衡王陵。这个家伙不知道从哪里得到消息，林枫的曾祖父知道衡王陵在什么地方，于是派人把林枫的曾祖父抓了来，后来林枫的曾祖父带着日本人进山去找衡王陵，不过再也没有出来。老百姓都知道林枫的曾祖父是为了保护衡王陵同日本鬼子同归于尽了……"

文吟秋睁大了眼睛望着沐林枫，赞叹地说："这么说沐大哥的曾祖父还是民族英雄啊。"

高鸿进神秘兮兮地问文吟秋："你知道沐大哥的家族是从事什么职业的吗？"

没等文吟秋回答，高鸿进接着说："我告诉你，沐家世代是做'疙瘩'的。"

"'疙瘩'！这是个什么职业？"文吟秋好奇地问。

高鸿进也不解释，只顾继续说："相墓你应该知道，沐家最拿手的还是相墓术，不管是什么地方，沐家人只要看一眼就知道下面有没有坟墓，而且还知道是什么样的坟墓……”

不等高鸿进再说下去，沐林枫赶紧打断他的话：“大哥，别再替我吹牛了，是不是想把我吹捧到天上，然后掉下来摔死啊。”

文吟秋很认真地对沐林枫说：“我相信高大哥说的都是实话。其实沐大哥也不用多想，我不会要求您带我去找衡王陵。从小母亲就教育我，一定不要强迫别人去做不想做的事情。”

沐林枫让文吟秋说的不好意思了，面红耳赤地辩解说：“我不是那个意思，小文不要误会……”

不等沐林枫说完，文吟秋就站起来，笑吟吟地对两人说：“时间不早了，我就不打搅两位大哥的雅兴了。不知道以后是否可以去拜访两位大哥？”

“当然可以……”高鸿进立刻抢着回答，同时从口袋里摸出一张名片，一边递给文吟秋一边说，“上面有我的电话，随时欢迎找我们……”

文吟秋接过名片看了一眼，然后说：“我一定抽时间去拜访两位大哥，我先走了。”

说完，文吟秋轻盈地转过身离去，仿佛是一阵微风轻轻地来，又轻飘飘地离去……

第十四章

沐林枫痴痴地望着文吟秋的背影有些发呆，心里隐约有种失落感，突然间他又有些后悔，自己刚才为什么没有当面答应这个纯洁而有孝心的女孩。

沐林枫的表情没有逃过高鸿进的眼睛，高鸿进用手指轻轻地敲击了几下桌面，同时用嘲讽的口气说："喂、喂，兄弟，人家已经走了，再看你的眼珠子都要掉出来了……"

"不错，这是一个好女孩。"沐林枫意味深长地说。

高鸿进开玩笑地问："你是说女孩人长得好，还是琴演奏得好。"

"都好。"

"哈哈……这可是你说的，别忘了咱们的打赌，等会儿你来买单。"

沐林枫似乎没有听到高鸿进的话，沉思了一下然后问："老高，这个文吟秋是什么时候来青州的？以前怎么没有听说过。"

高鸿进带着一脸的坏笑问："你跟我说实话，是不是看上这个小妞了？"

沐林枫摇着头说："怎么可能？我跟她根本就不是一路人，她要是知道咱们是跟死人打交道的，早就吓跑了。"

“萝卜白菜各有所爱，这就不一定了，说不定她就喜欢你这样的人。再说刚才多好的机会，不就是寻找衡王陵吗？又不是什么大不了的事情。你小子倒好死活不说话，这要是换了别人，早就拍着胸脯答应下来了……”

高鸿进的话让沐林枫想起从先祖的手札上发现衡王陵线索的事，他心想事情总是这么凑巧，自己刚发现线索，这里就有人要找衡王陵。也许自己真的能够帮助文吟秋了却心愿。

见沐林枫低头不语，高鸿进笑着问：“是不是动心了？这么好的女孩可是不好找，你得把握住机会。”

沐林枫不置可否地笑了笑：“玩的时间不短了，咱们赶快回去吧。”说完沐林枫不管高鸿进是否同意，站起来准备往外走。

高鸿进见状也不说什么了，跟随着沐林枫一起离开茶室。

把沐林枫送到沐家营后，高鸿进车都没下，随后就掉头回城了。回到家里后，沐林枫取出《相墓手札》，准备再看一会儿，却发现自己根本无法集中精神，因为他的脑海里总是浮现出文吟秋的身影。

一身白色衣裙，宛若纯洁的天使，还有那令人心醉的天籁之音，所有的这一切都让沐林枫的心无法平静，他意识到自己已经被那个恬静的女孩深深地吸引了。

一连两天过去了，高鸿进也没有再来，好几次沐林枫拿起手机想给高鸿进打电话，最后又放下了，因为他不知道说什么好，总不能问高鸿进那个女孩联系他了没有，也许文吟秋已经把这件事忘记了，来找自己玩，当时也就是随口说说而已。

到了第三天，沐林枫手里捧着书本，眼睛却不时朝窗外眺望，期盼着那个白色的天使突然出现在院子里，他感觉自己坠入爱河难以自拔了。

其实，沐林枫就是那种宁可在爱河里淹死，也不上岸的人，有人把这种行为称作执著。在部队的时候就是这样，甚至是冒犯军纪，轰轰烈烈地爱了一场，最后弄个打包走人，不惜断送了自己的前程，不过沐林枫从来不为此感到后悔过。

就在沐林枫望眼欲穿的时候，一个熟悉的身影出现在院子里，正是他期盼多时的高鸿进来了，沐林枫急忙把手里的东西塞进抽屉里，随即从屋内出来。

来到院子里，沐林枫朝大门外望了一眼，然后下意识地问高鸿进：“就你一个人来的？”

高鸿进有意装出一副茫然的神情：“啊，就我一个人来的，还有谁要来？”

“那个文吟秋不是说要来找咱们玩吗，她没给你打过电话？”

高鸿进一本正经地回答：“打过电话了，昨天就给我来过电话，我告诉她你最近很忙，以后有空了再说吧。”

一听这话，沐林枫鼻子都气歪了，一肚子闷气又不好朝高鸿进发，于是照旁边的一棵树猛踹了一脚。

“砰”的一声把高鸿进吓了一跳，惊讶地问：“靠！你怎么了！是不是哪根筋出问题了？”

沐林枫感觉脚掌一阵疼痛，赶紧摆着手说：“没事，脚有点儿痒痒……”

高鸿进再也忍不住大笑了起来：“哈哈……兄弟，我看你就是属倔驴的，牵着不走，赶着还往后退。实话跟你说，小文已经来了，在路上我告诉她沐家老宅原来是方圆百里的大户，不仅环境优美，而且风水也好，所以到这里后她一个人去看老宅子了。”

沐林枫惊喜地问：“真的？你怎么早不说……”话没说完，沐林枫顾不上脚疼了，就转身往门外跑。

见状，高鸿进向着沐林枫的背影大声喊道：“等等我……没见过你这种见色忘友的人……”

沐林枫住的地方距离老宅只有几十米远，他一口气就跑了过去，在大门边刚好看到张小三，小三正在看着几个泥瓦工垒院墙。

“小三，看到一个姑娘过来没有？”沐林枫大声问。

张小三指着院子里说：“到里面去了，说是来参观一下。”说完，张小三又嘟囔了一句："真是，破砖烂瓦的有什么好参观的。"

沐林枫顾不上理睬张小三，急忙三步并作两步跑进了院子里，这个院落是三进院，第一进刚盖好了一排房屋，后面的房屋都已经倒塌了，所以沐林枫绕过前排房屋后，就看到了文吟秋的身影，正站在后花园的假山旁。

文吟秋今天穿着一身休闲运动衣，上身是白色的T恤，头上还戴着一顶运动帽，显得既活泼又充满朝气。

听到动静后，文吟秋转过身来，发现是沐林枫红光满面地跑过，微笑着说："沐大哥好，想不到你家的院子这么大，跟北京的四合院一样，真是太好了。"

"可惜已经墙倒屋塌，破烂不堪了，我正打算把这里进行全面的修缮，恢复它原来的样子。"

文吟秋脸上挂着羡慕的表情说："绿树环抱，环境幽雅，等把整个院子修建好，就变成世外桃源了，生活在这里真是赛过神仙。"

沐林枫不失时机地说："如果文小姐喜欢，等我把这里修建好后，欢迎常来住一住，就当是这里来度假。"

"呵呵……我一定来，到时候沐大哥别把我往外赶就行。"文吟秋开玩笑地说。

这时高鸿进也赶过来，气喘吁吁地对文吟秋说："一听到你来了，这小子没命地往这里跑，多年的朋友也不顾了，地地道道一个见色忘友的家伙。"

文吟秋笑吟吟地说："高大哥真会开玩笑，我有这么大的魅力吗？"

高鸿进用手比划着说："你不知道，刚才我撒谎说你没来，这家伙的眼瞪得这么大，跟铜铃似的，就差要吃了我。小文，今天多亏你跟我来了，否则他就要得魔症了……"

生怕高鸿进再说难听的，沐林枫赶紧打断了他："大哥，求求你饶了我吧，再说我就找个老鼠洞钻进去了。"

高鸿进一副得理不饶人的架势："那好，不说你了，咱们就说说正事。来这

里之前我同小文去了趟王坟，小文看了看那里的衡王陵，你知道小文的意思就是想了却母亲多年的心愿，如果找不到真正的衡王陵她就要回欧洲了……”

沐林枫急忙问文吟秋：“你真的要走？”

文吟秋轻轻点了一下头：“我来青州的时间已经不短了，该寻找的地方也都找过了，我知道除了在衡王陵里不可能发现衡王琴，这对我来说显然是不可能办到的事情，所以……”

“你不能走！”情急之下沐林枫想都没想就脱口而出。

“你又不帮人家，凭什么不让小文走！”高鸿进没好气地质问沐林枫。

“我也没说不帮小文啊。”

高鸿进马上露出得意的笑容：“哈哈，这可是你亲口说出来的，男子汉大丈夫，一言既出驷马难追。”

文吟秋走到沐林枫面前，深深地鞠了一躬：“谢谢沐大哥。”

沐林枫急忙摆着手说：“别、别这样……我……即便是答应帮你，可是也不一定能成功。“

“不管是否能让我完成心愿，沐大哥答应了我就感激不尽，另外我也是替母亲谢谢沐大哥。”

文吟秋话音刚落，高鸿进就抢着说：“放心吧，我最了解林枫，他只要答应了，就一定能做到。”

文吟秋用力点点头，激动地说：“我相信两位大哥。”

沐林枫略微沉思了一下，然后看着两个人说：“我既然答应了就会尽心帮助小文，不过有两件事情我必须提前说明。真正的衡王陵是我第七代先祖选定的位置，而且后面的五代衡王以及众多王妃、郡王的丧葬也都是我的先祖们主事操办的，所以我们沐家知道衡王陵这件事不假，但是衡王陵在一个极为隐秘的地方，而我得到的仅仅是线索，衡王陵的具体地点我真的不清楚，因此我不敢保证一定能找到……”

听沐林枫说到这里，文吟秋急忙说：“请沐大哥放心，无论是什么结果，我都会感激您的帮助。”

沐林枫看着文吟秋接着说“小文，如果真的找到了衡王陵，里面假使有衡王琴，你必须答应我，不能把琴带走……”

高鸿进立刻满不在乎地说：“靠，你怎么这么死心眼，既然找到了为什么不能带出来，难道要让它埋在坟墓里烂掉！”

文吟秋似乎听出来沐林枫的话里有话，所以望着他点点头没有说话，想听到他的解释。

沐林枫苦笑着摇摇头，叹了一口气后又说：“你们不清楚我真实的职业和身份……”

文吟秋急忙说：“在来的路上高大哥已经告诉过我了，沐大哥现在的职业是做‘疙瘩’的，也就是丧葬执事人，这是个很高尚的职业，在国外也是很受人尊敬的……”

沐林枫摆摆手制止了文吟秋的话，语调缓慢地说：“疙瘩仅仅是表面上的事，我们沐家历代从事疙瘩这个职业的人同时都有一个非常隐秘的身份‘守灵人’。我们家有一幅祖传的《帝葬山图》，上面标有十处古墓，守灵人的职责就是看护好这十处帝陵。衡王陵虽然不是《帝葬山图》上的陵墓，但是却是沐家先祖选定的陵墓，所以我不能让它遭到破坏。”

文吟秋若有所思地说：“原来是这样，请沐大哥放心，找到衡王琴后，只要能弹奏一曲高山流水我就心满意足了。”

当沐林枫说出“帝葬山图”四个字的时候，高鸿进的眉梢轻微动了一下，眼睛似乎亮了许多，随即很随意地问：“林枫，以前怎么没有听你提起过什么《帝葬山图》？”

“我也是前不久才知道的《帝葬山图》。”

“这个《帝葬山图》是不是一幅古画啊，抽时间拿出来让我也欣赏欣赏。”

沐林枫笑着说："说实话我也没见到这幅古画，上面具体是什么内容也一无所知。"

高鸿进一脸失望的表情："刚才听你说的那么认真，还以为真的有什么宝贝古画，弄了半天你也没见过。"

这时文吟秋突然对沐林枫说："沐大哥，前几天因为要离开这里，所以我已经把茶馆里的那份工作辞掉了。既然你答应帮助我实现母亲的心愿，我想搬到沐家营来住一段时间，你看可以吗？"

"当然可以，你想在这里住多久都可以。"沐林枫喜出望外地回答。

"太好了！"文吟秋离开兴奋地跳跃起来，随即对高鸿进说："高大哥，麻烦您现在拉我回去，然后把我的行李取来，行不行？"

"没问题，咱们现在就走，争取早点赶回来。"

说完，高鸿进领头往大门那边走去……

就在文吟秋搬到沐家营后的第三天，沐林枫、文吟秋、小三还有高鸿进四个人，正围坐在院里梧桐树下的小饭桌边吃午饭，凌霄和小曹突然出现在大门口。

看到两人这个时候来找自己，沐林枫猜想一定是有重要事情，赶紧站起来迎过去对两人说："怎么没来个电话就突然来了，你们还没吃饭吧，是不是先一起吃一点儿？"

凌霄摆摆手，"不了，因为事情很急，我们就赶过来了，能不能跟你单独谈一下？"

"那好，来屋里吧。"说着话沐林枫把两个人让进屋里。

看着三个人走进屋子里后，高鸿进轻声说："后面那个人我见过一次，林枫说是他的战友，看来他在撒谎，这小子一定有事情在瞒着咱们。"

文吟秋微笑着说："沐大哥可不像是会撒谎的人。"

高鸿进轻轻摇着头说："不，越是看着老实的人心里才越不老实……"说到这里高鸿进有意问只顾低头吃饭的张小三："小瘸子，我说得对不对？"

小三头也不抬地答了一句："不知道。"

"你小子真是属猪的，就知道吃！"高鸿进气得骂了一句，其实他是把对沐林枫的不满发在张小三身上，高鸿进觉得沐林枫不应对自己隐瞒什么。

沐林枫陪同凌霄他们走进里屋，招呼两人坐下后，拿起暖瓶准备给两人倒水，凌霄急忙摆摆手对他说："林枫，不用了，咱们先谈事情。"

沐林枫在两人对面坐下，"好吧，是什么事情请说。"

"一周前东方教授来同你谈过的成立探险队的事，上面的批示已经下来了，近期就准备成立，教授的意思是让你尽快准备一下去青岛报到……"

凌霄话音未落，沐林枫就急忙问："怎么这么快，教授不是说要一两个月的时间吗？"

小曹看着沐林枫说："我们得到消息，一直关注这项研究课题的国外某个组织同样准备去尤卡坦半岛寻找这座殷福布族的古墓，所以敦促上级有关部门尽快批准了课题组提报的行动计划。"

凌霄点点头接着说："教授决定尽快成立探险队，然后做好各项准备工作，一定要抢在对方前面找到古墓，否则对我们极为不利。"

沐林枫低头沉思了一下，这几天通过研究先祖留下的相墓手札，他已经初步确定了衡王陵所在的位置，正准备作进一步的探寻，如果参加探险队，这件事就要搁下了。寻找曾祖父的失踪之谜可以推迟几个月没什么，关键是答应文吟秋的事情，不好对她说。

让沐林枫不想马上去青岛的另外一个重要原因，就是他真的是喜欢上了文吟秋，刚刚同她相处了几天，实在不想离开这个人见人爱的女孩。

看到沐林枫犹豫不决的神情，凌霄和小曹互相看了一眼，两人都看出沐林枫有心事，凌霄急忙问："林枫，有什么事情吗？"

"不……"沐林枫沉吟了一下，然后又问，"探险队准备什么时间出发？"

“具体的出发时间还没有确定，不过全部队员需要尽快集中起来进行集训。你知道去中美洲的丛林中探险不是件容易事，需要做好各项准备工作，所以探险队要在海军陆战队的一个训练基地进行短期的封闭式培训。”

“我可不可以晚几天过去，有件很重要的事情需要处理一下，等事情结束我马上去青岛。”沐林枫用商量的口气对两人说。

凌霄急忙问：“大约需要几天时间？”

“一周时间就可以。”沐林枫用肯定的口吻回答。

凌霄略一沉思，从口袋里掏出手机说：“稍等，我把情况向教授汇报一下……”

凌霄说话的同时拨通了教授的电话，简单地把事情同教授讲了一下，然后收起手机对沐林枫说：“教授同意了，如果没有特殊情况，下一周的这个时间，我们俩来接你。”

“没问题，我一定在这几天把事情都处理好，到时候准时跟你们走。”沐林枫高兴地说。

“那我们就不久留了，有事电话联系。”说完凌霄和小曹就起身往外走。

沐林枫急忙对两人说：“吃过饭后再走也不迟啊……”

“不用客气了，我们还要尽快赶回青岛。”说到这里，小曹突然又停下脚步，回身对沐林枫说：“对了，处长让我特别告诉你一声，那个马二木最近突然销声匿迹了，不知道躲藏到什么地方，你要特别注意，提防他搞什么小动作。”

“好，我一定特别注意，再说他从我这里也得不到什么。”沐林枫满不在乎地说。

说着话三个人从屋里出来，院子里的三个人已经吃完了饭，不过都坐在桌边没有离开，见他们出来，都站起来跟他们打招呼。

沐林枫把两人送到胡同口，小曹打开车门，突然回头笑着问沐林枫：“那个女孩是不是你女朋友，不仅气质好，而且够靓丽，哈哈……”

沐林枫显得有点儿不好意思：“刚从国外回来的华侨，还不能算是女朋友。”

沐林枫的话让小曹心里一动，职业的本能让他多问了一句："是从哪个国家回来的？"

"从欧洲回来的，具体哪个国家我也不清楚。"

小曹本来想上车，听沐林枫这样说感觉有些好奇，于是停下来又问："你们认识多久了？"

"有一周时间吧，怎么了？"沐林枫感觉小曹在怀疑什么。

"一周时间！"小曹轻声重复了一遍，随即又问，"你们是怎么认识的？"

沐林枫不解地看着小曹："你不会是怀疑小文有问题吧？"

凌霄急忙朝小曹挥挥手："快上车吧，疑神疑鬼的，都要变成你们的职业病了，真是的，对什么人也怀疑。"

小曹一声不响地坐到驾驶位上，看得出他并没有消除自己的怀疑，丰田越野车起动后缓慢地向村外驶去……

望着远去的越野车，沐林枫微微一笑，摇着头自言自语地说："真是职业病，什么人也怀疑……"

回到院子里，文吟秋马上笑着迎上来："沐大哥，我刚把饭菜热了一下，你再吃一点儿吧。"

"不吃了，刚才已经吃饱了。"沐林枫又对张小三说："小三，把碗筷都收拾了吧。"

高鸿进不冷不热地说："林枫，你不会说战友来找你是为了聚会吧？"

沐林枫听出高鸿进话里有话，也明白他的意思，于是笑着说："的确不是战友聚会，大家都来屋里，我把事情的真相告诉你们。"

高鸿进马上对文吟秋说："怎么样小文，我说这小子有事瞒着咱们吧，进屋听听他说什么。"

张小三是最后一个进屋的，他收拾好餐具后还要给阿黄喂食，听到高鸿进叫了他两声后才跑进来，同时嘴里低声嘟囔着，“你们说就可以，我又不想知道什么事。”

沐林枫笑着对小三说：“这件事大家都要知道，因为我要离开家一段时间。”

“离开这里！你要干什么去？”高鸿进显得很吃惊。

沐林枫平静地对三个人说：“刚才来找我的两个人是国家一个重点课题组的成员，不瞒你们，我也是这个课题组的成员……”

没等沐林枫说完，高鸿进忽地一下站起来，脸上带着既惊讶又生气的表情大声地说：“我操！你什么时候参加的这个狗屁课题组，我怎么一点儿也不知道？你到底还有多少事情瞒着兄弟们……”

文吟秋仪态端庄地坐在床边，神情平静地看着沐林枫，对他说的话似乎并不感觉震惊。在文吟秋的身上透露着大家闺秀的那种端庄沉稳的气质，大概火上屋檐了都不会让她惊慌失措。

而张小三左顾右盼，根本就没把沐林枫的话当回事。

沐林枫急忙摆着手说：“有些事情以后再详细告诉你们，课题组最近要成立一支探险队，准备远赴中美洲的尤卡坦半岛，寻找一座殷福布族始祖的古墓。我们沐家的相墓绝技可以帮助探险队找到，所以我必须参加探险队。”

“你要去多久？”高鸿进着急地问。

“具体时间我也不清楚，可能需要几个月的时间吧。”

高鸿进马上问：“那你答应小文的事情怎么办？”

沐林枫笑了笑：“这也正是我要对你们说的，我已经请示过了，一周后再去探险队报到，我想利用这几天的时间帮助小文了却她母亲的心愿。”

听沐林枫说到这里，文吟秋马上露出惊喜的表情：“这么说沐大哥已经知道真正的衡王陵在什么地方了？”

沐林枫点点头：“我已经知道了衡王陵所在的准确位置……”

“啊，真的？”高鸿进惊喜地大叫了一声，那神情似乎就是发现了一座价值连城的宝库，迫不及待地又问，“快说说衡王陵到底在什么地方？”

当沐林枫说出自己已经知道衡王陵所在的位置后，除了张小三依然一副无所谓的神态外，高鸿进和文吟秋都流露出难以抑制的欣喜之情。

文吟秋高兴可以理解，一旦找到衡王陵，她就有可能完成母亲的心愿。而高鸿进的表现却让人有些费解，这件事与他似乎没有太大关系。

沐林枫看着喜形于色的两人说：“你们先别太高兴了，我只是掌握了衡王陵的大致方位和衡王陵内部的一些情况，但是如何进入衡王陵我还不知道。”

“兄弟，我相信你一定有办法，先说说你是如何发现衡王陵在哪里的。”高鸿进催促道。

“从我们沐家始祖起，一直到我曾祖父为止共十八代，因为相墓绝技的传授非常严格，所以每一代中只有一个人掌握相墓之术。每位掌握相墓绝技的先祖都留下了一部亲笔书写的《相墓手札》，在手札中详细记录了他们的相墓经验。在我第七代先祖的手札中就记录了他为衡王陵寻龙点穴的经过……”

“哦，这么说衡王陵就是由你们沐家的先辈选定的？”高鸿进惊讶地问。

“不错，我的第七代先祖用了一年多的时间，跑遍了青州地界内的所有地方，为衡王选定了一处墓穴。而衡王担心自己真正的陵墓被人发现盗掘，于是在三阳山下修建了那座假的陵墓。”

高鸿进急忙说：“你的意思是衡王陵就在青州地界内？”

沐林枫点了一下头，然后接着说：“我是从第十一代先祖的手札中发现的线索。衡王在青州共有六代七王，除了最后一个衡王被清朝以谋反罪砍头，其他六个衡王的丧葬都是由我们沐家祖先主事操办的，而且所葬的地点都是一个地方……”

文吟秋听到这里打断了沐林枫的话：“沐大哥，你的意思是六个衡王的陵墓都在一起？”

“不仅是六个衡王，包括他们的王妃和郡王也都在一起，这就是为什么在青州地界内没有发现其他衡王以及郡王陵墓的原因。”

文吟秋沉思了一下接着又问：“我没有听明白，这些衡王的陵墓是聚在一起，还是这么多的衡王埋葬这一个陵墓中？”

高鸿进抢着回答，“怎么可能是埋葬在一个陵墓中，只听说过夫妻合葬墓，哪里有一个家族埋葬在一起的？”

沐林枫轻声说：“这也正是这段时间困扰我的一个问题，从为衡王府主事过丧礼的几个先祖留下的手札看，所有的衡王以及他们的王妃郡王，似乎是都埋葬在了一起……”

“啊，这怎么可能？”高鸿进惊讶地问。

文吟秋随即说：“从中国人的丧葬习俗看，一个家族的墓地的确是在一起，但是埋葬在一个陵墓中的情况非常罕见。”

“先祖们留下的手札中，对于衡王府内所有丧葬的记录以及衡王陵的情况都非常隐晦，似乎是有意隐瞒什么，而且就连衡王葬礼是由沐家人主事的都被严格保密，不过经过这段时间的潜心研究，这些谜团逐渐被我解开了……”

说到这里沐林枫却突然不往下说了，高鸿进等了几秒钟，急忙催促他：“干吗不说了，快说是为什么？”

沐林枫笑着说：“这些都是我的猜测，等到找到衡王陵验证后再告诉你们。”

“那你就说说衡王陵在什么地方。”

“关于衡王陵的具体位置，所有主事过衡王葬礼的先祖都没有留下任何线索，包括为衡王选定王陵的第七代先祖。只有我的曾祖父在他的手札留下了两句话，‘峰巅看尽千云过，一佛大睡众佛看。’曾祖父留言只要参透这两句话，就知道真正的衡王陵在什么地方。”

“峰巅看尽千云过，一佛大睡众佛看。”文吟秋和高鸿进各自低声念道着这两句话，思索了一会儿后都没有理解其中的含义。

高鸿进抬头望着沐林枫说：“林枫，你就别卖关子了，赶快说衡王陵在什么地方吧。”

沐林枫微微一笑：“小文猜不出来没什么，你可是个本地人，如果连‘众佛’在什么地方都不知道，有点儿说不过去吧。”

经过沐林枫的这一点拨，高鸿进脸上露出了恍然大悟的表情，随后惊喜地说：“青州地界内佛最多的地方当然是驼山了……我知道‘一佛大睡众佛看’是指哪里了……”

文吟秋急忙问：“是哪里？高大哥你快说嘛。”

“青州城东南的驼山上有五座摩崖石窟，里面共有六百多尊佛像，而这些摩崖石窟造像都朝向东南方向，如果站在石窟前向东南望去，远处的整座山峰犹如一尊栩栩如生的佛头造像仰面朝天……”

说到这里，高鸿进两眼紧盯着沐林枫：“你的意思是这座像佛头的山峦就是衡王陵？”

沐林枫用力点了一下头，“不错，这座海拔四百多米，横向三公里的山峦就是真正的衡王陵，衡王的地宫寝陵就藏匿在这座大佛山下……”

文吟秋轻声说：“以山为王陵，完全有可能，这样的陵墓是最安全的。唐高宗李治与武则天的合葬墓‘乾陵’就是以整座梁山为陵，无数盗墓人想打乾陵的主意，都没能得逞，至今安然无恙。”

沐林枫看着文吟秋，用开玩笑的口吻说：“想不到小文不但琴艺高超，而且对盗墓还有研究。”

说者无意，听者有心，文吟秋表情一怔，急忙辩解道：“我怎么知道盗墓的事情，这是小孩子都知道的道理，把墓穴藏在大山的肚子里当然安全了。”

“哈哈……”沐林枫忍不住笑了起来，“我想全世界也找不出这么漂亮的盗墓贼来……”

文吟秋脸色一红，神情羞怯地说：“沐大哥真能开玩笑，快说说咱们什么时候去衡王陵。”

高鸿进也急忙说：“是啊，林枫，既然知道了衡王陵就在大佛山下，那咱们什么时间过去查看一下。”

“明天，咱们明天就去寻找衡王陵。”

高鸿进显得有些担心地问：“林枫，小文说得不错，墓穴在大山的肚子里是最安全的，即便是知道这座佛山是衡王陵，也很难进入到衡王陵里面去啊。”

“这座衡王陵不同于其他陵墓，衡王陵被打开过数十次，我想它一定留着一个很方便开启的入口，只要找到这个入口处，就一定能进入到衡王陵的地宫中。”

沐林枫话音刚落，文吟秋就急忙说：“如果照沐大哥的这种说法，衡王陵很可能被盗过多次了。”

“不错，如果衡王陵真的留有出入口，那么盗墓人一定能找到。”高鸿进也附和着说。

沐林枫神情平静地看着两人说：“衡王陵是否被盗过我不能确定，不过有一件事可以肯定，知道衡王陵秘密的只有我们沐家和衡王府内的少数几个人，而且沐家先祖在衡王府主事过丧葬的，对此事也都讳莫如深，在手札中仅仅是提及此事，关于衡王陵的详细情况和细节都没有任何记录。这也是多年来为什么在青州地面上几乎没有人知道真衡王陵的情况。”

听沐林枫说到这里，高鸿进突然说：“林枫，你的曾祖父带着日本鬼子失踪了，会不会就是从你说的这个入口进入了衡王陵内，然后把日本人关在了里面？”

“这也正是我一直想要解开的一个谜，实话说，在没有遇到小文前我就在寻找衡王陵，目的就是想揭开曾祖父的失踪之谜。”

文吟秋表现出一副沉思的神情，她望着沐林枫说：“如果沐大哥的曾祖父真的是带着那么多日本兵进入衡王陵内而没有出来，这件事至少可以说明两点，衡王陵的地下结构一定非常庞大和复杂，二是有很厉害的机关……”

“你说得不错，这段时间我对先祖们留下来的《相墓手札》进行了深入研究，对衡王陵有了一个初步的判断，我猜测这座佛山下面很可能有一个巨大的溶洞群存在，而衡王也许就是将溶洞进行修建，使之成为了自己的陵墓。而这样也可以解释为什么历代衡王和他们的王妃都埋葬在了同一个陵墓中。”

“嗯，不错，在咱们青州的这些大山里，的确有许多溶洞存在，在大佛山下面有溶洞不是没有可能。”高鸿进也同意沐林枫的推测。

沐林枫笑着摆摆手，口气轻松地说：“算了，不谈论这个问题了，等进入衡王陵后一切就都清楚了，咱们还是利用下午的时间准备一下，明天一早就去大佛山。”

一直没有说话的张小三突然问：“大哥，明天我也一起去吗？”

高鸿进表现出一副关心小三的神情：“别让小瘸子跟着去了，咱们肯定要爬山，他腿脚不方便。”

沐林枫觉得高鸿进的话不无道理，于是对小三说：“老高说得不错，你就留在家里吧，另外老宅那边还有好多活需要你盯着。”

“嗯，那我先走了。”小三答应了一声就出去了。

实话说因为有高鸿进在，张小三不想跟着去，因为他从心里不愿意同高鸿进在一起，所以乐得一个人在家里，另外有机灵的阿黄陪着也不寂寞。

随后三个人分头为明天的行动作准备……

第十五章

第二天早上，太阳还未出来，沐林枫他们三个人就驾车来到了驼山脚下。之所以要先来驼山，是因为只有站在驼山半山腰处的拜佛台，才能看清大佛的全貌。

驼山，位于古城西南八公里处，是古城青州的八景之一。在平行的山顶上有两座山峰对峙，远远望去犹如卧着的骆驼，故被称为“驼岭千寻”。

驼山之所以闻名遐迩，主要是因为山上的摩崖石窟造像群。石窟位于山南面，有五座洞窟和一处摩崖造像，共计造像六百三十八尊。最大者通高约七米，最小者不足十厘米，造型优美神态各异，且种类繁多，题材多为西方的三圣像，造像开凿于北周至中唐。雕刻技艺精湛，保存完好，是我国东部佛教造像中的精品，被定为国家级重点保护文物，另外山顶的昊天宫内还存有一百二十多座各个朝代的石碑。

高鸿进把车停在山门外的停车场，三个人下车后都贪婪地呼吸着山间特有的新鲜空气，顿时有神清气爽的感觉。

此时太阳虽然还未露面，天色却已渐明，周围的景色已经看得清楚，举目遥望驼山主峰，山高岭翠，悬崖耸空，峭壁峥嵘，清晨的水汽凝集成依稀的薄雾，在山崖间缭绕，令景色分外妖娆。

沐林枫指着山腰下部一处青石垒砌的石台对文吟秋说："那个地方就是观看佛头山的最佳位置，到上面不一定能发现衡王陵的入口，不过可以看清巨佛的真容。"

文吟秋好奇地问："沐大哥，你说的这个巨佛是天然形成的吗？"

"不完全是，它是在原山体形态的基础上，经人工雕凿加工而成，准确地说是一个佛的头部造型，这个巨大佛头由九座山峰组成，长约三千米，堪称世界第一，上去一看就知道了。"

这时高鸿进已经锁好了车，三个人穿过山门前的石牌坊，然后沿着陡峭的青石台阶开始往山上攀登。

不到十分钟，三个人就登上了一座凉亭式的建筑"拜佛台"，这里就是唯一可以看清巨佛全貌的地方。这尊由山体雕凿而成的巨佛头最为神奇之处也在这里，从其他地方观看都难以达到最佳效果。所以数百年来山下村子里的人不识庐山真面目，都不知道身边的这个秘密，十多年前是一位摄影师无意中发现了这个古人创造的奇迹。

三个人站在拜佛台上，手扶着花岗岩的围栏向东南眺望，在晨曦的薄雾中，一尊仰卧的巨佛头像清晰地展现在视野中。只见他面部神态安详，鼻直薄唇，神采飘逸，惟妙惟肖，真是鬼斧神工，令人叹为观止。

文吟秋忍不住惊喜地叫起来："哇塞，真的好像啊！鼻子、嘴巴、眼窝都有，还有高高的发髻，真是让人难以置信。"

"我认为用'神似'两个字形容大佛最为恰当……"沐林枫指着巨佛的嘴部说，"注意看他的嘴巴，如果从不同角度看，佛头的双唇一开一合，仿佛在喃喃低语，诵经布道。"

高鸿进接着说："据附近的老百姓说，在夜深人静的时候，如果坐在院子里静静地聆听，就会有念佛的声音从山顶上传过来。"

“真的这么神奇？”文吟秋惊讶地问。

沐林枫点点头，意味深长地说：“完全有可能，只要佛在心中的人都能听到。”

文吟秋和高鸿进不由自主地相互看了一眼，两人似乎都没有明白沐林枫话里的意思。

高鸿进遥望着远处的巨佛，感慨地说：“我虽然是青州人，实话说来这里详细地观看这个巨佛这还是第一次。”

说到这里，高鸿进侧脸看着沐林枫说：“林枫，我对相墓之术一窍不通，不过我能感觉到对面的佛头山的确是个好地方，在巨佛的庇佑下安享千年，恐怕再也找不出比这里更适合做陵墓的地方了。”

“地贵平夷，山贵有枝，枝之所起，气随而始。你们注意看巨佛的两个唇，就是难得的山枝。地有吉气，山随而起，隐隐隆隆，微妙玄通。法葬其中，永吉无凶。我想这也就是先祖把这里选定为衡王陵的原因吧。”

沐林枫话音刚落，文吟秋就急忙问：“沐大哥，你从这里能否看出衡王陵的出入口在什么位置？”

沐林枫还没来得及回答，突然感觉到头晕目眩，他不由自主地用手扶住身前的石头栏杆，双目紧闭低下头来。

文吟秋注意到了沐林枫的异常神情，赶紧用手扶住他的臂膀，轻声问：“沐大哥，你怎么了？是不是哪里不舒服！”

沐林枫转过身来，背靠在石头栏杆上，作了两个深呼吸，然后缓缓地说：“太厉害了……”

高鸿进被弄得一头雾水，疑惑不解地问：“林枫，你怎么了，什么太厉害了？”

沐林枫用手轻轻地揉搓着自己的额头，自言自语地说：“曾祖父的《相墓手札》中有句话，‘枝龙之辩，炫目乱心’，我一直不明白是什么意思，现在终于体会到了。”

文吟秋也听不明白沐林枫说的是什么意思，不过从沐林枫痛苦的表情，她能猜测到情况可能很严重。文吟秋一直用手搀扶着沐林枫，关切地问：“沐大哥，要不要紧？”

沐林枫摆摆手，轻声说：“没事，我已经好多了，刚才感觉一阵头晕目眩，现在已经没事了……”

见沐林枫表情已经恢复平静，文吟秋好奇地问：“沐大哥，什么是‘枝龙之辩’啊？”

“应该是古代陵墓的一种防范手段，具体是什么我也不太清楚，这种手段对一般人不起什么作用，而对于寻龙找穴的人却很厉害，当找穴的人紧盯着陵墓上设计好的山枝观看时，会令人头晕目眩，同时扰乱心智，让人无法判断陵墓通道的入口。”

“真的有这么神奇！我怎么什么也没有看出来？”高鸿进惊讶地问。

文吟秋笑嘻嘻地说：“因为高大哥根本不可能发现陵墓的入口在什么地方，所以当然不会中招了。”

沐林枫从沉思中抬起头，缓缓地说：“之前的时候我还有些担心，现在可以百分之一百地肯定这座佛头山就是衡王陵，

高鸿进急忙问：“林枫，接下来咱们应该怎么办？”

沐林枫转过身来，目光来回巡视着几公里外的山峦，想找出刚才使自己头晕目眩的那个点来。沐林枫发现自己的目光在巨佛的面部扫过的时候，没有任何感觉，只要把目光集中在巨佛的嘴唇和鼻子那个部位时，内心扑扑乱跳，有种非常不安的感觉，只要不把目光移开，很快就有目眩的感觉。

很快沐林枫就找出了问题所在，指指巨佛两侧的山峰说：“以佛头山为陵，可以外藏八风，内秘五行。这两侧的山峰如龙虎抱卫，玄通阴阳。如果把目光盯在聚气之处，必会产生错觉，扰人心智。”

高鸿进摇着头说：“兄弟，你说了半天我一句也没听懂是什么意思，你就直

接说咱们应该怎么去找进入衡王陵的入口吧。”

沐林枫微微一笑：“寻找衡王陵的入口处应该不是很难，咱们现在就赶过去，把车停在山下的村子里，然后徒步绕着大佛山寻找，我想应该会有所发现。”

“那还等什么，赶快走吧。”说着话高鸿进率先朝台阶那边走去。

大佛山前有一个叫九山的小村子，这个山村的得名很可能就是村后的九个山峰而来，村子不大，只有几十户人。

村内的街道两边，房前屋后栽种着许多柿子树，因为是深秋，树叶都落得差不多了，只剩下满树的大红柿子，远远望去煞是好看，似乎是一簇簇的彩云飘浮在村内。

高鸿进把车停在了村内小学校的操场上，然后从后备箱里取出三个登山包，所需的各种装备分别放在背包里，有登山用的安全绳，照明用的灯具，还有足够三个人两天的食物和水，这些东西昨天下午就都准备好了。

三个人分别把登山包背着自己身上，水壶、攀登绳也都带在身上，一切收拾停当后，高鸿进问沐林枫：“咱们先往哪个方向寻找？”

“咱们先找村子里的人了解一下，后面的这座山是否有溶洞存在，如果有这里的村民应该是最清楚。”

文吟秋也赞同沐林枫的想法：“沐大哥说得不错，咱们是应该先找村民了解一下情况，比盲目地乱找要好。”

三个人从学校里出来，沿着青石铺就的村中小道向前走了不远，就看到有两位老人坐在废弃的石磨边喝茶聊天，沐林枫走了过去。

沐林枫笑着向两个老人打了一个招呼：“两位大爷好，我们是来爬山玩的，想打听个事情。”

“呵呵，看得出来，这几年时常有人从城里过来爬山，是问路还是打听人？”其中一个老人爽快地说。

“既不是问路也不是打听人，我是想问一下村后的这座山上有没有岩洞什么的……”

两位老人听了沐林枫的问话神情都似乎一怔，刚才说话的那位老人马上问：“小伙子，你打听山洞做什么？”

这时文吟秋和高鸿进也来到了沐林枫身边，两人也看出了老人异样的神情。沐林枫笑着说：“我们都是野外探险俱乐部的，结伴出来找刺激点儿的地方玩，听人说这座山上有溶洞，于是就过来了，可是不知道在什么位置……”

老人脸上的笑容已经消失了，神色凝重地说：“年轻人，这座山上有山洞不假，不过你们最好不要随便进去。”

高鸿进急忙问：“老人家，我们为什么不能进去？里面难道有鬼怪不成。”

老人面带神秘表情地说：“山洞里的东西比鬼怪更可怕，是一种吸血的蝙蝠。前几年村里有头牛在山上吃草，不知道怎么跑进山洞里，等到找到时牛已经死了，全身的皮都皱起来，身体里没有一点儿血了……”

文吟秋好奇地问：“大爷，怎么就知道牛是被蝙蝠吸血而死的呢？是不是有人看到的？”

“到了傍晚就会看到有许多蝙蝠从洞口飞出来，不是蝙蝠还能是什么。姑娘，我是好心告诉你们，听不听在你们……”

沐林枫急忙说：“谢谢老人家，这座山上有几个像您老说的这样的山洞？”

两个老人交换了一下目光，其中一位老人说：“大大小小的有五六个吧。”另外一个老人点点头：“嗯，差不多有五六个，具体也没有人数过，有的洞子是通着的……”

沐林枫急忙又问：“离村子最近的一个山洞在什么位置？”

一位老人站起来，朝西北方向张望了一下，然后用手指着那边说：“离这边一里多路，在那个断崖下面就有一个洞子，担心小孩钻进去玩耍，前些年村子里的人用石块把洞口堵起来了，不过到了那里应该能认出来。”

三个人向两位老人告辞后，按照老人所指的方向探寻过去。

山腰处都是村民用石块垒砌起来的梯田，都是些只有巴掌大小地块，在上面种的也不是粮食，而是山楂树和蜜桃树。青州蜜桃是远近闻名的特产，蜜桃只有核桃大小，却很甜很好吃，让人回味无穷。

三个人踏着田埂上的石块，朝西北方向的一处山崖过来。半个多小时后，就来到了老人所说的断崖下面，断崖连接着一条山沟，山沟内杂草丛生，另外还生长着许多带刺的荆条和低矮的酸枣树，稍不小心就会被尖尖的刺扎到。

沐林枫走在前面，用一根木棍不时地拨开齐腰深的杂草和荆条，慢慢地沿着山沟往前寻找。山沟一侧的断崖大约有三四百米长，高度有五六十米。在断面上有许多碗口粗的树，顽强地把根插在石头缝中，努力地倾斜着向上生长，仿佛是贴在山崖上的云朵。另外断面上凹凸不平，有许多大小不一的石块突出来。

高鸿进走在最后，文吟秋夹在两人的中间，她边走边问前面的沐林枫说："沐大哥，咱们现在所在的位置，应该是在巨佛的什么部位？"

"这里应该是巨佛的耳窝那个地方，从拜佛台往这边看，只能看到上面的断崖，看不到下面的这条山沟。"

沐林枫刚说到这里却突然停下了脚步，他发现就在前面几米处紧贴着山崖有一堆乱石，而且石块并没有完全把洞口堵死，上部依稀露着窄窄的一条缝隙。

沐林枫用木棍指着两米多高的石堆说："这里应该就是那位老伯说的洞口了。"

文吟秋观察了一下覆盖着杂草的石堆，然后说："从这堆石块来看，这个洞口应该不小，高度和宽度都超过两米，棺椁可以从洞口进入……"

没等文吟秋说完，高鸿进就笑了起来，"哈哈，小文是不是真的认为这个洞口就是衡王陵的入口了？"

"当然有这种可能，沐大哥，你说对不对？"

沐林枫似乎没有注意两人的谈话，他仰望着洞口上部高耸的山崖自言自语地说：“葬山之法，势为难，形次之，方又次之。势如万马，自天而下，其葬王者。势如巨浪，重巅叠嶂千乘之葬。势如降龙，水绕云从，爵禄三公……”

说到这里，沐林枫举手指着头顶的断崖对两人说：“你们往上看，是不是有势如万马，自天而下的感觉，这里应该就是葬王之地。”

高鸿进急忙问：“林枫，你的意思是这里就是衡王陵的入口处？”

沐林枫摇摇头：“我现在还不能确定，不过这座山峦的确是葬王之地，咱们先把上面的石块移开一部分，然后进入洞穴内去查看一下，如果真的是衡王陵的入口，一定会有痕迹。”

说完，沐林枫把背包取下来放在旁边的石头上，然后手脚并用爬到石堆的顶上，把上面的石块推到一边去。

高鸿进见状，也爬上去帮忙，不一会儿两人就把上部的石块移开了一些，堵住的洞口逐渐露出来……

第十六章

沐林枫和高鸿进把堵在洞口前的碎石块移开了一些，使洞口的上部露出了半米高的空隙，俯下身体就可以爬进洞里了。

搬石头可是个体力活，把两个人累了个够呛，沐林枫坐在一块石头上气喘吁吁地说："老高，我看可以了，先休息一下喘口气。"

文吟秋急忙拿着水壶和手巾爬上石堆："来，先喝口水，擦擦汗……"

高鸿进接过水壶，仰起头喝了一大口，用手抹了一把嘴，然后问沐林枫："林枫，如果这个山洞真的是进入衡王陵的入口，是不是太简单了？"

"哈哈……你的意思是唾手可得的东西一般都没有价值。"

高鸿进摇晃脑袋说："也不完全是这个意思，反正总感觉不能这么容易，你想盗墓人找了好几百年的东西，咱们这么快就找到了？"

文吟秋笑着说："我也感觉高大哥的话有道理。"

沐林枫看着两人平静地说："你们说得不错，这个洞即便是衡王陵的入口，从这里也不可能进入到地宫中去。只是证实了咱们的猜想，这座山是衡王陵，要想进入衡王陵的地宫，必须另外找寻通道。"

文吟秋似乎对沐林枫的这几句话特别感兴趣，在沐林枫的面前蹲下来，一只手扶住他的膝盖，用撒娇的口吻说："沐大哥，快说说你想通过什么通道进入衡王陵的地宫？"

很少有男人能抵御女孩子的这一招，更何况是一个绝色天香的女人。沐林枫这次来探寻衡王陵有一半的目的本就是为了文吟秋，他马上笑眯眯地说："能够进入地宫的通路只有气道，如果证明了衡王陵在下面，咱们就开始寻找王陵的气道。"

文吟秋急忙说："地宫通到外面的气道多数时间不是关闭的吗？只有在固定的时间才开启，即便是能找到气道也进不去啊。"

沐林枫没有考虑像文吟秋这样一个学习音乐的女孩子怎么会对墓葬研究得这么深，文吟秋同他只有咫尺距离，女人身上特有的体香不时地飘进沐林枫的鼻孔中，让他有种沉醉的感觉。

"衡王陵与其他墓穴有很大的不同，我猜测衡王陵的气道很可能是敞开的，所以只要找到气道就有可能进入到王陵地宫……"

"为什么衡王陵的气道与其他陵墓不同？"文吟秋好奇地追问。

沐林枫站起来，一边用手拍打着衣服上的尘土，一边对两人说："这个问题留待后面解答，现在应该进入山洞一探究竟了。"

沐林枫把矿工用的照明灯从背包里取出来戴在头上，把电池扎在后腰上，这样不仅可以空出双手做其他事情，而且矿工灯能够保护头部，钻山洞身体的安全很重要。等高鸿进和文吟秋都收拾停当后，沐林枫率先钻进了山洞中。

刚进山洞，顿时有股阴冷之气扑面而来，刚才搬石头出的一身汗水立时消失了，身上马上就泛起了一层鸡皮疙瘩。

沐林枫先从裤兜里掏出一只 Zippo 打火机，随着一声清脆的响声，一团火苗顿时燃起来。沐林枫蹲下身体，让火苗贴近地面，只见火苗燃烧得没有异常，才放心地把火机收起来。

因为洞口是堵死的，所以必须查看一下洞内是否存在大量的一氧化碳和其他有毒气体。如果火苗熄灭说明一氧化碳气体很多，燃烧的火苗如果出现颜色变化，则说明存在有毒气体。一切正常后沐林枫才招呼高鸿进和文吟秋进来。

这时一个直径超过三米多的天然洞穴，洞穴深处黑乎乎的，给人深不可测的感觉，沐林枫一边向前走，一边留意两侧的洞壁，走了一段距离后，终于发现了一侧石壁上有凿过的痕迹。

沐林枫停下脚步，让头顶的光束照射在洞壁上，然后对两人说："你们看这些地方，这里很显然被人凿过了。"

"林枫，这能说明什么？"高鸿进轻声问。

"你们看洞穴的走向，这里应该是一处拐角，假使几个人抬着两米长的棺椁一定很难通过，所以这个拐角被铲了去，使通道变得顺畅起来。"

"沐大哥说得不错，从洞穴的走向看这里原来一定有一个是转弯，突出部位的岩石被凿去后，洞穴显得直了许多……"

说着话文吟秋把手里的电子海拔测量仪伸到沐林枫面前："另外这条洞穴应该在逐渐往下去，你们看我们现在的位置比洞口处低了接近十米。"

高鸿进知道这个发现意味着目标又得到了进一步证实，他看着两人兴奋地说："这就是说我们在往地下走，而且衡王陵地宫很可能就在前面。"

沐林枫没有说话，挥了一下手转身继续往前走，前进了没几米就出现了岔洞，他停下脚步朝两个洞内观察了一下。紧跟在他身后的文吟秋轻声说："沐大哥，咱们是不是先沿着宽大一点儿的这条洞穴探寻？"

"嗯，我也有同样的想法。"沐林枫用赞许的口气说。

沐林枫用带来的粉笔在岔口处做上了一个记号，文吟秋发现沐林枫所做的记号很特殊，她看不明白是什么意思，于是就问："沐大哥，你做的这个记号似乎跟别人不太一样。"

“呵呵，这是我在部队里当兵时，特种兵们使用的一种专门标记，外人一般都看不懂，只有我们自己人知道是什么意思。”

文吟秋用赞叹的口吻说：“我听高大哥说你的追踪术也非常厉害，想不到你们在部队里什么东西都学。”

沐林枫自豪地说：“说得夸张一点儿，在特种部队里所学的东西，够一个人受用一辈子。

高鸿进见两个人说得这么热闹，也凑上来：“我说咱们干吗走这条山洞，为什么不走那边？”

沐林枫也懒得向他解释，继续开始往前走。

文吟秋也一声不响地跟在沐林枫身后，她不时地看一下手里的探测仪，她身上携带的这些装备都是从国外带来的。

昨天沐林枫刚看到文吟秋带来的非常专业的探测工具时也感觉非常惊讶，他甚至都没有见过这么先进的仪器，文吟秋向他解释说就是为了能够探寻衡王陵。沐林枫也没有多想，这个时候文吟秋无论对他说什么都会深信不疑，因为他已经被爱情蒙蔽了眼睛。

三个人小心翼翼地往前走了不远，又有岔洞出现，再往里走接连又有几个岔洞，给人的感觉仿佛是走进了迷宫中。在地下没有参照物，人很快就会失去方向感，再加上洞穴内的情况基本都差不多，进入这样的洞穴很容易在里面迷失。如果不是沐林枫做下的标记，恐怕他们已经迷路了。

前面的洞穴突然变大，宽度虽然只增加了几米，但是洞顶却突然往上升起了十多米，看上去仿佛是大山裂开了一道大缝，走在里面就像是在黑夜里进入了一个峡谷中。

沐林枫一边巡视着洞内的情况，一边问身边的文吟秋：“咱们进来有多长时间了？”

“四十多分钟，我测算过，咱们行走的距离大约在四百五十米左右。”文吟

秋看着自己手里的多功能探测仪说。

跟在后面的高鸿进突然惊讶地说："你们有没有感觉到脚下有些发软？"

沐林枫头也不回地说："应该是蝙蝠的粪便，你们留意看洞顶，上面黑乎乎的那些东西就是倒挂的蝙蝠。"

听沐林枫说洞顶有蝙蝠，高鸿进抬起头往上看，刚仰起脸就感觉有热乎乎的东西滴落在腮帮子上，赶紧用手一摸，顿时一股臭气钻进鼻孔里，气得他大骂起来："妈的，蝙蝠把屎拉到我脸上了……又粘又臭……"

就在这时，文吟秋突然感觉自己的脖子后面有痒痒的感觉，她用手一摸，顿时令她毛骨悚然，因为她的手触摸到了一个毛茸茸的东西，文吟秋一下子明白过来，是一只蝙蝠在自己的脖子后面。

原来一只巴掌大的蝙蝠悄无声息地趴附在了文吟秋的衣领上，然后将尖尖的嘴巴伸到她脖子上，已经将她细嫩的皮肤咬破，开始吸吮她的血液。这种蝙蝠的唾液中带有麻醉成分，所以被吸血的动物最初感觉不到。

这只蝙蝠的毛触及到文吟秋的皮肤，所以她感觉到了痒。文吟秋一把将蝙蝠从自己的衣领上撕扯下来，蝙蝠被文吟秋用力地一捏，发出了吱吱的叫声。

文吟秋把手里的蝙蝠拿到面前的灯光里，她突然发现蝙蝠张开的嘴巴和锋利的牙齿上都有鲜红的血液，立时恐怖地惊呼了一声："吸血蝙蝠！"随即重重地把蝙蝠摔在了地上。

听到文吟秋的惊叫，沐林枫急忙回头去看她，只见文吟秋把吸血蝙蝠摔在地上后，又用手去抚摸脖子上被咬的部位，她把手抽回来后，手掌上同样沾满了新鲜的血迹。

看到文吟秋手上的鲜血后，沐林枫似乎闻到了浓浓的血腥味，他猛然意识到不好，急忙大叫了一声："赶快退回去……"

看到文吟秋被吸血蝙蝠咬出的鲜血后，沐林枫想起了九山村那位老人的话，看来老人根本不是在恐吓他们。

沐林枫了解这种吸血蝙蝠的厉害，能将熟睡中动物的血吸干，而被吸血的动物却毫无察觉，最后悄然死去。

现在弥漫在山洞中的血腥味很可能会把众多的吸血蝙蝠吸引过来，并且对他们发起疯狂的进攻，所以沐林枫赶紧招呼高鸿进和文吟秋退出去。

沐林枫的话音未落，高鸿进就感觉一个毛茸茸的东西一下子扑到了自己脸上，他急忙一把将落到脸上的吸血蝙蝠抓下来，还没来得及将蝙蝠摔死，就感觉有无数只蝙蝠劈头盖脸地扑了下来，顿时把高鸿进吓得魂飞魄散，他什么也顾不上了，转身往回跑……

沐林枫和文吟秋同样遭到了无数吸血蝙蝠的进攻，两人都抡起胳膊，噼里啪啦地把飞过来的蝙蝠打落在地。这些令人厌恶的小东西，不仅进攻他们裸露的皮肤，还纷纷扑到他们身上，用尖锐的爪子勾住他们的衣服，甚至隔着衣服就用锋利的牙齿咬他们。

三个人一边往回跑一边用手撕扯着落在身上的蝙蝠，而且在他们的头顶和周围，还有数不清的吸血蝙蝠快速地飞来飞去，同时发出刺耳的叫声，让人不寒而栗……

跑在前面的高鸿进慌不择路，也顾不上看沐林枫留下的标记了，只顾拼命往前跑，而且为了躲避尾随在后面的蝙蝠，不时地往旁边的洞口跑，也不知道跑了多远，竟然钻进了一条死胡同里。向前跑了没几步，高鸿进猛然发现没有路了，一块光滑的石壁挡住了去路。

高鸿进赶紧停下来，同时焦急地大叫了一声：“不好，前面没有路了！”

等三个人停下脚步，转回身来准备再往回跑时已经晚了，只见在他们头顶照明灯的光束中，无数的吸血蝙蝠黑压压的，如同一团浓烟沿着整个洞穴涌了过来。

看到如此场景，三个人感觉汗毛孔都炸开了，他们似乎已经闻到了死亡的味道。这么多的吸血蝙蝠如果扑到身上，用不了几分钟，他们就会被吸得只剩下一副皮囊。

越是在这种生死关头，沐林枫越是冷静，六年的特种兵生活把他的意志磨练的跟钢铁差不多。在关键时刻根本不用大脑的思考，他会作出些本能的反应。

在高鸿进的背包一侧有一个网兜，里面插着一个小铁罐，大小同两个易拉罐差不多，里面盛装的是液化气。这是供便携式液化气炉使用的，他们准备在野外加热食物用。

沐林枫一把将高鸿进背部一侧的小铁罐抓在手里，用左手的拇指按住顶部的阀门，一股气体瞬间喷射出去。与此同时，右手点燃了打火机，一股火柱如同一条凶猛的火龙迎着飞来的蝙蝠就扑了过去。

在一阵吱吱的乱叫中，地上落了厚厚的一层烧焦的蝙蝠，洞穴中顿时充满了燃烧皮毛的味道。没有被烧死的蝙蝠瞬间消失得无影无踪，吸血蝙蝠来得快，消失得也迅速，一场灭顶之灾转眼就被沐林枫化解了。

高鸿进长舒了一口气，心有余悸地说："娘啊，差一点儿让这些小东西要了咱的命……"说话的同时，高鸿进发现自己的身上还附着一只蝙蝠，他一把将蝙蝠撕扯下来，用力甩到洞壁上，啪的一声，鲜血四溅……

沐林枫看着文吟秋关切地说："赶快检查一下，看看身体有没有被咬伤。"

文吟秋笑了笑，轻声说："我没事，刚才真的是多亏了沐大哥急中生智，否则咱们就危险了。"

实话说刚才文吟秋的表现让沐林枫刮目相看，一般的女孩子遇到这种情况早就吓瘫了，而文吟秋并没有表现出太多的恐慌。

沐林枫用钦佩的口气说："想不到你一个女孩子面对危险竟然能应对自如，要是换了其他女孩恐怕早就吓个半死了。"

"我怎么感觉咱们俩像是在相互吹捧……"文吟秋边说边平静地观察洞内的情况，"咱们还是先离开这里，弄不好可能是迷路了。"

"刚才光顾逃命了，哪里还顾得上看路……"刚说到这里，高鸿进突然发现挡住去路的这个石壁似乎有些奇怪，他惊讶地说，“林枫，这个洞穴好像是被石壁截断的……”

这时沐林枫也注意到了挡住去路的这面石壁，光滑的石壁如同一扇门把山洞截断了，沐林枫走到洞穴的尽头，仔细地观察了一下石壁，然后对两人说：“你们来看，堵住洞穴的这块石头与两侧的洞壁不是相同的质地，而且光滑的平面也是经过加工过的，很显然这面石壁是被人弄到这里来的。”

高鸿进也走到石壁前，把双手放到光滑的石壁上用力推了推，发现石壁纹丝不动，于是用手拍着石壁说：“林枫，这块石头后面会不会就是衡王陵地宫的通道？”

沐林枫点点头，用确定的口气说：“应该是。”

文吟秋把手中的多功能探测仪贴近石壁，几秒钟后探测仪发出了轻微的嘀嘀声，随后文吟秋回头看着沐林枫说：“这处石壁的厚度只有三十厘米，用爆破的手段很容易打开。”

沐林枫急忙摆摆手：“不行，在先祖留下的相墓手札多次提到过地宫通道的设计，每隔一段距离就有两道这样的石门，如果强行毁坏石门，通道顶部就会坍塌，碎石、细沙之类的东西将通道堵死，而且在整条通道中这样的设计不止一处。这也就是盗墓者极少有利用通道进入地宫的原因，他们往往是确定了地宫位置后，再打一条通道进入……”

“那咱们应该怎么办？”文吟秋轻声问。

“进洞的目的已经达到了，咱们现在就退出去。”

一听要出去，高鸿进有些不甘心地说：“好不容易找到入口就这么离开？”

“听沐大哥的没错，我相信他能进入衡王陵中。”说着话文吟秋跟在沐林枫身后开始往回走。

刚才跑过来的时候没有注意到，这边的岔洞竟然有许多条，而且左右两边都有。三个人在洞内转来转去，半个钟头过去了还没有找到出去的那条山洞，也没有发现进来时沐林枫留下的标记，这一下三个人都有些着急了。

在一个岔洞口处，沐林枫停下脚步，朝左右两侧的洞穴内张望了一下，发现前后左右的几个洞穴看上去都差不多，似乎是被人改造过了，他感觉一直是在这几个洞穴内打转。

沐林枫在其中的一个洞口做上标记，刚才因为要出去，所以也没有在走过的洞口做标记，沐林枫有些后悔，如果都做上标记也许不会这样，至少能够知道那些洞穴是来过的。

就在沐林枫做标记的同时，高鸿进走到右侧那个岩洞内查看情况，这个洞穴是弯曲的，所以只能看到几米内的地方，高鸿进于是就向前走了几步，想看看弯道那边的情况。

高鸿进刚向前走了没几米，突然发现不远处的地面上似乎有个黑乎乎的东西，于是把头顶照明灯的光束集中在那个黑影上，这时他看清楚了，是一个人趴在那里。

高鸿进顿时感觉头皮一阵发麻，扯开嗓子大叫起来："林枫，快过来，这里有个死人……"

听到高鸿进恐惧的叫声，沐林枫和文吟秋都一愣，因为他们进来的时候洞口是被堵死的，里面怎么会有人？

两人来不及多想，急忙朝高鸿进在的位置跑过去。

沐林枫来到趴在地上的尸体边，一看衣服就知道不是现在的人，脚上鞋子的鞋底是手工纳制的千层底，身上穿的是那种盘扣的对襟褂，裤子是大腰裤，这样的衣服至少已经三十年没人穿了。

地上的人已经不能算是一个人，准确地说是衣服包裹着一堆尸骨。头部歪向一侧，露出白森森的牙齿，双手呈鹰爪状，显示着这个人死前似乎在向前爬行。

绕着尸骨转了一圈后，沐林枫轻声说："从这个人的衣服和腐烂的程度看，应该是解放前的人，至少也是改革开放前，从他牙齿磨损情况看，大约有二十多岁。"

高鸿进突然问："这个人是不是进来寻找衡王陵的？"

“如果是盗墓的就应该还有其他人，或许是附近的村民因为好奇进洞后迷路了。”

“沐大哥，这个人是不是被困死在这里的？”文吟秋的问题其实大家心里都很清楚，只是都不愿意说出来而已。

沐林枫点点头没有说话，他朝岩洞两端看了看，自言自语地说：“这里的洞穴怎么有些奇怪……”

“有什么奇怪的？”文吟秋急忙问。

沐林枫依然没有回答，他抬脚朝前面几米外的一个洞口走去。这个洞穴是直的，因为能看到尽头，这个洞穴的尽头同样有一面光滑的石壁挡住了去路。

看着堵住洞穴的石壁，高鸿进惊讶地说：“咦！咱们怎么又回来了？”

文吟秋马上说：“不对，这不是刚才那个洞穴，那个洞穴的地上有许多烧死的蝙蝠，这里什么都没有，非常干净。”

望着这个跟刚才那个一模一样的洞穴，沐林枫似乎明白了什么，他一动不动地站在那里，紧锁眉头陷入了沉思中。

“林枫，你怎么不说话了？”高鸿进好奇地问。

文吟秋朝高鸿进摆摆手，示意他不要打搅沐林枫，文吟秋看出来沐林枫一定有重要发现。

沐林枫静静地沉思了一会儿，然后轻声说：“我好像知道是怎么一回事了……”说着话沐林枫又退回到进来的那个洞口处，然后指着右侧说，“如果我猜测的不错，往那边去应该还有相同的洞穴。”

“哦，那咱们赶快过去看看。”高鸿进一边说一边带头向沐林枫所指的方向走去。

情况果然如沐林枫所说，三个人沿着弯曲的隧道向前走了十多米，又出现了一个交叉的洞口，其中一个洞穴内跟前面的一样，进去十几米后就被光滑的石壁

挡住了。

“这是怎么回事！”文吟秋望着洞穴的尽头惊讶地说，她愣了一下后接着又问，“沐大哥，你是如何知道的这里还有一样的洞穴？

沐林枫没有回答文吟秋，他望着前面的洞穴说：“如果我猜的不错，这样完全相同的洞穴应该有八个。”

高鸿进忽然笑了起来，恍然大悟地说：“我明白了，你的意思是这些洞穴是按照八卦来排列的？”

沐林枫缓缓地点了一下头，神情凝重地说：“准确地说这八个洞穴就是奇门遁甲中的八门。”

“奇门遁甲！”文吟秋惊讶地说了一句，她似乎对这个词很陌生，接着又说，“怎么听起来好像是很可怕的东西，沐大哥，奇门遁甲到底是什么机关？”

沐林枫缓缓地说：“奇门遁甲不是什么机关，它是中国最大的一门秘术学问，也可以说是世界上唯一以控制对方为主的玄门秘笈。在古代被称为帝王之学，其中奥秘是极端守秘的，不得泄露于外人，一般人如果盗用，一旦被发现就斩首勿论，所以是秘传中的秘传。由于奇门遁甲的可怕，师父只亲口传授弟子，单线传下来，如今真正解它的人非常少……”

“啊！真的这么厉害？”文吟秋一脸惊愕的表情，她对沐林枫所说的东西似乎还抱有怀疑。

高鸿进焦急地对沐林枫说：“林枫，咱们先别管它是什么了，你就是说咱们怎么从这里出去吧！”

文吟秋也连声说：“对、对，沐大哥，咱们怎么样才能离开这里？”

“奇门遁甲中的八门分别是 休、生、伤、杜、景、死、惊、开，其中有三个吉门，休、生、开，我想只要找到其中一个吉门就能从这里脱身……”

没等沐林枫说完，高鸿进就着急地说：“那就赶快找吧，还等什么？”说到这里，高鸿进又忍不住骂起来，“妈的，刚才进来的时候也不知道就进来了，现在想要出去了怎么就这么难。”

“刚才是误打误撞进来的，这里的洞穴是按照九宫八卦排列的，要想再出去可就不容易了。我猜想这八个门既有进来的门，也有通往地宫的……”

沐林枫一边说一边把背包解下来，从里面取出祖上传下来的罗盘：“多亏了带着它，否则就真的麻烦了。”

看着沐林枫手里铜制的罗盘，文吟秋一脸疑惑地问：“沐大哥，这个东西能帮我们找到出去的路？”

沐林枫笑着解释说：“奇门遁甲真正研究的内容是自然界中的磁性，在每年，每月，每日，每时中所发生的作用，与万事万物所受到磁力的作用而发生的变化，咱们的老祖宗把非常繁杂的变化简化到用这个小小的罗盘就能计算出来，这就叫万变归一。”

文吟秋叹了一口气，摇着头说：“哎，我越听越糊涂，另外我想不明白这个东西怎么就能把我们困在这里，如果不是亲身经历，我根本不会相信这些东西……”

高鸿进表现出一副老练的神态：“小文，你从小生活在国外，对咱们老祖宗留下的东西不了解，抽时间让林枫给你讲讲九宫八卦什么的，这个东西可厉害了。”

沐林枫撇了高鸿进一眼：“你怎么不给小文讲讲？”

“哎，我不是不会嘛，能者多劳，嘿嘿……”

沐林枫重新把旅行包背好，然后边往前走边对两人说：“如果我猜测的不错，这个弯曲的通道应该是个环形的，另外在里面可能还有一层，我们先顺着这个通道查看一下，掌握了大致情况后，再确定从哪个通道出去。”

文吟秋紧跟在沐林枫身后，想看看他是如何找到出去的通道，而且边走边问：“沐大哥，刚才你说什么生门、死门的是什么意思？这里弄这么多门干什么吗？”

“其实这个很好理解，这些门有通往陵墓地宫的，有通往外面的，它的奇妙就在于通往各处的门是变化的，有虚有实，这就是我们进来后找不到出去的通道的原因，这种设计的目的当然是为了保护陵墓不受袭扰。如果不了解情况在里面乱闯，要么是困在里面出不去，要么闯入凶门被一些机关弄死……”

沐林枫还没说完就戛然而止，脚步也停下来，文吟秋冷不防差一点儿撞到他身上，急忙问了一句：“怎么了？”

沐林枫没有说话，用手指指左侧的一条通道，只见里面横七竖八躺着五六个人，令人恐怖的是有两个人还身首异处，其余几个身上还插着箭。这些人同样是骷髅，不过从他们脑后的大辫子看显然是清朝人，这些人的身边有斧头绳索之类的东西，看来是一伙盗墓贼。

文吟秋情不自禁地用手捂住了张大的嘴巴，她心里清楚，这些盗墓人一定是入了刚才沐林枫说的凶门而丧命。

跟在最后的高鸿进也看了洞穴内凄惨的场景，用颤微微的声音说：“他们这是中了什么暗器？林枫，你可千万不要把我们带入这样的凶门里……”

文吟秋急忙朝高鸿进摆着手说：“高大哥，千万不要说这么晦气的话。”

沐林枫什么话也没说，朝两人招招手，示意他们赶快跟着自己走。又过去了十多分钟，三个人果然回到了那个有死蝙蝠的洞穴前。

文吟秋对沐林枫说：“沐大哥，我数了一下，刚好有八个这样的洞穴，每个洞穴几乎一样，里面都有石壁把洞穴堵住了。”

沐林枫凝神静气地看着手里的罗盘，上面刻着九宫八卦图，中间的指南针不时地突突乱颤，他突然问：“现在是几点了？”

文吟秋看了一下手表，急忙说：“现在刚好是下午三点钟。”

沐林枫的眉头渐渐拧成了一个疙瘩，看他的神态好像情况不太好，文吟秋赶紧问：“沐大哥，怎么了？有什么不对吗？”

沐林枫语气沉重地说：“这个时辰应该是五行中的火力旺盛，而罗盘上却显示是水旺火弱，跟我想象的刚好相反……”

“林枫，别管什么旺弱，你只要把我们带出去就可以。”高鸿进满不在乎地说。

“如果强弱颠倒，计算出的结果也会相反，如果进入了凶门，很可能会跟刚才看到的几个人一样身首异处……”

沐林枫话音未落，高鸿进就叫起来：“那可不行，我还想留着脑袋吃东西呢。还是小瘸子聪明，待在家里享福，我现在真是后悔跟着你们来找什么衡王陵。”

文吟秋懒得理睬高鸿进，她用信任的目光看着沐林枫：“沐大哥，难道就没有其他办法了？”

文吟秋的话似乎提醒了沐林枫，他轻声说：“让我想想，咱们现在虽然没有进入衡王陵，不过距离地宫一定很近了……”

说到这里沐林枫猛然拍了一下自己的额头，恍然大悟地说：“我明白了，我们沐家祖传的相墓绝技中有一条叫正反论，墓穴中的阴阳五行与外面应该刚好相反，上面火旺的时候，下面应该刚好是弱。”

高鸿进仍然有点担心地问：“林枫，你确定吗？这件事可不是闹着玩的，万一错了后悔都来不及。”

沐林枫沉思了一下，从上衣口袋里摸出了一个鹿皮小包，从里面取出了那只用来寻龙点穴的龙骨针，他用手指捏着红线，让龙骨针垂在半空中，然后开始沿着弯曲的通道往前走。

经过了几个岔洞口后，沐林枫在一个洞穴口停下了脚步，只见悬在空中的龙骨针歪向了洞穴相反的方向。

沐林枫又查看了一下左手托着的罗盘，然后指着洞穴说:“从这里应该能出去。”

高鸿进把自己头上戴着的照明灯朝沐林枫所指的方向照射过去，虽然因为电能消耗了很多，照明灯的光线已经暗淡了，高鸿进仍然能看到洞穴的尽头被石壁挡住了。

“林枫，你不会是算错了吧，这个洞穴内根本就没有出口，里面被石门堵住了。”

沐林枫没有理睬高鸿进的话，他抬脚就往洞穴里走，文吟秋也一声不吭地跟在后面往洞穴里走去……

高鸿进悻悻地看着两人的背影，心想你们真是不撞南墙不回头，我就在这里看着你们回来，然而令高鸿进想不到的是洞穴里的两人却越走越远，他定睛一看，挡在洞穴内的那扇石门不知道什么时候竟然消失了。高鸿进顿时吓出了一身冷汗，他突然感觉身后黑乎乎的洞穴中似乎有东西要抓住他，他赶紧抬腿往前跑。

“等等我……”高鸿进一边喊叫着一边拼命追赶前面的两人。

第十七章

从山洞里出来后，三个人都有两世为人的感觉。刚刚经历的险境让他们领略到了衡王陵的复杂和可怕，不过也更激起了他们对衡王陵的好奇心。

三个人从洞口上部的缝隙爬出来后，就一屁股坐在石头不想动了，在洞里的时候还感觉不到累，出来后精神放松下来，顿时都变得疲惫不堪，像是刚走完了长征。

高鸿进打开水壶盖，喝了两口水后长长地出了一口气："还是在太阳下面好，妈的，差一点就儿出不来了。"

高鸿进的话也提醒了沐林枫，他对两个人说："休息一下后咱们还得把这个洞口堵起来，万一有人进去出不来就麻烦了。"

文吟秋心有余悸地说："不错，如果不是像沐大哥这样精通九宫八卦，一般人误入了那个地方根本就出不来……"

说到这里文吟秋好像想到了什么，她侧脸看着沐林枫问："沐大哥，你说衡王陵的外面都设置得如此复杂，那它的里面会是什么样子？该不会是步步有陷阱吧！"

沐林枫沉思了一下，然后缓缓地说："在我先祖们留下的相墓手札中也涉及到这个问题，古代陵墓的规格和设计都是有严格规定的，只有帝王陵墓才有机关和陷阱之类的东西，机关一般都设置在通往地宫的甬道中，到达地宫后就没有了。不过我感觉衡王陵的设置可能与其他陵墓不同……"

高鸿进对这个话题似乎也非常感兴趣："林枫，衡王陵与其他陵墓有什么不同？"

"现在还不好说，我有种预感，这座山下面可能有座地下冥城，而且规模之大会超出我们的想象。"

沐林枫话音刚落，文吟秋就兴奋地叫起来："太好了，早就听说欧洲有几个国家都有地下城，如果在咱们中国也发现地下城一定会轰动世界……沐大哥，我能不能用摄像机把地下城拍摄下来？"

"这只是我的猜测，具体是什么情况还不好说。而且这个冥城与你想象中的地下城也不太一样……"

"我相信沐大哥的猜测。"说着话文吟秋站起来催促道，"咱们快点行动吧，我有点儿等不及了，太想看看地下城是什么样子……"

三个人用石块重新把洞口堵住，然后准备回九山村补充食物和水，特别是照明灯的电池已经耗尽了需要充电。

回到九山村时已经是傍晚，三个人准备在村里休息一晚上，明天再寻找通向地宫的气道。

村子很小也没有旅馆，高鸿进跟学校的老师说了一下，借一间教室休息。来的时候就准备在野外过夜，所以带着帐篷和睡袋，在教室里比野外要强很多，把课桌并在一起就是很好的床铺。

学校里唯一的一个民办老师很热情，给他们送来开水，并且把办公室里的床让给文吟秋，他自己骑摩托车回家了。

折腾了一天，三个人都累了，随便吃了点儿东西，沐林枫和高鸿进就钻进睡袋里开始休息。

躺下没有两分钟，高鸿进就开始打鼾，而且是鼾声如雷。沐林枫本满脑子都是山洞里遇到的情景，一时难以入睡，索性起来，穿上鞋子走出教室。

皎洁的月光给小山村披上了一层银色的外衣，宁静中透露着安详，除了偶尔的一两声狗叫，整个山村仿佛进入了沉睡中。无论外面的世界多么的精采多姿，山村里的人们依然是平静地生活，保持着日出而作日落而息的习惯。

沐林枫站在小操场的中间，遥望着村后黑黢黢的山峦，思索着明天应该去哪里寻找衡王陵的气道，他相信气道就在眼前这座山的某个位置，不过沐林枫的心里并没有底，他不知道自己是否能找到气道，这样的事情很多情况下是可遇不可求。

突然，沐林枫听到身后有轻微的脚步声，不用回头看，仅凭直觉他就知道过来的人是文吟秋。事实上他的心里也在渴望着文吟秋的出现，他相信文吟秋也能感知自己的期望。

宁静的月光下，有一个心爱的女孩陪着聊聊天，是每个男人都梦寐以求的浪漫场景。安静的山村，美丽的夜色，心仪的女孩，想想都让人心醉。

“沐大哥，你怎么还没有休息？”

文吟秋那甜甜的声音在沐林枫听来犹如世间最美妙的歌声，心头的痒痒肉仿佛被柔软的毛发拂过，微微颤动了一下。

沐林枫转过身来，用热切的目光看着文吟秋说：“小文，我突然在想，此时此地此景，如果能听到你用衡王琴演奏的高山流水会是什么样的感觉？”

“呵呵，想不到沐大哥竟有这样的雅兴想起听琴来。”

“刚才我望着月色下的大佛山，不知道为什么就想起你弹奏的高山水流来，实话说自从听了你的股琴弹奏后，真的如孔圣人所说，三月不知肉味……”

“哈哈……大哥，我的琴声真的有这么大的魅力吗？”

文吟秋的一声大哥，叫得沐林枫心里麻酥酥的，从沐大哥到大哥预示着两人的关系又贴近了一步。

"从你的琴声中，我能体会到你母亲为什么期望弹奏衡王琴，我现在才感觉到音乐的力量，真是令人魂牵梦绕。"

文吟秋双眼火辣辣地盯着沐林枫，动情地说："都说知音难觅，有大哥这样的知音此生足矣。"

沐林枫从文吟秋的话里听出了弦外之音，他激动地说："小文，大哥就是上刀山下火海也要帮你找到衡王琴。"

"我相信你一定能做到，咱们去外面走走吧。"说着话文吟秋很自然地挎起沐林枫的胳膊，把身体依偎在他的身上朝学校的大门口走去。

文吟秋边走边问："林枫，你说咱们明天去什么地方寻找衡王陵的气道？"

短短的几分钟，两人的关系就像三级跳远一样迅速拉近了，由"沐大哥"到"林枫"，绝不仅仅是字数的减少，这表示文吟秋已经把沐林枫视为自己最亲近的人了。

不管文吟秋是怀着什么样的目的接近沐林枫，对沐林枫的好感却是发自内心的。当一个人的内心产生某种情感后，甚至不需要语言和动作，对方就能感受得到，所以沐林枫强烈地感到了文吟秋内心炽热的情感。

有的人会担心爱来得太快，认为来得太快会不牢固，其实男女之间的爱是不需要时间和理由的，每个人对于未来都不能说有完全的把握，特别是爱，所以只要把握住现在就可以，沐林枫一直就是这样认为的。

文吟秋见沐林枫愣愣地没有回答自己的问题，于是摇晃了一下他的胳膊，轻声说："想什么呢，人家在问你话。"

沐林枫慌忙地说："哦，我……我刚就在考虑这个问题。"

其实文吟秋心里很清楚，这个问题沐林枫很难回答，如果知道衡王陵的气道在什么地方就根本不用寻找了，直接去就可以。

文吟秋像是问沐林枫，又像在自言自语：“我有点儿想不通，这座山距离青州城不过十多公里，为什么衡王陵在下面就没有人知道呢？”

“这也不奇怪，在古代很多名人，特别是帝王都采取‘密葬’的方式进行出殡，为了避人耳目甚至是在半夜送葬，为的就是不让人知道他们葬在什么地方。最早采用的密葬方式的是南越王赵佗，此人应该是第一个进行密葬的帝王，死后无数盗墓人都没有找到他被埋葬在什么地方。”

“这么说衡王也是采用的密葬了？”文吟秋好奇地问。

沐林枫偷偷地擦了一把额头上的汗，文吟秋把他的胳膊抱在怀里后，沐林枫就冒出了一头的汗水，也不知道是紧张的还是兴奋的，现在一说话情绪才稍微放松了一些。

“不仅是衡王采取的是密葬方式，包括衡王府的王妃和郡王都是密葬，因为衡王府内的葬礼都是由我们沐家主事的，所以在先祖们的手札中对此都有记录，五代衡王的葬礼都是在半夜时分进行的，因此没有人知道衡王葬了什么地方……”

“哦，难怪没有人知道真正的衡王陵在这里。”

沐林枫接着说：“为了不让自己的陵墓被人发现而盗掘，古代很多人不仅采取密葬的方式，而且还建造‘虚冢’，也就是假坟。最早的假坟在春秋时期就出现了，据说孔子死后，其弟子便造了五座虚墓。不过假坟最多的要数三国时期的曹操了，曹操出殡的时候，邺城所有的城门全部打开，共有七十二口棺材同时从东南西北四个城门抬出去，一共修建了七十二座坟墓，所以曹操的真正坟墓成了千古之谜。千百年来，盗墓者不计其数，却没有一个人找到曹操的真墓……”

听沐林枫说到这里，文吟秋笑嘻嘻地说：“衡王也修建了假坟来哄骗人，害得我还空跑了一趟。”

“不错，那个的确是衡王的虚冢，只要是采取密葬的，往往都修建虚冢来迷惑盗墓者。”

说着话，两人不知不觉地来到村外。九山村因为在半山腰上，所以整个村子呈阶梯状越往后越高，整个村子的落差至少有几十米，他们所在的位置可以看到九山村的全貌。

沐林枫指指一棵老柿子树下的石碾说："在这里坐坐吧。"

文吟秋从小生活在国外，从来没有见过石碾，她好奇地看着这个巨大的圆筒状的石头问："这个东西是做什么用的？好像一个巨大的石鼓。"

沐林枫坐在在石碾下面的石槽边，然后用手拍着粗大的石碾说："这个东西在当地叫'碾'，几十年前村子里还没通电的时候，粮食就是靠这种东西压成粉状，然后再做成干粮……"

文吟秋紧挨着沐林枫坐下来，望着延绵数里的山峦赞叹地说："以山为陵，这个衡王虽然只是个藩王，但是这座王陵的气势丝毫不亚于一些皇帝的陵墓。"

"不错，衡王不仅陵寝比历史上许多帝王的要大，而且他的名气也很大，甚至在《红楼梦》都有衡王的描述。"

文吟秋很感兴趣地说："真的吗！我没看过《红楼梦》，你快讲给我听听。"

沐林枫笑了笑说："从衡王能亲手制作出有名的衡王琴来看，他一定是位多才多艺的风流文雅之士……"

"嗯，应该是位文人雅士，而且还是个能工巧匠，否则不可能制作出名震华夏的衡王琴。"文吟秋赞同地说。

沐林枫感觉文吟秋没有领会自己话中的含义，他随即笑着说："呵呵，雅士多风流，在《红楼梦》第七十八回中，就有衡王与林四娘凄美爱情的故事，也不知是第几代衡王。这位衡王好武，而且风流好色，宠妾众多，于是成立了一支娘子军。衡王有一个宠妃叫林四娘，这个林四娘既貌美，又武艺精良，深得衡王喜爱，命四娘统帅诸姬。称为'　将军'。后来黄巾军山东揭竿起义，乱及青州。衡王被杀死后，青州众文武有献城的打算，遭林四娘的反对，她率领女子军夜袭敌阵，终于不敌，最后战死沙场……"

沐林枫一边说一边不经意地仰望了一下左侧的山峰，然而这一看让他顿时愣住了，只见山顶之上若隐若现飘浮着一团雾气。云雾底部呈线状，好像与山峰的一个部位衔接在一起。

见此情景，沐林枫起身随即站到石碾上，双眼紧紧地盯着山峰，仔细的查看着。

看到沐林枫奇怪的举动后，文吟秋也随着朝他观看的方向望去，视野中除了山峦那黑漆漆的轮廓，文吟秋什么也没发现，于是不解地问："你在看什么呢？"

整座大佛头山是由九座山峰组成的，沐林枫指着中间的一座山峰说："你注意看中间的那座山头，在这里看不出来，如果在驼山拜佛台观看这座山峰应该是巨佛的鼻梁，就在这个鼻孔的位置有一团水汽聚在那里……"

文吟秋顺着沐林枫手指的方向望去，她隐约能看到沐林枫所说的山峰，不过却看不到有什么水汽："我……我什么也没看到啊……"

沐林枫转身从石碾上跳下了，然后拉着文吟秋就往村内跑。

"看你急匆匆的样子，出什么事了？"文吟秋惊讶地问。

"赶快回去带上装备咱们连夜上山，我发现衡王陵的气道了……"

两个人一口气跑回小学校，分头去拿自己的东西。

沐林枫走进休息的教室，高鸿进还在闷头沉睡，沐林枫拍拍他，大声说："快醒醒，天亮了。"

高鸿进忽的一下坐起来，左右看了看，发现窗户外还是漆黑一团，迷迷糊糊地问："几点了？外面还黑着吗？"

"还不到十二点，嘿嘿……"

"操，你小子耍我是不是？"高鸿进生气地说。

沐林枫一边收拾东西一边说："不是耍你，我发现衡王陵的气道了，咱们需要赶紧上山。"

听说发现气道了，高鸿进立刻从课桌上跳下来，"真的？你小子怎么不早说。"

两人匆忙收拾好旅行背包，等他们从教室出来时，文吟秋已经等候在院子里了，

三个人赶紧朝村后的山走去。

两个小时后，三个人登上了大佛山中间的山梁，到达这里后，沐林枫才发现形成大佛鼻子的山峰比在山下看到的要险峻，在拜佛台看到的是一个侧面，当来到山梁上后，能够看出来山峰有被人凿过的痕迹，二三十米高的峭壁非常光滑，几乎没有可攀登的地方。

顺着岩壁往上看，十多米高的部位有两个圆形的洞口，从下面看洞口的直径大约有两米左右，洞口前飘浮着一团薄雾似的水汽，在月光的映衬下非常明显。

文吟秋指着头顶上的雾气兴奋地说："我看到了，你在山下的时候是不是说这团雾气？"

高鸿进仰脸望着上面，疑惑不解地问："林枫，这团雾气能说明什么？"

沐林枫轻声说："这说明这个洞穴是直通山下面的岩洞，因为山底下的温度低，下面的冷气从这里出来后与洞口外温暖的空气相遇就凝结成了薄雾。这种雾气只有在夜间才有可能出现，白天气温升高后就没有……"

文吟秋拍了沐林枫的胳膊一下："想不到你对环境和气候也有研究。"

"其实这对于特种兵来说是必备的常识……"沐林枫一边说一边观察着峭壁的情况，他在寻找着攀登路线。

确定好攀登的位置后，沐林枫把带来的绳索斜挎到肩膀上，然后对高鸿进和文吟秋说："我先上去，等会我把绳索抛下了，先把装备弄上去后，你们再攀着绳索上去。"

夜幕下的山峰显得格外险峻，感觉像是要朝自己压下来，高鸿进有些担心地说："林枫，能不能等天亮后再上去，黑灯瞎火的万一有点儿事就麻烦了。"

"我担心天亮后气道会封闭，最好是现在就上去，你们注意绑好安全带，利用攀登绳上去应该没问题。"

"我不是担心自己，而是担心你这样上去有危险。"

“呵呵，放心吧，五层楼房不借助任何东西我赤手空拳能攀爬上去，这个峭壁对我来说算不了什么。”

说完，沐林枫走到悬崖边，用头顶的照明灯往上照射着又查看了一下攀爬线路，然后用手抠住突出的石头开始往上攀爬，只见他的身体如同一只壁虎，紧紧地贴到石壁上，手脚交替用力，慢慢地攀了上去。

下面的两个人尽量用手里的灯具帮沐林枫照明，都替他捏着一把汗，悬崖非常陡峭，有的地方沐林枫的身体甚至悬在半空中，只能靠双臂的力量吊着自己攀爬。

五分钟后，沐林枫的身影消失在了上面的洞口里，不一会儿又出现了，沐林枫把绳索从上面抛下来，高鸿进赶紧把一个背包拴到绳索上。把三个背包都拉上去后，高鸿进和文吟秋才利用攀登绳爬上悬崖。

沐林枫想不到文吟秋看似文弱，攀登悬崖竟然非常敏捷，速度比高鸿进还快，沐林枫伸手把她拉近洞口后，笑着说：“想不到你对攀岩这么熟练，我还担心你上不来呢。”

文吟秋笑了笑：“上大学的时候我就是攀岩爱好者，同学之中很少有人比我攀登得快，不过比起你来就差远了。”

高鸿进在旁边好奇地看着两人，心里有些莫名其妙的感觉，两人的称号好像变了，突然之间这个两个人关系增进了许多，给人的感觉就像多年的恋人一样。

沐林枫重新把绳索盘绕起来，然后背好旅行背包准备往洞穴里面去，忽然发现高鸿进用奇怪的眼神望着自己，开玩笑地说:“怎么了？干吗用崇拜的眼光看我。”

高鸿进靠近沐林枫低声说：“你小子真行啊，这么快就把小文弄到手了。”

“靠，瞎说什么呢，赶快走吧，小心气道关闭了，咱们就白忙活了。”说着话，沐林枫赶快带头往山洞深处走去。

这条山洞比山下的那条窄很多，有些地方只能容一个人走过去，而且洞穴明显地往下倾斜。三个人顺着洞穴往里走了大约几十米，前面突然出现了一个垂直向下的洞口。

黑乎乎的洞口似乎深不可测，一股阴冷之气从洞口冒出来，给人阴森森的感觉，沐林枫知道山洞外面形成的雾气就与这个洞里冒出的冷气有关。

洞口呈椭圆形，有一米多宽，长度有两米，四周有不规则的凸起，看得出这个洞穴是天然形成的。沐林枫站在洞口边，取下头上戴着的矿工帽，拿在手里让光束垂直向下照射。随即把身体朝洞口倾斜，然后向下探视。

照明灯的光线向下一段距离后就被黑暗吞噬了，根本照不到底，更不用说看到下面的情况了，站在深不见底的洞口边，让人把心都不由自主地提起来。

沐林枫往后退了两步，转身看着两人说："我敢肯定这个洞穴就是衡王陵的气道了，我能察觉到从陵墓中冒出来的阴寒之气中带有坟墓的味道，如果下面仅仅是一般的洞穴，绝不会是这种感觉。"

望着黑乎乎的洞口，仿佛是怪兽张口的嘴巴，高鸿进感觉头皮阵阵发麻，战战兢兢地问："林枫，洞穴下面会不会有什么东西？"

沐林枫明白高鸿进心里在想什么，开玩笑地说："下面当然有东西了，如果什么也没有咱们来这里干什么？"

"哎，我不是这个意思……"高鸿进叹了一口气说。

"我知道你是什么意思。"沐林枫笑嘻嘻地说，他知道只要自己放松就会影响到他们两个，若无其事地说，"你们放心，我先下去把情况摸清楚，如果没什么事情，你们再下去。"

说着话沐林枫开始整理装备，把带铁环的膨胀钉塞进洞穴壁里，拴好攀登绳后用力拽了拽，感觉非常牢固后将攀登绳从洞口抛了下去，随后将安全带捆扎在自己身上。

收拾好后，沐林枫把一个对讲机挂在肩膀的绑带上，另外一个递给文吟秋，同时对她说："一定要听到我的呼叫后你再下去，听明白没有？"

文吟秋关切叮嘱道：“一定注意安全，发现不对就赶快上来。”

沐林枫故意轻松地说：“下面是一座坟墓，不是什么龙潭虎穴，没什么大不了的……”沐林枫边说边把安全带的扣环套在攀登绳上，然后背对着洞口，双手抓住绳索，脚蹬洞壁开始往下走，很快他的身影就从洞口消失了……

顺着漆黑的洞穴垂直下去三四十米后，洞穴突然变得倾斜了，也更狭窄了，沐林枫只能弯着腰慢慢地向下滑落。也不知道下去了多长距离，沐林枫猜测绳索快要到头了，如果仍没有到达地宫，就需要使用另外一条绳索。

对讲机里不时传出文吟秋的声音：“林枫，下面的情况如何？”

“还好……”沐林枫还没说完，突然感觉双脚踏空，身体猛然向下坠落，“啊呀——”沐林枫情不自禁地惊叫了一声，本能地扣紧安全带，制止了身体的下落，他感觉整个身体好像是悬在了半空中。

上面的两人通过对讲机听到了沐林枫的惊叫，文吟秋马上焦急地问：“林枫，出什么事了？”

沐林枫来不及回答文吟秋的问话，他突然发现在自己身体的周围有许多圆圆的发光体，黑暗中犹如夜空里的闪闪星光，感觉自己好像置身于星光灿烂的宇宙中。

缓过神来后，沐林枫定睛查看周围的情况，终于看清了周围的这些发光物原来是悬吊在空中的夜明珠，数十颗鸡蛋大小的夜明珠在漆黑半空中犹如点点星光煞是好看。

沐林枫的身体被悬吊在一个巨大的洞穴上空，下面仿佛是一个空旷的大礼堂，宏大的气势令人震撼。

沐林枫缓慢地滑落到地面，他的对面是一个宏伟的宫殿式建筑，建筑的前面有数个巨大的缸，每个缸上都有一个燃烧的灯芯，所以隐约可以看见整个空间内的景物。沐林枫被眼前的景象惊呆了，这里的一切与他想象中的完全不相同，他知道自己已经来到了向往已久的衡王陵中。

洞穴上面的两个人没有听到沐林枫的回答，以为下面发生了什么意外。高鸿进着急地一把从文吟秋手里抢过对讲机，大声的呼叫起来："林枫，出什么事了？林枫，快回答……"

"我来到了衡王陵的地宫。"沐林枫一字一句地说，"太令人震撼了……简直是难以想象……"

当听到沐林枫说已经到了地宫，高鸿进和文吟秋对视了一下，两人同时会心地笑了起来，文吟秋迫不及待地说："我先下去，你给我哥打电话，把情况向他说一下……"说着话文吟秋抓住绳索开始下走。

"好，你要注意安全。"说完高鸿进掏出了手机。

等到文吟秋和高鸿进都下到地宫后，两人也都被眼前的景象惊呆了，都想不到衡王陵的地宫竟然有如此的气势，这个洞穴的面积至少有上千平方米，对面宫殿的台阶就有数十层。

宫殿前十多盏长明灯发出的光亮几乎被巨大的空间所吞噬，使得大殿显得阴森恐怖，仿佛是阴间的阎罗殿。

高鸿进惊愕地连声说："乖乖，这阵势要赶上故宫了，想不到衡王的地宫这么气派。"

沐林枫突然说："我感觉这里不像是衡王地宫，地宫不应该是这样的建筑。"

"不是衡王地宫！那这里是什么地方？"文吟秋惊讶地问。

沐林枫指着对面的大殿说："这里应该是冥王殿，咱们先上去看看吧。"说完，沐林枫带头向大殿那边走过去。

大殿的造型与故宫的太和殿很相似，同样是建造在三层基座上，只不过规模稍微小一些。

高鸿进边走边抬头看着头顶上硕大的夜明珠，忍不住自言自语地说："俺娘啊，上面的夜明珠一颗就够吃喝一辈子了，这下可是真的发大财了……"

沐林枫刚踏上台阶，突然停下脚步转回身看着高鸿进，很认真地说：“来之前我曾经说过，衡王陵内的任何东西都不许带出去，否则别怪我翻脸不认人。”

“干吗这么凶巴巴的，说说还不行吗。”高鸿进边说边摇头，“哎，没见过你这么傻的……”

沐林枫不再理睬高鸿进，转身朝大殿上面走去，台阶全部是花岗岩的，两边还有汉白玉的雕花围栏。

刚往上走了几步，文吟秋忽然惊呼起来：“快看那边，地上躺着两个人……”

只见在台阶右侧的第一层基座走廊上有两具尸体，一个躺在地上，另外一个背靠护栏坐在那里，因为有汉白玉的护栏遮挡着，所以在下面的时候看不到这两个人。

三个人急忙跑过去，高鸿进第一个惊呼了一声：“是日本鬼子！”

两具尸体的衣服是再熟悉不过的日本兵的军装，在他们的身边还有两支锈迹斑驳的“三八”式步枪。另外还有一些黄金首饰以及珠宝玉器散落在周围。

看到这两个已经成了骷髅的日本兵，沐林枫第一反应就是他们是被曾祖父带到这里来的。高鸿进似乎也意识到这一点，轻声对沐林枫说：“看来你曾祖父把日本鬼子关在了衡王陵里的故事是真的。”

文吟秋弯腰拾起脚边的一个镶嵌着宝石的精美手镯，看了看后对沐林枫说：“这些东西一定是衡王陵中的陪葬品，这些家伙却没能把它们带出去……”

高鸿进注意到坐在地上的那个士兵的口袋似乎是鼓鼓的，他伸手一摸，看似很好的衣服裂开破碎了，露出了一串乌黑明亮的佛珠，一看就知道是无价之宝。高鸿进的眼睛顿时瞪大了许多，流露出贪婪的目光，他情不自禁地把佛珠抓在了手里，嘴里忍不住啧啧称奇。

高鸿进忽然想起沐林枫刚才的话，急忙说：“林枫，这串佛珠可是从小鬼子手里夺回来的，应该不算衡王陵里的东西吧？”

“听我的话，把东西都放在原处不要动，否则咱们很可能都出不去……”

一听这话，高鸿进赶紧把佛珠放在地上，然后精神紧张地问：“林枫，你不是在吓唬人吧，照你这么说就没人敢盗墓了。”

“那是其他的墓穴，我绝对不是吓唬你，谁也别想从衡王陵里带出东西去，否则就会跟这两个日本兵一样。”

文吟秋也赶快一声不吭地把镶满珠宝的镯子重新放在地上。沐林枫没有说话，他朝通道两边看了看，这条走廊是环形的，绕大殿一圈，其他三面看不见。沐林枫决定先去大殿里看看，于是朝高鸿进和文吟秋招了一下手，转身朝回走。

大殿的正门敞开着，三个人走进大殿内，只见对面是一个长长的高大条案，上面摆放着一排神位，在条案的前面还有一张供桌，除此之外没有其他东西，原来这里是供奉衡王家族灵位的地方。

沐林枫粗略看了一下大殿内供奉的灵位，大约有五六十块，这些神位只有家族男性的，而女性的神位不能摆放在这里，说明这个地下陵墓群至少埋葬着衡王府的上百人，这些人的灵柩都在什么地方呢？沐林枫带着疑问，转身走出大殿。

高鸿进跟在沐林枫身后不解地问：“这里怎么只有灵位没有棺椁？衡王的棺椁在什么地方？”

“还记得在外面的时候我说过这里可能有座冥城吗？这座大殿应该是整个地下冥城的城门楼，所以衡王灵柩不在这里，我有种预感，后面的发现会越来越惊人……”

文吟秋急忙问：“你的意思是咱们还没有进入到衡王陵中？”

沐林枫站在大殿门外的台阶上把前面空旷的洞穴扫视了一圈，然后说：“咱们是从顶部的气道下来的，那么在这个洞穴的周围一定还有出入口，咱们先仔细寻找一下。”

“林枫，大殿前面的空间刚才我已经看过了，没有洞口，是不是去大殿后面查看一下？”

沐林枫看了文吟秋一眼，心想女人就是心细，他点了一下头：“好，走吧。”

三个人沿着大殿外面的回廊绕到大殿后面，同前面一样，殿后同样有宽大的台阶通到下面，而与台阶正对着的洞壁上果然有一个很大的洞口，洞口与大殿的距离有二十多米，之间有一条四五米宽的甬道连接，而在甬道的两边矗立着几尊石马和石人。

沐林枫一声不吭地从台阶上下来，然后快步朝前面的洞口走去。洞口形状与城门洞相仿，带有明显的人工开凿痕迹，宽度有三米多。

让沐林枫感觉意外的是洞口处并没有门，而且是以接近30度的倾斜向下，因为倾斜的角度很大，这条向下的通道，地面中间部分是平面，而两边靠近洞壁的地方则是台阶，两边台阶的宽度都在半米左右。三个人都对通道内的这种奇特结构感觉有些奇怪。

沐林枫顺着台阶往下走，走了一段距离后，通道竟然转了一个接近90度的弯，转过弯后，沐林枫发现二十多米外就是通道的出口，而在出口外似乎有微弱的光线，他快步走了过去……

第十八章

当看到通道口的微弱光线后，沐林枫心里明白了，这座山下的岩洞就跟楼房一样，是上下分层的，而这条人工开凿的通道将上下的溶洞连接了起来。

三个人快步从通道里出来，顿时被眼前的景象吸引住了，出现在他们面前的是一个狭长的宽大洞穴，洞穴的空间比上面的那个稍微小一些，不过面积也在数百平方米以上。

整个洞穴内如同宫廷的后花园，一侧建有连接在一起的三栋房子，与上面的那栋大殿不同，这三栋建筑都是紧贴着后面的石壁。都是宫殿造型，全部的琉璃瓦，显得金碧辉煌，中间的殿宇高大气派，两边的要小很多。

而在寝殿的前面则是一个花园，建有亭榭假山小桥之类的建筑，另外还有许多大小同真人差不多的石头雕像散布在各处。

看了一会儿后，沐林枫指着中间的建筑物对两人说："这里应该就是衡王的冥宫了，如果我猜测得不错，这栋房子就是衡王的寝殿，衡王的棺椁肯定在里面，而两边则是王妃的冥宫。"

高鸿进和文吟秋都被这座地下王宫吸引了，听到沐林枫说建筑物内有衡王的棺椁，高鸿进急忙说："走，赶快进去看看……"

三个人快步登上寝殿的台阶，寝殿的大门完全敞开着，还没进入殿内，就看到了一个巨大的棺椁摆放在中间位置，不过椁盖已经被打开扔在一边，很显然这里已经被盗过了。

沐林枫一步迈进大殿内，只见在大殿的中间部位有一个汉白玉的基座，上面是一个巨大的棺椁，在棺椁的一侧搭着一件已经非常醒目的寿袍，这是一件八宝纹暗花缎缂丝、内衬带有佛字的夹蟒袍，从这件寿袍就能知道棺椁里的死者是衡王。

在基座的周围还散落着许多用翡翠、玛瑙、珊瑚、水晶等雕刻而成的各种器具和小玩意儿，有的已经破碎，能想象得出当时日本人抢夺随葬品时的疯狂场景。

另外在殿内的一边还摆放着宫廷肩辇一抬，据说这抬肩辇是明帝赏赐给衡王的，衡王从未坐过，死后作为随葬品摆在了这里。

高鸿进指着打开的棺椁盖说：“一定是小鬼子干的，林枫，这些日本人可都是你曾祖父带进来的……”

看到沐林枫铁青的脸，文吟秋急忙示意高鸿进不要再说了，高鸿进根本不买账，指指地上毁坏的玉器，大声说：“干吗不让我说，你看看这些被毁坏的宝贝，他的曾祖父带着小鬼子进来糟蹋可以，我拿件东西就不可以了？”

沐林枫阴沉着脸一句话也不说，高鸿进的话句句似钢针扎在他的心上，而且让他无法辩驳，这些日本兵的确是曾祖父带进来的，虽然曾祖父当时的想法是把小鬼子憋死在这里，但是曾祖父一定没有料到小鬼子会在这里大肆破坏……

被打开的棺盖就在沐林枫脚边，他心想把棺盖重新给衡王盖上，也让死者有个安宁，于是弯腰把双手伸到弧形的棺盖下，想把棺盖掀起了，没有想到黑黝黝的棺材盖异常沉重，他一个人竟然很难掀起了。沐林枫知道凭借他们三个人的力量绝对不能把棺材盖抬上去，更何况那里还有更大的棺椁的盖子，只好放弃。

沐林枫不忍心靠近棺椁去看里面衡王的尸体，他一声不吭地转身走出冥殿，

略微沉思了一下，转身朝旁边的小一些的建筑物走去。

同沐林枫猜想的一样，这里果然是王妃的冥殿，殿内中间位置摆放着一个小一号的棺椁，棺椁的盖子同样被打开扔在了地上，而且在椁盖上还有一床裹尸的锦衾。

从这床暗花缎绣的锦衾也能看出死者的高贵身份，锦衾的中间是用金丝绣制的“佛”字，“佛”字下部饰莲花纹，两侧各绣一只凤凰。其他地方则点缀着轮、螺、伞、盖、花、罐、鱼、盘等八种吉祥图案，这八吉祥也被称“佛八宝”。

另外在地上同样散落着一些随葬的器具，最引人注意的是一个装饰着十二生肖的铜镜，上面镶嵌有绿松石，绝对是精雕细琢的艺术珍品。从随葬的铜镜也看出来女人多么注重自己的外貌，到另外一个世界都不忘带着镜子。

文吟秋和高鸿进都默默地跟在沐林枫身后，两人从沐林枫的神情中能感受到他内心的痛苦，一个出身“疙瘩”世家的“守灵人”，看到因为自己祖先的过失而造成的无可挽回的破坏，其痛苦可想而知。衡王陵应该说与沐家的渊源非常深，因为只有沐家的祖先掌握着衡王陵的秘密，所以说对于衡王陵的被毁坏，沐家有不可推卸的责任。

跟在沐林枫身后的文吟秋突然轻声问他，“林枫，怎么没有发现衡王琴的踪影？”

沐林枫沉思了一下，回头看着文吟秋问：“衡王是世袭王位，一共有六代七个衡王，知道你母亲所说的衡王琴是第几代衡王制作的吗？”

文吟秋沉吟了一声，摇着头说：“这……这个我还真的不能确定……”

沐林枫转身从王妃的冥殿里出来，站在殿门口看着前面的花园说：“看情景这里应该是第一代衡王的冥宫，从我先祖留下的《相墓手札》上看，其他几位衡王也都葬在这里，咱们找一下，肯定还有通道通往另外的冥宫。也许衡王琴会在其他冥宫里……”

“那咱们赶快找一下吧。”文吟秋催促说。

沐林枫抬手指指右侧的洞穴："先去那边看看。"说完从台阶上下来，朝洞穴的另外一侧走去。

他们是从冥殿左侧的通道过来的，洞穴除了冥殿前的长明灯就没有其他光源，所以许多部位都隐没在黑暗中根本看不清。

三个人向前走了很短的距离就突然停下了，在头顶戴着的矿工灯的照射下，一个精致的小亭展现在三个人面前。

让三个人感觉惊讶不已地是小亭的中间有一张石头圆桌，上面摆放着一张古琴，而在小亭旁边的地上躺着两个人，准确地说是两具干尸。

其中一具干尸衣服破碎了，胸前有明显的刀伤痕迹，这个人显然是因刀伤而死。而另外一具干尸上身赤裸着，双手紧握着一柄日本军刀，而刀头依然扎在干尸的腹部，这个人穿着黄尼军裤，脚上是长筒马靴，在旁边的地上摆放着一件叠得整整齐齐的上衣，上面佩戴的军衔是大佐，看来这个人就是守备青州城的蒲健一郎。

看到整个场景后，沐林枫的心里似乎已经明白了这里发生的一切，他走到胸口有刀伤的干尸边，蹲下身体仔细的查看了一下，然后声音低沉地说："这个人肯定是我的曾祖父沐丁武……"

高鸿进看看那个日本军官，又看看沐林枫的曾祖父，然后惊讶地说："一定是这个小鬼子杀了你的曾祖父后又剖腹自杀了！"

沐林枫神情肃穆，他轻轻地点了点头："这个日本军官一定是那个叫蒲健一郎的大佐，这个家伙知道中了曾祖父的计，无法再从这里逃出去，于是砍死了我的曾祖父后剖腹自杀……"

沐林枫的话音未落，就听到文吟秋在一边惊喜地叫起来："哇，衡王琴！真正的衡王琴……"

原来文吟秋看到在石头圆桌上摆放的古琴后，根本顾不上看地上的两具干尸，也不管沐林枫和高鸿进在做什么，急忙走进小亭内。她把头顶上矿工灯的光束集中在古琴上，只是看了一眼，文吟秋就断定这正是自己梦寐以求的衡王琴。

只见此琴为“飞瀑连珠”的琴式，琴面散布着一排排细密的“断纹”，这是鉴定古琴的很重要的一个根据，因为只有两百年以上的古琴漆面方能产生这种“断纹”。

琴面“断纹”的形成同古琴的制作有关，这是现代的制作工艺所不具备的。断纹又被称之为漆灰断纹，制琴以桐梓为材，或者是桐面杉底，琴器成型后先用麻布自下往上包裹琴背及两侧，然后在涂抹纯鹿角灰，这叫琴器灰胎。最后涂表漆，漆色一般有黑及栗壳两种，经过上百年的历史后，漆面就会自然开裂形成断纹。

在制琴过程中一个非常重要的程序就是上面所说的“琴器灰胎”， 唐宋时期的琴器灰胎以鹿角灰为主，也有用八宝灰。明代制作的琴不仅用鹿角灰、八宝灰，还用瓦灰，而且灰的厚度增加，所以琴面产生的断纹也多了，不同的琴所产生的断纹也不同，有蛇腹、流水、冰纹，牛毛、龙鳞、龟纹等等多种形状，而且不同制作工艺的琴，所产生的断纹也不尽相同。

听到文吟秋又惊又喜的呼叫，沐林枫和高鸿进转身走到小亭中，高鸿进急忙问她：“小文，你能断定这就是你要找寻的衡王琴？”

文吟秋兴奋地点点头，如数家珍地说：“你们看这琴身，长度为一百二十厘米，琴首宽约二十厘米，桐面杉底，腔中空而狭长，声音镣越虚鸣而响亮。面镶金徽而圆拱，灰胎略脆薄，断纹呈流水兼牛毛状。如果我猜测的不错，此琴背面应该刻有‘衡藩雅制’和‘存诚养德’两枚方印。”

说着，文吟秋双手轻轻捧起琴，小心翼翼地将古琴翻过了，只见背面果然刻有“衡藩雅制”和“存诚养德”两个印章。

“林枫，这里果然是小文说的这两个印章。”高鸿进惊喜地对沐林枫说。

文吟秋突然间仿佛变了一个人，恬静文雅的形象不见了，欣喜若狂地说：“这是真正的传世衡王琴，应该说世上仅此一张，绝对是衡王孤品……”

沐林枫因为刚才发现了曾祖父的遗骸，心情很沉重，现在见文吟秋喋喋不休地说个不停，于是冷冷地打断了她："还记得你曾经答应过我的话吗？衡王琴你只能在这里弹奏和欣赏。"

文吟秋似乎并没注意到沐林枫的冷漠，依然兴高采烈地说："我知道，你们去忙吧，让我一个人在这里研究一下衡王琴。"

高鸿进知道沐林枫不高兴的原因，他朝沐林枫招招手，轻声说："让小文一个人在这里研究衡王琴，咱们俩去把老爷子的遗骸整理一下……"

两人重新回到沐丁武的遗体边，高鸿进看着地上的遗骸问："林枫，你打算把曾祖父的遗骸带出去还是埋葬在这里？"

"既然让我找到了，就必须把曾祖父的遗骸带出去与曾祖母葬在一起，绝对不能留在这里，否则百年后我怎么有脸去见列祖列宗？"

说着话沐林枫把自己的外衣脱下来，用自己的衣服把曾祖父干瘪的上身包裹起来。

看着沐林枫在小心翼翼地整理曾祖父的遗骸，高鸿进突然说："林枫，我说句话你别多心，你怎么能够确定这个人就是你的曾祖父？"

沐林枫指着曾祖父裸露的胸口说："你看这里，我们沐家男丁在出生百日后，会在胸口刺上一只蝙蝠，这是我们家族的标志。"

顺着沐林枫手指的部位，高鸿进看到了沐丁武干瘪的皮肤上有一个模糊的印记，虽然这个印记被刀劈成了两半，依然可以看得出是一只蝙蝠。

"林枫，你们沐家为什么把蝙蝠纹在胸膛上？要纹也纹吉祥的东西啊。"高鸿进好奇地问。

"这与我们世代做'疙瘩'有关，因为我们沐家做的是与死人打交道的活，蝙蝠只有在夜晚才出来，所以以前做疙瘩的人就用蝙蝠来作自己的标志。"

"这么说你的胸口也有一只蝙蝠了，难怪你不喜欢跟人一起洗澡，是怕人看见你胸膛上的标志吧？"

沐林枫没有理睬高鸿进，用自己的衣服把曾祖父的遗骸包裹好后，然后站起身来对高鸿进说：“既然来到这里了，就不能错过这个机会，我想把整个衡王陵仔细地探寻一遍，我猜测这个冥宫仅仅是衡王陵内很小的一部分。”

“那好，我陪你去……”

高鸿进随即又对坐在亭子里的文吟秋说：“小文，你在这里好好地研究衡王琴，我同林枫到其他地方看看。”

文吟秋朝两个人摆摆手，大声说：“不用管我，你们尽管去吧。”

望着文吟秋毫不在乎的神情，沐林枫忽然感觉这个女孩子真的不简单。这可是在地下的坟墓里，一般人都会害怕这样的地方，更何况是个女孩子，而文吟秋却看不出丝毫的胆怯。

沐林枫带着自嘲的表情摇了摇头，什么话也没说，与高鸿进一起朝洞穴深处走去……

沐林枫和高鸿进沿着狭长的洞穴向前走了不长的一段距离，就在快要到尽头的时候，突然发现在地面上出现了一个巨大的洞口，洞口的直径超过三十多米，黑乎乎的洞口像一个从地面凹陷下去的天坑让人望而生畏。

沐林枫站在洞口边探身往下张望了一下，大洞垂直向下像一个巨大的矿井深不见底，竖井中黑洞洞的什么也看不见，只是感觉有股阴冷的气流从下面冒上来。沐林枫情不自禁地向后退了两步，他摘下头顶的矿工灯，准备用手拿着查看一下竖井内的情况。

就在这时，站在洞穴边的高鸿进突然发现有无数蓝荧荧的火光出现在竖井中，他吃惊地叫起来：“林枫，快看下面，有鬼火……”

沐林枫急忙回头往井下望去，只见这个巨大的竖井中突然出现了无数像萤火虫发出的蓝色火光，在漆黑一团的竖井中如同夜空中的繁星。这些火光似乎在缓慢地向上升起，而且在上升的过程中有的火光还逐渐聚集在一起，慢慢变大形成了一个个的火团，仿佛是飘浮在半空中的孔明灯……

“是磷火。”沐林枫望着竖井中的火团肯定地说。

高鸿进疑惑不解地问：“如果是磷火怎么会聚集在一起变成火团了？”

实话说沐林枫也回答不了这个问题，他双眼紧盯着那些变得越来越大，越来越亮的火团。

这时竖井中的无数星火逐渐形成了几十个像圆灯笼一样的火球，蓝色的火光也变成了红色，火光也渐渐照亮了阴森恐怖的竖井。

通过火球发出的光线，沐林枫和高鸿进也都看清了这个巨大竖井的内部情况。

这个天然的竖井比他们想象的还要宏大有气势，深度超过两百米，往下看去每隔一段距离在不同方位就有一个巨大的洞口，从上到下至少有十多个这样的洞口。这个陵墓藏在地下不为人知，如果是能被世人看到，一定会感觉比金字塔还令人震撼。

令人震惊的是井壁上竟然有一条环形的通道，如同悬崖上的古代栈道一样，把竖井内的各个洞口连接起来，这条栈道的起点就在离两人不远处的井沿边。刚才两人都把注意力集中在了这个巨大的竖井里了，并没有发现栈道的起点。

看到这里，沐林枫大致清楚了整个衡王陵的结构，这座地下王陵是利用天然的地下熔岩洞，再经过改造而成，他没有想到衡王陵的地下结构会如此的庞大和复杂。

沐林枫指着竖井下面的洞穴说：“下面的这些洞穴应该就是各个衡王的地下冥宫了，我一直奇怪五代衡王怎么会只有一个衡王陵，现在看来，这一个王陵比其他的十个王陵都要宏大气派……”

高鸿进有些心惊胆战地说：“林枫，我怎么感觉这个下面像是地狱一样，你看这些飘荡着的鬼火是不是像鬼魂？”

这时有的火球已经飘出了井口，每个火球有篮球那么大，撞到洞穴的顶部后，火球炸开犹如绚丽的烟花，火光四射顿时把周围照的如同白昼。

沐林枫转身对高鸿进说：“我想到下面的洞穴看看，你去不去？”

“我……我……好吧，豁出去了，舍命陪着你……”高鸿进支吾了两声最后硬着头皮答应了。

沐林枫走到井口的另外一侧，这里有一个木制的平台，从地面一直延伸到井口内三米多，平台的两侧有围栏，另外一侧则是斜着向下的通道。

整个通道全部为木制结构，下面用三根木头成三角形支撑着，其中一根横向木头的一端插在井壁，另外一端与斜向的木柱连接，木柱的另外一端同样向下插入悬崖中，靠近井壁还有一根木柱连接着这两根木柱，形成了一个稳定的三角形。可以想象得出修建这条空中栈道是一项多么巨大的工程。

沐林枫猜测之所以修建如此坚固的通道，目的就是为了把沉重的棺椁运送到下面的洞穴中。

通道有两米多宽，中间部位铺着木板，两边则是木制台阶，也许是因为年代久远，刚踏上平台的时候脚下发出了吱嘎吱嘎的声响。

高鸿进神情紧张地说：“林枫，我看还是算了吧，这些通道好像不太牢靠了，万一掉下去尸首都找不到……”

沐林枫朝他微微一笑：“放松点儿，我在前面探路，你离我远一点儿，如果我掉下去了，你也可以跑上来。”

说着话沐林枫试探着踏上了向下的台阶，他尽量靠近岩壁，这样可以减少对桥面的压力。刚开始沐林枫还用左手扶着石壁慢慢的走，很快他就发现井壁上的栈桥依然很坚固，支撑几个人根本没问题，于是放大胆量往下去……

在两人往下走的过程中，飘浮在竖井中的鬼火差不多升到上面，底部没有聚拢在一起的星火都熄灭了，整个空间又陷入了伸手不见五指的暗黑中，沐林枫只能靠戴在头顶的照明灯往下去。

第一个洞穴与上面的井口大约有二十多米的落差，同样有一个平台从洞穴伸到竖井中，沐林枫沿着平台进入洞穴里。

看到沐林枫的身影消失后，高鸿进身不由己地加快了脚步，他感觉黑暗中似乎有东西在紧盯着他，吓得他急忙喊了一句："林枫，等等我……"

听到高鸿进的叫声，沐林枫停下脚步，利用头顶照明灯的灯光观察这个洞穴内的情况。

这个洞穴的空间比上面的那个要小，不过洞穴内的建筑物却多了许多。从进入衡王陵开始，这是他们进入的第三个洞穴，三个洞穴的规模越来越小，里面的建筑物却越来越多。第一个洞穴内只有一个大殿，上面的洞穴就成了三个宫殿，而这个洞穴却是整整一排建筑物，不过建筑物的规模相对小了许多。

因为洞穴有些弯曲，站在这个位置望不到尽头，所以还看不出到底有多少栋建筑，很显然每栋建筑都是一座冥殿。

高鸿进进来后吃惊地说："靠，这里怎么这么多房子！"

沐林枫没有说话，朝他挥挥手，然后小心翼翼地向洞穴深处走。走进以后，沐林枫注意到这些建筑都是独立的，前面分别都有矮墙，同一家一户的农家院落一样，不仅有院墙，还有门楼，门口两边甚至还有石狮子。不过每个院落内房屋的多少并不一致，有三间的，还有五间的。看到这里，沐林枫忽然明白了，他回头对高鸿进说："这里是埋葬衡王的后代郡王的地方，每个院落就是一个郡王和王妃的冥宫。"

"这个洞穴就像是一个大公墓，衡王怎么会有这么多儿子？"高鸿进好奇地问。

"也不一定全部是衡王的儿子，也许有其他亲属，当然也可能是衡王府内的家将、管家之类的重要人物，在古代这些下人与主人葬在一起对他们来说是一种荣耀。"

两人边说边继续往洞穴深处去，转过一个弯道后发现里面的空间更大了，洞穴比前面的宽了一倍还多，有三四十米宽，而且沿着洞穴的两边都有建筑物。在

照明灯的照射下，建筑物一直往里延伸。这里就如同一个地下王城，望过去的确感到一种震撼，从这里也能想象出当时衡王府的实力有多么强大。

就在这时，黑暗中突然又有荧荧的鬼火飘起来，蓝色的火星从矮墙后慢慢地飘浮起来，在漆黑一团的空中飘荡，仿佛是一只只闪烁着凶光的眼睛，顿时让洞穴变得阴森恐怖了许多。

有一个火星慢悠悠地飘到了高鸿进身边，高鸿进发现这个蓝色的荧火竟然同夏夜中的萤火虫差不多，忍不住伸出手去想抓住一个看看。

走在前面的沐林枫刚好转过身来，这个洞穴内的情景已经看了差不多了，他想退回去再到下面的其他洞穴看看。当他回过身时，恰好看到高鸿进伸出手去抓那个发光的荧火。

“别动它……”沐林枫急忙大喊了一声。

沐林枫的提醒已经晚了，高鸿进的手掌已经触摸到了荧火，就在手掌心与火星接触的一刹那，腾地一下，火星突然变成了一个拳头大小的火团……

高鸿进的手掌瞬间被火团包裹起来，他感觉自己的神经一下子麻木了，甚至没有一点儿疼痛的感觉，便惊恐万状地大叫起来。

随着高鸿进啊的一声尖叫出口，沐林枫的飞腿就到了，一脚把高鸿进踢趴在地上。

沐林枫完全是一种本能的反应，看到高鸿进的手燃烧起来后，担心他会把手掌往身上拍打，这样就会引燃全身。所以沐林枫快如闪电，身形一闪就到了高鸿进身边，紧接着出脚，猛然踹中高鸿进的膝窝处，高鸿进的身体失去重心，一下子扑倒在地……

高鸿进脸朝前扑倒的时候，双手本能地伸出去扶在地面上，避免了把手撤回来引燃身体。

就在高鸿进趴下去的同时，沐林枫从他的身后拽住他的衣服，使高鸿进的衣服从头部脱下来，然后盖住了着火的手掌，把燃烧的火焰一下子压灭了……

手上的火被扑灭后，高鸿进趴在地上好几秒钟没有动弹，他似乎还没有从巨大的恐惧中清醒过来，沐林枫轻轻地拍拍他的肩膀，关切地说："大哥，快起来看看烧伤了没有？"

高鸿进忽地一下从地上爬起来，把衣服从两条胳膊上脱下来，着急地把手伸到照明灯的光束下，把手掌翻来覆去看来半天，惊讶地说："奇怪，我怎么感觉不到疼痛？"

沐林枫注意到高鸿进的手并没有烧伤的痕迹，他突然明白是怎么回事了，于是笑着对高鸿进说："一定是鬼火把你的神经烧坏了，不信你把手指放到嘴里咬一下，试试疼不疼？"

高鸿进带着一脸疑惑的表情，慢慢把手指放进嘴里，用力咬了一口，疼得他猛地跳起来，一边跳跃一边大叫，他用力甩着手大骂："哎呀……疼死我了……沐林枫你他妈的捉弄我……"

"哈哈……"沐林枫忍不住大笑起来，"我怎么捉弄你了，是你自己说感觉不到痛嘛……"

高鸿进又把手放在灯光下仔细查看，除了自己刚咬的牙印，手掌根本没有任何伤痕，他惊愕地说："奇怪，我是不是有什么奇异功能？刚才明明看到一团火焰在我手上烧起来，怎么一点儿事没有！"

"狗屁奇异功能，刚才在你手上燃烧的是磷火，磷火的起燃点非常低，常温下就能自燃，看似把你的手烧着了，其实一点儿事没有，江湖上就有人用这个小把戏哄骗人……"

高鸿进听到这里突然火了，怒不可遏地说："你他妈的既然知道磷火烧不伤我，干吗还要踢我一脚，摔得我全身都痛，弄不好膝盖都被蹭破了……"

沐林枫用手指着高鸿进说："你真是狗咬吕洞宾不识好人心，我如果不把你踢趴下，你肯定会把着火的手在身上拍打，磷火短时间内虽然不会烧伤你，但是却能引燃你的衣服，现在的衣服里面多半都有化纤成分，一旦衣服烧起来，即便是烧不死你，也会把你烧残废了……”

高鸿进马上嬉皮笑脸地说：“嘿嘿……这么说我还得好好地谢谢你，等出去后请你品尝最好的大红袍。”

沐林枫懒得多说，朝高鸿进摆摆手：“好了，咱们再到下面的洞穴查看一下。”

两人回到竖井，沿着井壁上的栈道下到另外一个洞穴中，这个洞穴同上面的差不多，都是一个个的冥殿。两个人又往下看了一个洞穴，情况基本一致，而且头顶上的照明灯已经开始变暗，电池快要耗尽了，于是决定返回到上面去。

沐林枫和高鸿进从竖井里出来，来到发现曾祖父遗骸的地方，沐林枫心里琢磨着怎么样把曾祖父的遗骸带出去，所以也没往其他地方看，就在曾祖父的遗骸边蹲下来。

高鸿进突然发现不远处的亭子里没有人，急忙对沐林枫说：“小文去什么地方了，怎么没在这里等咱们？”

沐林枫从曾祖父的遗骸边站起身来，回头朝小亭内望去，亭子内果然空无一人，而且石桌上的衡王琴也不见了。沐林枫没有多想就对高鸿进说：“她可能是带着衡王琴去有灯光的地方了，你去找一下她，我在这里把曾祖父的遗骸整理一下。”

高鸿进答应一声转身去找文吟秋。

沐林枫把背包放在地上，从里面取出一块大红布和一根几米长的布带。来之前的时候沐林枫就考虑到如果在衡王陵中发现了曾祖父的遗骸，一定要带出来葬在曾祖父的坟墓中，现在果然让自己找到了。

沐林枫用红布把曾祖父的遗骸严严实实地包裹起来，然后再用布带捆扎结实，这样就可以把遗骸背在身后。

沐林枫正琢磨着等会儿高鸿进回来，让他替自己拿着背包，然后自己背着曾祖父离开这里，就在这时高鸿进慌慌张张地跑回来了。

“林枫，好像不对劲儿，可能出事了……”隔着一段距离高鸿进就着急地大声说，声音中流露着惊恐和不安。

沐林枫的第一反应是文吟秋出什么意外了，急忙迎过去问：“出什么事情？没有看到小文？”

“小……小文……不见了……”高鸿进张口结舌地说，看得出他的精神似乎非常紧张。

沐林枫赶紧安慰他：“别急，慢慢说，你是不是没有找到小文？”

高鸿进用力点点头，同时惶恐不安地说：“而且……而且……我们下来时……使用的攀登绳也……也没有了……”

沐林枫感觉心里一震，他非常清楚攀登绳不见了意味着什么。沐林枫一把抓住高鸿进的手腕，紧张地问：“你说什么！攀登绳也不见了？”

“嗯！”高鸿进答应一声，“我在那边的几个房子里没有发现小文，于是就到上面的那个洞穴去找，不仅没有看到小文的身影，就连悬在气道里的绳索也不见了……”

“走！”沐林枫铁青着脸从牙缝里挤出一个字，然后匆忙朝洞穴出口那边跑去……

两个人很快就来到最先下来的那个洞穴里，两人首先跑到大殿前面的空场上，来到他们下来的那个位置，果然空无一物。

沐林枫仰起头，用头上戴的照明灯照射洞顶的气道口，因为洞顶上悬挂着许多夜明珠，所以很容易看清气道口的情况，上面根本没有绳索的踪迹。

沐林枫一声不吭，他低下头把照明灯的光束集中在地面上，仔细的查看地面留下的脚印。

高鸿进疑惑不解地望着沐林枫，不知道他在地面上找寻什么东西，高鸿进自

言自语地说："小文是不是在跟咱们开玩笑躲藏起来了，我再到其他地方找找……"

没等高鸿进离开，沐林枫就低声说："不用找了，文吟秋一个人从气道出去了……"

"什么！她真的一个人从气道爬出去了？"高鸿进惊愕地问。

沐林枫指着地面冷冷地说："从地面留下的脚印能看出来，文吟秋一个人回到这里，然后脚印就消失了。"

"那……那……她为什么要把攀登绳也带出去？"

沐林枫阴沉着脸说："她一定是怕我不让她把衡王琴带出去，自己偷偷带着琴出去了。"

"这个臭女人，我打电话找她……"高鸿进边骂边从口袋里摸出手机。

"别费劲了，在这里根本就没有信号。"

高鸿进看了一眼手机屏幕，果然没有一丝信号，顿时又慌了起来，喃喃地说："这该怎么……这该怎么……林枫，我们是不是被困……在这里了……"

高鸿进本来是想说"被困死"在这里了，不过"死"字到了嘴边又咽下去了，这个时候还是不说这个字为好。

沐林枫摇着头，神情迷茫地说："不应该啊，难道就为了衡王琴就把两个人困死在这里？文吟秋不像是这样的人啊。"

"保不准她还有其他目的……"高鸿进突然说。

沐林枫不解地问："有什么目的？她一个女孩子能有什么目的？"

高鸿进神情慌乱地回答，"我……我怎么知道她有什么目的，林枫，我看咱们先不谈论这个问题，赶快找找还有没有其他出口。"

沐林枫沉思了一下，缓缓地说："一定有其他出口，不过我担心出口被我曾祖父封死了，否则那些小鬼子就不会被困死在这里了。"

"那也不一定，咱们还是先找找吧。"高鸿进用哀求的口吻说。

沐林枫点点头，他朝四周环视了一圈，自言自语地说：“从外面进入陵墓中的通道口应该就在这个洞穴。”

高鸿进急忙催促道：“那就赶快找吧，还等什么……”

第十九章

就在沐林枫寻找衡王陵的同时，东方教授领导的课题组也在紧锣密鼓地组建着去尤卡坦半岛寻找古墓的探险队。

凌霄和小曹都是不能缺的探险队成员，两人回到青岛后就开始为行动作准备，因为他们把沐林枫的情况通过电话向东方教授汇报过，所以回来后就没再提这件事。

小曹的名字叫曹岩斌，公安大学刑侦专业的高材生，毕业两年后被李建平看中，于是把他调入安全局做了自己的助手。

这次成立探险队小曹是第一人选，因为探险队寻找的东西涉及到华夏文明的起源问题，这是一个极为重要的考古项目，所以安保工作非常重要，更何况国外还有组织紧盯着这个项目蠢蠢欲动。

这两天小曹在准备探险队的事情，李建平也没有过多的向他了解情况。过了两三天后，李建平突然意识到沐林枫没有来报到，于是把小曹叫到自己办公室询问一下。

当听小曹说沐林枫有重要事情需要处理，一周后才能来青岛，而且小曹还提到在沐林枫家里看到一位从国外回来的女孩，李建平本能地预感到有些不对劲，于是问：“沐林枫没有说是什么事情吗？”

小曹摇摇头：“他没有说，当时看他的表情似乎是不想讲，我们也没有多问，不过当时感觉那个女孩有点儿不对劲儿。”

“你没有提醒沐林枫吗？”李建平有些不高兴地问。

“我问过沐林枫，他似乎在回避什么……”

李建平沉思了一下，决定还是给沐林枫打个电话，他拨通了沐林枫的手机，电话里却传出手机不在服务区，暂时无法接通的提示。

“奇怪，他的手机怎么会不在服务区内？”

小曹也感觉有问题，马上提议说：“是不是让青州市局的人去沐家营了解一下情况？”

李建平没有说话，随即拨通了青州市局王局长的电话，把情况简单地说了一下，请他安排人去沐林枫的家摸摸情况。

两个小时后，李建平接到王局长的电话，沐林枫两天前同一男一女两个人去寻找衡王陵，随后就没有了消息，现在已经安排人开始寻找他们。

李建平马上对王局长说：“王局，寻找沐林枫的同时，请另外安排一组人调查同沐林枫一起去寻找衡王陵的那两个人的详细情况。”

“好，没问题，我马上安排，有消息再联系你。”

李建平放下电话后，越想越感觉问题严重，于是对小曹说：“马上去趟青州，我感觉沐林枫有危险。”

一听处长这样说，小曹也感觉到了事态的严重性，二话不说赶紧去开车准备走。

用了不到两个小时，小曹就同李建平驾驶陆地巡洋舰赶到了青州，两人先到市局了解了一下详细情况，随后又驱车赶往沐家营。

去沐家营的干警是从张小三那里了解到的情况，所以李建平和小曹到达沐家营后，也直接去沐家老宅找张小三。

张小三正在老宅内整理庭院，今天接二连三的有人来询问沐林枫，张小三也忍不住在心里嘀咕起来，难道是沐大哥出了什么事情？

张小三见过小曹两次，看到李建平和小曹开朝自己走过来，不等对方开口他就急忙问："你们是来找我大哥的吧，他不在，出去两三天了。"

小曹笑着问："他是什么时候走的？"

"你来找过他的第二天就走了。"

李建平走近张小三，很亲切地问他："你叫张小三是不是？"

小三点点头，好奇地问："你是……"

"哦，我是林枫的朋友叫李建平，打他的手机一直不通，所以才来找你问一下，你知道林枫去什么地方寻找衡王陵吗？"

张小三又点点头，不过他没有说沐林枫去了什么地方，而是着急地问李建平："我大哥是不是出什么事情了？"

李建平轻轻地摆着手说："呵呵，你别多心，因为有很重要的事情需要找林枫商量……"

话还没说完，口袋里的手机突然响起了，李建平掏出手机，一看是市局王局长的电话号码，急忙接通了电话。

"李处，已经在大佛山脚下的九山村找到了沐林枫他们乘坐的帕萨特车，据村民们反应，三天前他们到达的这里，当天晚上在村内的小学校休息过。根据小学老师提供的情况，第二天早上他返回学校时三个人就离开了，再也没有人看到过他们。"

"也就是说他们已经失踪三天多时间了。"

"有两个上了年纪的村民反应，有三个人曾经向他们打听过山上是否有山洞，据村民说山上的洞穴很深，也很危险，进入后很容易迷路，我准备增加警力进入各个洞穴进行寻找……"

"好，谢谢王局的大力支持，我马上赶过去协助你们。"

“一家人不说两家话，我等着李处过来。”

看到李建平打完电话，张小三焦急地问：“是不是我大哥失踪了？”

李建平安慰小三说：“别担心，现在还只是失去了联系，你能不能告诉我，跟随林枫一起去找衡王陵的那两个人的情况？”

张小三把高鸿进和文吟秋的情况简明扼要地讲了一下，听到文吟秋是专程从国外回来寻找衡王琴的，李建平与小曹交换了一下眼神，两个人都意识到这个文吟秋有问题，联想到从国外潜入到青州来的马二木最近销声匿迹的情况，沐林枫很可能有危险。

李建平当着张小三的面不便于多说，朝小曹挥了一下手，示意他马上走。

张小三见两人要走，急忙说：“请等一等，你们是不是要去寻找我大哥？”

李建平点了一下头，轻声说：“林枫已经有两天时间没有消息了，必须尽快找到他。”

“能不能带我一起去？”

李建平注意到张小三的腿脚不方便，寻找失踪人员需要翻山越岭，正常人都很困难，何况是腿脚不好的人，于是对他说：“你在家里等消息就可以，我们会调集专业的搜救人员来寻找他们……”

张小三用期盼的眼神望着李建平说：“我能找到大哥他们在什么地方！”

“这么说你知道林枫去了什么地方？”小曹惊讶地问。

张小三用肯定的口气说：“我不知道大哥去了什么地方，但是我一定能找到他。”

“噢，你能告诉我用什么方法找到林枫他们吗？”李建平很感兴趣地问。

张小三没有回答李建平，而是回头向着假山方向大叫了两声“阿黄、阿黄，快过来。”

李建平和小曹都以为小三是在呼叫一只狗，没想到跑过来的竟然是一只黄鼠狼。

只见这只黄鼠狼跑到小三面前，抬起两只前爪，摇晃着漂亮的大尾巴，吱吱地叫了几声，似乎是在询问张小三有什么事情。

张小三蹲下身体，很认真地对黄鼠狼说："大哥现在失踪了，我需要你帮着去把大哥找到，听明白了没有？"

黄鼠狼倏地一下跳到张小三的怀里，吱吱地叫了两声，似乎表示听懂他的意思。

李建平和小曹都用好奇的目光看着小三跟黄鼠狼说话，小曹惊讶地问："你是说这只黄鼠狼能找到失踪的沐林枫？"

张小三点点头："阿黄一定能帮我们找到大哥。"

李建平用信任的目光看着张小三，轻轻地拍了一下他的肩膀："好，马上跟我们一起走。"

三个人赶紧一起朝大门口走去……

沐林枫和高鸿进很快就在洞穴的一角找到了通向外面的隧道，不过找到隧道后带给他们却是更大的绝望。

隧道口处有七八具干尸，横七竖八呈现出令人恐惧的姿态，有的脑袋开花，有的腹部被剖开，从衣服上能看出都是小鬼子，这些人显然是在绝望中要么让同伴开枪把自己打死，要么被剖腹杀死。

从隧道口向里四五米处有一道破碎的石头门，二十多厘米厚的青石门被炸毁了一半，从破碎的石门上依然能看出爆炸留下的痕迹，就在石门后面，整条隧道中都塞满了大大小小的石块，仿佛是岩洞塌方下来把隧道堵死了。

看得出塌方的碎石被挖出来了三四米深，有两具尸体就趴在隧道里的石头上，这两个小鬼子很显然是精疲力竭死在了那里。

沐林枫看着这些小鬼子的尸体说："难怪刚才只看到三具鬼子的尸体，原来都在这里……"

高鸿进一屁股坐在了地上，有气无力地说："看来咱们俩要跟这些小鬼子一样了……”说完高鸿进沉默了几秒钟，随后又发疯似的跳起来，大声叫骂着，“都是那个小婊子害的，妈的如果老子能出去，一定干死她，连同她八辈祖宗一起干死……”

沐林枫尽量保持着平静，他对高鸿进说：“安静点儿，我们现在最需要做的就是保存体力等待救援。”

“救援个屁，有谁知道咱们被困在这里了！”高鸿进挥舞着胳膊歇斯底里地大声嚎叫着。

“小三，小三知道咱们来大佛山寻找衡王陵，几天后咱们没有回去，他一定会来找咱们。”沐林枫依然平静地说。

沐林枫冷静的神情和他的话让高鸿进平静了许多，高鸿进想了想，担心地说：“小瘸子即便是来，他也不可能找到这里啊。”

“放心吧，只要小三来，就一定能找到气道口。”沐林枫信心十足地说。

高鸿进摇着头说：“你一定是在安慰我，他怎么可能找到山顶的气道口？”

“小三虽然没有办法找到那个气道口，不过阿黄能找到，只要小三带着阿黄来，就一定可以找到咱们。”

“你是说那只黄鼠狼！”

“不错，阿黄原来就生活在我曾祖父的坟墓中，它对坟墓的气味非常熟悉，所以一定可以找到这里来。”

高鸿进现在有点儿相信了，在谭老大父亲的葬礼上他曾亲眼见识过那只黄鼠狼的神奇：“但愿小瘸子知道带着那只黄鼠狼来……”

“咱们现在需要做的就是保存体力，然后等待救援。我刚参加特种兵训练的时候，我们的教官说过，越是身处绝境的时候越是要要冷静，这个时候任何一点儿错误的选择都会令我们丧命。目前咱们最大的困境是没有水，所以从现在开始尽量少活动，少说话。咱们坚持的时间越长，获救的希望就越大。”

说完，沐林枫就盘腿坐在地上，静静地等待救援……

时间在一分一秒地过去，照明灯耗尽了最后一点儿电量彻底不亮了，好在还有洞穴顶部的夜明珠和大殿前的长明灯发出的微弱光线。

两人来到大殿前台阶上，坐在这里能够望见洞穴顶部的气道口，只要上面有丁点动静，在这里就能听见。

也不知道过了多久了，刚开始的时候高鸿进还摸出手机看看时间，后来干脆就不再看了，因为，知道时间反而增加心理压力。

现在最难忍受的是干渴，两人的喉咙眼儿似乎要冒烟了，事实上他们已经有三十多个小时没有喝水了。

目前对他们最大的考验就是水，沐林枫猜测张小三想到要来找他们，至少要在五天以后。能够找到这里，大概在一周以后。如果没有水，他们俩根本不可能坚持那么长时间，看来要想活着出去，就必须找到水。

想到这里，沐林枫用干哑的喉咙低声说："老高，你在这里盯着，我到竖井下面的洞穴里去看看能不能找到水。"

高鸿进一直趴在石头台阶上，借助冰凉的石头会让自己好受一些，听到沐林枫要去寻找水，他慢慢地抬起头轻声说："照明灯没电了，竖井下面又漆黑一团什么都看不见，你怎么找到水？"

"你别管了，我有办法。"说着话沐林枫把两个水壶拿在手里，然后起身朝大殿后面的通道走去。

一个人待在阴森森的洞穴，高鸿进突然感觉有些害怕，他急忙朝沐林枫的背影说："等等，我跟你一起去。"

沐林枫停住脚步，转身看着高鸿进朝自己急匆匆地走过来，对他说："你应该在这里守着，万一有人下来也好知道。"

高鸿进惊恐不安地说："不行，这里阴森恐怖的，如果让我一个在这里，不等上面下来人，吓也要把我吓死了。"

听高鸿进这样说，沐林枫也不好再让他一个人留在这里，把手里的水壶递给高鸿进，然后对他说：“你等一下。”

随后沐林枫返回去，抓起台阶上的两个背包，走到气道口的正下方，将背包放在地上，如果有人从上面下来，就会在第一时间看到，自然也就知道他们在这里。

沐林枫刚要转身走，好像又想起什么来，他打开两个旅行背包，分别从里面取出两块对讲机，把其中一块放在背包上，另外一块自己随身携带，然后又写了一张纸条压在对讲机下面，这才转身离开。

高鸿进见沐林枫回来，于是问他，“你在忙活什么，弄了大半天。”

“我留下了一张纸条，如果有人下来知道咱们去下面的洞穴找水了。”

高鸿进叹了一句：“哎，但愿有人快点儿下来。”

沐林枫先跑进大殿内，从祭台上拿了一支胳膊粗的大蜡烛，出来后招呼高鸿进一起朝殿后的通道走去。

两人轻车熟路，很快就来到那个巨大的竖井边，先向黑洞洞的井下张望了一下，没有看到有鬼火升起来，高鸿进有些生气地说：“妈的，这会儿怎么没有鬼火了。”

沐林枫一边朝平台那边去一边说：“磷火的燃烧是有条件的，并不是什么时候都有，也许等我们到了下面就有了。”

走到木制的平台上，沐林枫摸出打火机将蜡烛点燃，等了几秒钟，让蜡烛彻底燃烧起来后，才开始慢慢地沿着井壁上的栈道往下去。

担心蜡烛被风吹灭，沐林枫不敢走得太快，边走边用左手护住蜡烛的火苗。高鸿进紧跟在沐林枫身边，一步也不敢落后，下到竖井里后，高鸿进的精神就高度紧张起来，甚至紧张得都忘记了干渴。

巨大的竖井仿佛是无底的深渊，又像是怪兽张口的血盆大口，他们两个人如同是主动投入怪兽嘴里的牙祭，感觉在一步步走向死亡……

“林枫，咱们到那个洞穴去找水？”高鸿进战战兢兢地问。

“当然是最下面的洞穴了，越往下越有可能找到水。”

“你说小瘸子真的能带着人来找咱们吗？”高鸿进现在是没话找话说，他感觉说话能排除内心的恐惧。

“应该能，小三是个特别聪明的孩子，如果不是家庭的不幸，他现在应该能上大学了。哎，幸福的家庭都是一样的，不幸的家庭却各有各的不幸……”

高鸿进故意惊讶地说：“靠，想不到你竟然能说出这么有水平的话来。”

“什么我说的，这两句话是俄国作家托尔斯泰说的。”

高鸿进开玩笑地说：“我才不管他什么狗屁作家，从你嘴里说出来的，就是你说的。”

两人一边说着话一边踩着吱吱作响的木制台阶往下走，不知不觉就快要接近底部了。沐林枫和高鸿进却不知道他们走到什么位置了，因为无论抬头望上看，还是从栈道的一边往下看，都是漆黑一团，他们仿佛身处半空中。

蜡烛的光线本来就微弱，在这个漆黑一片的巨大空间中只能看到周围几米内的景物，再远光线就被黑暗吞噬了，远远望去，仿佛是一个亮点在井壁上蠕动。

虽然不清楚下到了什么位置，但是两人都明显地感觉到了阴冷的寒气一阵阵向他们袭来，温度明显比上面降低了许多，而且空气中似乎弥漫着潮湿的气味。

呼吸着湿润的空气，两人的干渴似乎也减轻了不少，不由自主地加快了脚步，全然没有察觉危险已经迫近……

沐林枫闻到空气中有潮湿的气味，兴奋地说：“这里的空气好像很湿润，说明下面的洞穴中很可能有水……”

两人有点儿兴奋过头了，都没有想到，潮湿的空气对于他们脚下的木制栈道也是致命的，有些木板看上去好好的，其实已经被腐蚀掉了。

沐林枫的话音未落，只听到咔嚓一声，他身边的高鸿进一脚踏空，身体一下子坠落下去……

高鸿进感觉到自己掉下去后，发出了一声绝望而又恐怖的尖叫，双手本能地挥舞着想抓住什么，因为他紧靠在沐林枫身边，所以一只手刚好抓住了沐林枫端蜡烛的胳膊。

沐林枫也根本来不及多想，一松手扔掉了蜡烛，顺势就握住了高鸿进的手腕，一下子就把高鸿进拽住了。

高鸿进虽然被沐林枫拽住没有坠落下去，照明的蜡烛却掉下去，同时在坠落的过程中熄灭了，周围顿时陷入了一片漆黑中……

沐林枫用手紧紧地拉住高鸿进，两个人的重量同时压到了他脚下的木板上，不堪重负的栈道很快就发出了更大的响声，随着哗啦的一声巨响，一段栈道一起断裂，连同沐林枫和高鸿进两个人一同往井底坠落下去。

好在他们距离井底的距离已经不足十米了，两个人还没有从恐惧中反应过来，身体就重重地跌在了下面的岩石上，把两人都摔得晕了过去。

两人在坠落的过程中身体磕碰到了井壁突出的岩石上，减弱了下落的速度，所以跌落到下面伤得并不重。虽然伤得不厉害，也让两人半天没有清醒过来。

沐林枫清醒后，他庆幸自己还活着，于是慢慢活动了一下手脚，虽然身体有些疼痛，他感觉骨头好像没有太大问题，这让他放心不少。

这时沐林枫才注意到周围没有动静，急忙招呼高鸿进："老高，你在哪里？老高……"

沐林枫一边叫一边用手在地上摸，他知道高鸿进是跟自己一起掉下来的，所以不会离得太远。

很快沐林枫就摸到了高鸿进的一条腿，然后就顺着他的腿摸到了身体和头部，然后轻轻地拍着高鸿进的脸，同时低声地呼叫他："老高，醒一醒，老高……"

沐林枫在部队学过急救，知道摔伤的人在不清楚伤势的情况下最好不要乱动他的身体，否则折断的骨头有可能对伤者造成二次伤害。不过沐林枫摸到高鸿进的鼻孔还有呼吸，猜测他一定是晕过去了。

不一会儿沐林枫听到高鸿进哼了一声，知道他可能清醒过来了，急忙问：“老高，你清醒了？”

黑暗中高鸿进先是“哎哟”了一声，然后又慢慢地说：“我还没死吧……怎么感觉像是在阴间地狱里……”

从高鸿进的话里沐林枫感觉他没有什么大事，赶紧说：“操，你要是死了还能说话吗！你自己先慢慢动动胳膊腿脚，看看有没有受伤的地方。”

高鸿进按照沐林枫说的，活动了一下自己的手脚，感觉除了肌肉有些疼痛外，基本没什么大碍，于是扶着地慢慢坐起来。然后问：“林枫，咱们掉在什么地方了？”

沐林枫从口袋里摸出 Zippo 打火机，打着后借着微弱的火光找到了掉下来的蜡烛，蜡烛已经断成了好几截，不过有烛心把断了的蜡烛连接着，他重新把蜡烛点燃，然后一只手捏着上面的一节，借助烛光查看了一下周围的情况。

沐林枫发现情况真的是不容乐观，只能用雪上加霜来形容目前的困境。

原来这个竖井的底部并不是想象的那样周围有洞穴，井壁上最低的一个洞穴距离井底也有八九米高，下部的栈道全部都垮塌下来了，如果不借助外力要想从光滑的石壁再攀登上去，根本不可能。

整个井底大约有几百平方米大小，中间部位还有些高低不平的岩石，沐林枫感觉这个竖井好像就是一个地下天坑。

看到周围的情况后，高鸿进顿时产生了绝望的情绪，垂头丧气地说：“林枫，现在咱们是彻底没救了，不用说是从陵墓里出去了，从这个竖井出去都不可能了……”

人背运喝口凉水都塞牙，沐林枫也没想到会陷入进退两难的境地，不过他是个任何时候都绝不屈服的人，安慰高鸿进说：“对咱们来说在这里跟在上面的洞穴没有区别，只要援救的人进入陵墓中就能看到我留下的纸条。”

说到这里，沐林枫忽然想去带在身上的对讲机，用手一摸，对讲机的电池和机身早就分家了，电池也不知道摔到什么地方了，于是把对讲机摘下来扔在一边。

高鸿进见状也摸出口袋里的手机，发现手机屏幕也被撞得碎裂了根本无法再使用，气得他顺手把手机扔了出去，在这里手机也只是个废物，最多看看时间。

“林枫，也不知道咱们困在陵墓里多长时间了？”

“大概有两天多了。”

“妈的，小瘸子也不打个电话问一下咱们……”

高鸿进的话提醒了沐林枫，他马上说：“也许会有人给咱们打电话，如果发现咱们的手机打不通，又找不到咱们，就会提前发现咱们失踪了，要是这样就会把寻找咱们的时间提前几天。”

“但愿你的假设是真的，否则咱们熬不了两天就得完蛋……”高鸿进又开始感觉干渴难耐了。

难以忍受的干渴也开始袭击沐林枫，他一只手拿着蜡烛对高鸿进说：“我感觉这里的空气很湿润，也许从岩壁上有水渗透出来，赶快找找看，只要有水咱们坚持一周没问题。”

沐林枫用手拿着断成几节的蜡烛走在前面，高鸿进紧跟在他身后。他们必须尽快找到水，因为蜡烛最多还能燃烧两三个小时，如果没有了光亮，再想寻找水就困难了。

两个人沿着竖井底部的边缘绕了整整一圈，除了有的部位显得有些潮湿外，并没有发现有渗水的岩壁。两人既失望又焦急，现在水对他们来说就是生命，找不到水很可能熬不到救援人员的到来。

高鸿进指指竖井的中间部位说：“林枫，去那些地方找找，也许会有水。”

沐林枫知道这里是山区，水从岩石中渗出的可能性很大，但是不会从下面冒出来，不过他不忍心说出来，有时期望就是动力，如果一点期望都没有，人也就没有活下去的勇气了。

竖井的底部至少有两个篮球场的面积，到处是高低不平的岩石，有些石头像是钟乳石，圆溜溜的，摸上去冰凉而且有些湿漉漉的感觉，沐林枫猜测可能是凝聚了空气中的水汽所致。

两人漫无目标朝中间部位走过去，向前走了十多米，沐林枫从一条半米宽的石缝跳过去的时候，忽然发现下面的缝隙中似乎有反射的亮光闪烁了一下，他急忙停下来。

跟在沐林枫后面的高鸿进发现他停下后，轻声问："怎么了？"

沐林枫来不及回答，急忙蹲在石头上，把手里的蜡烛伸到两块石头之间，果然在石缝下面有些存水。平静的水面把蜡烛的光线反射上来，在两人的眼里这要比黄金的光泽还要吸引人。

"有水？真的有水！"高鸿进兴奋地呼叫起来。

沐林枫赶紧趴在石头上，把手里的蜡烛伸到石缝中仔细地观察了一下，这条缝隙有两米多长，深度大约有一米多，底部水的深度最多十多厘米，也就是说大约有两桶水的量。

沐林枫似乎没有高鸿进那么兴奋，他脸上的喜悦很快就消失了，因为他看到了浸没在水里的石头上附着一层青苔一样的东西，这说明这一汪水存在的时间已经非常久了。

高鸿进似乎已经等不及了，看到沐林枫趴在石头上不动，着急地把手里的水壶递给他，催促道："快……快……我都要渴死了，你还等什么，赶快用水壶把水弄上来……"

"这些水不能喝！"沐林枫冷冷地说。

"啊，为什么不能喝？"高鸿进惊讶地问。

"如果喝了会死得更快……"沐林枫说着话从石头上爬起来，"这些沉积在洞底的水不知道已经多少年了，里面肯定滋生着大量细菌，如果喝了很快就会腹泻，造成身体大量脱水，几个小时内就会因为脱水死亡。"

"妈的，守着水却要渴死……"高鸿进沉吟一下，似乎难以抵御水的诱惑，接着说，"也许你说的都是猜测，我先少喝一点儿尝尝，如果等两个小时没事你再喝。"

说着话，高鸿进就俯下身来，把手里的水壶伸进水里准备往壶里灌水。

沐林枫一把抓住高鸿进的胳膊，声色俱厉地说："还记得我在上面说过的话吗？这个时候任何一点儿错误的选择都会让你送命。"

"总不能就这样渴死吧！"高鸿进愤怒地叫起来。

"你必须明白，只要我们坚持就会有机会，如果喝了这样的水就没有活着出去的机会了！"

高鸿进沮丧地坐在石头上，抬头望着沐林枫，当他看到沐林枫手里的蜡烛后，脸上忽然又有了喜色，他指指蜡烛说："咱们真是笨，坍塌的栈道不都是木头吗？用蜡烛把木头引燃，然后把水壶里的水烧开不就可以喝了吗？"

沐林枫一拍自己的脑袋："哎，我也是急糊涂了，还是厨师呢，怎么这点儿事也考虑不到。"

高鸿进赶紧把两个水壶伸进水里，灌了满满两壶水，然后两人回到掉下来的位置，地上堆了大量坍塌下来的木板、木棍。

但是两个人怎么也想不到，这些木头都在潮湿的空气中度过了几百年，不仅完全腐烂，而且还湿透了，根本就无法引燃。直到蜡烛全部燃烧完熄灭了，也没能把木头点燃。

当最后一丝亮光消失后，整个竖井顿时陷入了黑暗中，沐林枫和高鸿进呆呆地坐在冰冷的石头上，两个人谁都不说一句话，他们都闻到了死亡的气息。

第二十章

坐累了就躺下，黑暗中已经失去了时间的概念，也不知道在竖井中困了多久，沐林枫时而清晰，时而迷糊，陷入了半昏迷的状态中，他好像已经感觉不到干渴了，身体和神经似乎都麻木了……

突然，空旷宁静的空间有窸窸窣窣的声音响起，在寂静的环境中待得久了会产生错觉，耳朵里会产生某种声响。

沐林枫以为自己听错了，他用力支撑着身体坐起来，侧耳听了一下，的确有声音，是噗嗤噗嗤排泄的声响……

沐林枫忽的一下爬起来，他明白过来时怎么回事了，焦急地对着传来声音的方向问："老高，你是不是偷喝了水壶里的脏水？"沐林枫一边说一边着急地从口袋里摸出打火机。

随着一声清脆的金属声响，一团火苗立刻照亮了周围，只见高鸿进没顾得上提裤子就歪倒一边，他已经拉得没有气力了，很显然高鸿进已经排泄了不是一两次了。

沐林枫急忙窜过去，一把将高鸿进揽在自己怀里，然后用火机照了一下他的脸，只见高鸿进脸色苍白，嘴唇发紫，全身瑟瑟发抖，喃喃地说：“冷……好冷啊……”

沐林枫急忙把自己的脸贴到高鸿进的额头上，感觉他的额头滚烫，显然是在发高烧……沐林枫急忙脱下自己的衬衣，把衬衣盖在高鸿进身上。沐林枫的上身现在就只有一件背心了，他的夹克衫用来包裹了曾祖父的遗骸。

沐林枫紧紧地抱住高鸿进，用自己的身体温暖着他，悲愤地说：“你为什么不听我的话，我告诉过你不能喝那些水。”

“我……我想……反正是一死……”

高鸿进断断续续地还没说完，下身又响起噗嗤噗嗤的排泄声，他已经无力动弹了……

沐林枫非常清楚这种在阴暗处的陈水中聚集了大量的霉菌，如果喝了绝对是致命的。他们两个已经是四五十个小时米水未进了，喝了这种脏水最快两个钟头就会出现食物中毒的反应，剧烈的脱水在四五个小时内就能致人死地。

沐林枫现在只能紧紧地抱住高鸿进，除此之外没有一点儿办法，真是陷入了“叫天天不应，叫地地不灵”的境地，只能眼看着高鸿进的气息越来越弱而束手无策。

高鸿进已经处于昏迷中，沐林枫只好不停地跟他说话：“老高，一定要坚持住……老高，我们不是商量好了要干一番事业吗？”

沐林枫说话的同时，还不时地摇晃一下高鸿进的身体：“老高，醒醒，你可千万不能睡着……”

突然，沐林枫听到高鸿进哼了一声，急忙叫了两声：“老高，老高，你醒了？”

黑暗中沐林枫感觉高鸿进的身体动了一下，而且他的体温似乎也不那么高了，沐林枫心里一阵高兴，也许高鸿进的病情减弱了。

“林枫，我……我恐怕是不行了……”高鸿进用微弱的声音说。

“别胡说，坚持住，很快就会有人来援救我们。”

高鸿进深深地呼吸了一口气，然后轻声说："林枫，有件事情我必须告诉你，否则我……我会死不瞑目……"

"老高……"

"别打断我的话……"沐林枫刚要说话，就被高鸿进制止了，"你听我把话讲完，其实落到现在这个地步，是我咎由自取。"

"老高，你怎么能这样说，我也有责任。"

"哎，有些事情你还不知道，其实朱富贵家的事情是有人指使我请你做的，有人给了我两万块钱，让我一定想办法请你出来做'疙瘩'……"

高鸿进的话让沐林枫大吃一惊，他急忙问："是什么人让你这么做？"

"另外还有谭老大父亲的葬礼，也是有人给我钱，让我请你做'疙瘩'……"

听高鸿进说到这里，沐林枫已经猜到是谁在背后指使高鸿进了，他轻声问："给你钱的人是不是叫马二木？"

"我真的不知道他叫什么，这个三十多岁，长得文质彬彬，我看他不像是坏人，而且出手大方……"高鸿进停顿了几秒钟，叹了口气继续说，"哎，当时我感觉他让我做的事情也不是什么坏事，就答应了，也是我贪财，没想到……"

这时沐林枫突然意识到，文吟秋也是在高鸿进的引荐下认识的，于是急忙问："这么说文吟秋也是那个人让你引荐给我的？"

高鸿进停顿了几秒钟才"嗯"了一声，看得出对于这件事他感觉很内疚，因为正是文吟秋才让两个人身陷绝境。

为了不让高鸿进自责，沐林枫急忙把话岔开，"那个人就没有告诉你，为什么要让我出来做'疙瘩'吗？"

"我曾经问过他，他只是说如果你不做'疙瘩'会浪费了人才，我知道他是在撒谎，林枫，我……我对不起你……"

"这件事不怪你，找你的这个人叫马二木，他的祖上跟我们沐家一直有过节，他即便是不找你，也会利用其他方法把我逼出来。”

高鸿进情绪激动地说：“这么说你原谅我了？”

沐林枫笑着说：“呵呵，我从来就没有怪过你，你也没做什么对不起我的事情，所以根本谈不上什么原谅了。”

“谢谢，兄弟……哥谢谢……你……”

沐林枫突然发现高鸿进的气息越来越弱了，急忙大声呼叫他：“老高，大哥，快醒醒……大哥，你不能死啊……”

很快沐林枫就发觉自己的呼叫是徒劳的，他把手放在高鸿进的脖子上，已经感觉不到脉搏的跳动了。

看来高鸿进刚才是回光返照，他的身体已经不行了。沐林枫把高鸿进的遗体平放在地上，摸索着替他整理了一下衣服。

虽然知道了高鸿进是马二木安排在自己身边的耳目，不过沐林枫对他没有任何怨言，沐林枫相信自己所走的路都是命运的安排。

最关键的一点是沐林枫不相信别人能控制自己，他总是坚信自己才是命运的主宰，所以无论自己走到哪里，有什么结果，都不会怪其他人……

张小三还是用皮包把阿黄装起来，然后乘坐李建平的越野车来到了九山村。

市局的王局长把临时指挥部设在了九山村的小学校内，所以小曹直接把车开到这里。高鸿进的那辆二手帕萨特还停放在学校的操场上。

看到李建平来到后，王局长从一间教室里出来，同李建平打过招呼后，王局长指着那辆黑色的帕萨特说：“这就是他们乘坐的车，我已经让技术人员把车门和后备箱都打开了，没有发现什么有价值的线索。”

小曹站在一边说：“这辆车不是沐林枫的，他还没有买车。”

“不错，这是跟他一起来的高鸿进的车，是刚买不久的二手车。关于这个高鸿进的情况已经基本调查清楚了，来屋里再详细说。”

王局长边说边陪着李建平走进一间教室，这里被当做临时指挥部，一张放大了的本地地图挂在黑板上，十几张课桌排在一起作为会议桌。教室内还有几个人，是市消防队中队和村镇的领导，看情景正在研究找人的事情。

王局长指着放在桌子上的一张草图向李建平解释说："这是刚找人画的大佛山的平面图，已经让村里熟悉山上情况的村民把洞穴都标出来了。我正在与消防队以及村镇两级负责同志研究如何进洞寻找。"

李建平沉思了一下，对王局长说："你们仍然按照商量的计划行动就可以，另外从消防队调一个特勤班，跟随小曹和外面那个叫张小三的青年上山找人。"

"噢，我听说过这个张小三，他一直跟随着沐林枫，难道他知道失踪的人去了什么地方？"

"目前还不知道，不过他带着一只黄鼠狼过来的，据张小三介绍，这只黄鼠狼能够找到沐林枫。"

王局长点点头，轻声说："有可能，刚才我还在考虑请求市局派两条搜救犬来。"说着话王局长回头对一名佩戴少校军衔的武警说："马上安排一个特勤班跟随他们两个上山。"

"是。"少校答应一声，转身走出临时指挥部。

李建平又对王局长说："情况可能比我们想的要复杂，我刚从张小三那里了解到，同沐林枫一起来寻找衡王陵的那个姑娘，是刚刚从国外回来的，而她回国的目的就是为了衡王琴。我担心这件事与前段时间潜入国内的那几个国际文物走私集团的人有关系，如果是这样，沐林枫就会有危险。"

王局长的表情也变得凝重起来："据这里老师反映的情况看，他们离开的时间应该是在三天前的早晨，也就是说沐林枫他们失踪了八十至九十个小时了，如果没有意外情况出现，这么长时间他们应该现身。"

"不错，这也正是我所担心的，有一个情况还没有告诉你，我们国家成立了一个前往中美洲尤卡坦半岛寻找古墓的探险队，沐林枫是这个探险队的重要成员。根据我们掌握的情况，国外某个组织极力阻扰我们的探险队前往尤卡坦半岛，所以很有可能会对沐林枫下毒手……”

李建平话音未落，王局长就急忙问：“李处，前段时间我们跟踪调查的那个马二木，是不是你说的这个组织派来的？”

“根据我们掌握的情况，马二木不是这个组织的成员，但是他目前受雇于这个组织，而且这个马二木对沐林枫的情况非常熟悉。沐林枫曾经说过，他们两家的祖上就一直是对手，所以我估计于公于私马二木都不会放过沐林枫。”

李建平的话增加了王局长的担心，他沉思了一下说：“离这里不到十公里有部队的一个营地，是否联系一下驻军，请他们派些战士协助我们的寻找。”

“可以，王局熟悉情况，这里就由王局来安排指挥，我跟随特勤班一起上山看看。”

“好，有情况我们及时电话联系。”

李建平从教室出来，消防特勤班已经在操场上集合完毕，那名少校跑过来向李建平行了一个军礼，大声报告：“特勤班集合完毕，请首长指示。”

“马上出发。”李建平用力挥了一下手大声说。

小曹和张小三走在最前面，出了村子后，小曹就问张小三：“咱们朝哪个方向去？”

“等一等。”张小三打开皮包拉链，把阿黄放出来。

阿黄跳到地上后，仿佛知道来这里的目的，头也不回地往山上跑去，张小三见状一溜小跑紧跟在后面。

小曹发现张小三虽然一条腿走路不方便，却并不影响他的行动速度，爬山还非常敏捷，同正常人没有什么区别。

很多人总是感觉残疾人有各种不便，会不由自主地生出怜悯之心，事实上很

多残疾人正是由于自身的残疾，而逼迫自己用其他手段来弥补残疾，反而使他们有某些过人之处。很多情况下残疾人需要的不是怜悯和同情，是尊重和同等对待，用常人的眼光来看待他们即可。

一行人在阿黄的带领下来到了山顶的一处悬崖下，只见阿黄尾巴着地，用后腿支撑着细长的身体，冲着悬崖上面吱吱地直叫。

张小三抬头朝山崖上面张望了一下，终于发现了上面的一个洞穴，距离下面有二十多米高，而洞口离悬崖的顶部也有几米的距离，从下面看洞口呈椭圆形，真的像是人的鼻孔形状。

这时后面的人都跟了上来，李建平走到张小三身边，仰脸望着上面问："小三，是不是上面的洞穴？"

"嗯，我大哥肯定是进了上面的洞穴，阿黄绝对错不了。"张小三信心十足地说。

小曹走到岩壁前面，在洞口正下方的位置仔细地搜寻岩壁上留下的痕迹，找了一会后回头对李建平说："头，的确有人从这里攀登过，从留下的痕迹看也不是一个人，而且痕迹比较新，应该是在最近几天……"

李建平记得在指挥部里看到过的那张草图上似乎没有标注着这个洞穴，王局长特意安排九山村的一个村民跟随他们这组人一起行动，李建平招招手把村民叫过来，指着上面的洞穴问他："村里的人对这个洞穴熟悉吗？"

村民摇摇头，"以前没有注意到这里还有洞穴，平时山顶很少有人爬上来，更不会有人爬到那上面去。"

小曹面带疑虑地说："进入衡王陵的通道不太可能在这么高的悬崖上，沉重的棺木很难弄到上面去。"

张小三突然说："上面的洞穴应该是陵墓的气道，我曾听大哥说过，古代陵墓都有气道与外面连接，是为了墓主的灵魂能够出来。"

李建平若有所思地点了一下头："嗯，小三说的有道理，在这样的位置是气道的可能性很大。”

说着话，李建平回头把特勤班的班长叫到身边，指着上面的洞穴问他：“能不能进入上面的洞穴里去？”

班长刚才已经把悬崖上的情况看得差不多了，马上回答：“我观察过了，可以安排两名战士从其他地方绕到悬崖顶上，先从上面下到洞穴里，固定好攀登绳后，其他人再从这里上去。”

“好，马上按照你的计划行动，一定要注意安全。”

“是！”班长答应一声立刻安排人员行动。

小曹看着李建平说：“头，我琢磨如果上面的洞穴是衡王陵的气道，那么从这里进入后一定还要向下很大的一段距离才能进入王陵地宫，我担心特勤班带来的这些装备有些不足……”

“不错，我马上给王局打个电话，让他再派人带着装备来支援咱们，最好把医务人员也一起派过来。”李建平说话的同时摸出手机开始拨打王局长的电话。

一个小时后，一名消防战士从悬崖顶上下到了洞穴里，在洞内固定好缆绳，然后再把缆绳抛下了，建立起了一条上下通道。

张小三肩膀上挎着盛阿黄的皮包，一瘸一拐地走到李建平身边，轻声说：“让我和阿黄一起上去吧，只有阿黄才能找到我大哥。”

“陵墓中可能非常凶险……”李建平担心地说。

张小三用手拍拍皮包说：“只要有阿黄在，保证没有事。”

小曹看着李建平说：“让他跟我一起去吧，在山洞里阿黄比人起到的作用大，只有小三能与阿黄交流。”

李建平想了一下，对小曹说：“好吧，再挑选两名经验丰富的特勤队员，你们四个人进入洞穴里去寻找失踪人员。”

沐林枫绝对想不到，两天前当他和高鸿进刚离开衡王的冥宫，文吟秋马上就开始行动了，她迅速从背包里取出一个早就准备好的琴袋，把衡王琴装进袋子里，然后快步走到沐丁武的遗骸边，仔细地把沐丁武的全身搜寻了一遍，没有发现要寻找的东西，随后就带着衡王琴离开冥宫。

文吟秋来到上面的洞穴，借助从气道里垂下来的绳索，很快就爬了上去，看起来娇小瘦弱的文吟秋攀爬绳索的动作竟然非常敏捷，与先前的形象判若两人，从气道攀登到上面洞穴后，文吟秋把绳索收回去。

当她把绳索一点点从气道里拉上来的时候，曾经犹豫过，内心也充满矛盾，虽然与沐林枫接触了短短的几天时间，文吟秋发现自己对这个年青人产生了好感，特别是沐林枫的诚实和正直，这样的人一生很难遇到。

文吟秋从大佛山上下来后，来到了云门山下的一处别墅区，她径直走进了一栋豪华别墅里。

客厅里坐在一个三十多岁文质彬彬的男子，看到文吟秋进来马上从沙发站起来，笑眯眯地说："看来我妹妹是马到成功啊，事情完成得一定不错。"

说话的人正是马二木，而文吟秋也是他的亲妹妹，只是两个人一个人随父姓，一个随母姓。

文吟秋把盛衡王琴的袋子轻轻放在茶几上，神情平静地说："这就是让妈妈魂牵梦绕的衡王琴，如果不是为了了却妈妈的心愿，我才懒得帮你……"

马二木从妹妹的表情中似乎读出了点儿什么来，他从旁边的冰箱恒温室里取出一罐可口可乐，打开后递给文吟秋，殷勤地说："呵呵，先喝口可乐，哥哥有事难道你就不帮了吗，快说说在衡王陵里发现沐丁武的尸体没有？"

文吟秋接过可乐喝了一口，然后说："在衡王陵里的确找到了沐丁武的遗骸，不过没有发现你要找的图，他是带着日本人进入的衡王陵，身上怎么可能带着重要东西？"

"我考虑到这一点，只是不愿意放弃这条线索，不过没找到也没关系，我们已经得到另外一条重要线索，没有帝葬山图也能找到攸侯喜的陵墓……”马二木停顿了一下，随即又问，“把沐林枫那个小子处理了没有？”

文吟秋面无表情地点了一下头，冷冷地说：“我把他困在衡王陵里了，除非变成鬼魂，否则永远出不来了。”

马二木兴奋地说：“很好，收拾一下咱们马上离开这里。”

“去什么地方？”

“去青岛，那里有重要的事情等着我们办。”

文吟秋摇摇头：“我不跟你去青岛，我要回欧洲……”

马二木沉思了一下，爽快地说：“那好，你跟我一起走，到青岛后我先送你去机场。”

“好吧。”文吟秋答应一声，起身朝楼梯走去，她要去卧室收拾一下自己的东西。

在黑暗中待久了，没有了时间的概念，沐林枫也不知道自己在竖井下被困多长时间了，他时常处于半昏迷的状态中。现在沐林枫是靠顽强的毅力和强烈的求生欲望支撑着，他在心里不时地提醒自己，一定要挺住，一旦睡着了自己就有可能永远醒不过来了。

为了让自己保持清醒，每隔一段时间，沐林枫就会打着火机，只要看到火苗，就仿佛看到了希望。不过他不敢让火机长时间点燃，要留下足够的燃油，还靠火机来引导救援人员，沐林枫相信只要救援人员来到竖井边，就能发现下面的火苗。

从嘴里一直到胃里火辣辣地疼，有种喝过硫酸的感觉，为了减轻干渴的痛苦，沐林枫就趴在冰凉的地上，张开大嘴呼吸一些潮湿的空气来缓解口渴。但是趴的时间长了就有入睡的感觉，沐林枫只好再坐起来，如此反反复复……

黑暗中沐林枫的手又触到了高鸿进已经冰凉的身体，他忍不住叹了一口气，进来时三个人，文吟秋带着衡王琴偷偷地跑了，高鸿进因为喝了污染的水送了命，现在就剩下自己一个人。

沐林枫抚摸着高鸿进僵硬的手，忽然又想起教官说的话，“在绝境中任何一丝错误的选择都会令自己送命。”如果不是有亲身经历，真的理解不了这句话的分量，高鸿进就是例子，如果不是喝了脏水，至少他现在还不会死。

让沐林枫做梦也想不到的是高鸿进和文吟秋竟然都是马二木安排到自己身边的人，虽然知道了两个人的身份，沐林枫的心里对他们却没有恨意。

沐林枫平时是个嫉恶如仇的人，现在连他自己也觉得有些奇怪，为什么对高鸿进和文吟秋会没有愤恨的感觉。沐林枫不生高鸿进的气还说得过去，两人是多年的同事，而且高鸿进也没有做直接伤害他的事情。

文吟秋却不同，把沐林枫困在这里的目的就是想置他于死地，沐林枫不清楚自己为什么不恨她，忽然间沐林枫想到了曾祖父和曾祖母，自己的遭遇与曾祖父是多么相似，他终于体会到为什么曾祖父知道曾祖母的身份后却不揭穿她，看来沐家的男人都是情种。

其实沐林枫这是一厢情愿想有曾祖父那样的结果，一个人被爱蒙蔽了的时候真的是太可怕了，对方都已经把他置于死地了，还在梦想着与人结为秦晋。

沐林枫在胡思乱想中不知不觉陷入了昏睡，他真的有些精疲力尽了，这一次他睡得非常死，就连竖井上面的呼叫都没有听见。

此时张小三和小曹以及两名消防战士已经找到了竖井边，阿黄站在井边的石头上冲着黑洞洞的井口吱吱乱叫，显得异常焦躁不安。

张小三急忙对小曹说：“我大哥就在下面，他一定在下面……”

小曹用手提式强光探照灯向竖井中照射了一下，竖井的情况让他大吃一惊，竖井的宏大和险要超出他的想象，包括两名消防战士都暗暗吃惊，都想不到在地下竟然有这么巨大的深井，如同传说中的天坑地陷。

张小三首先看到了竖井一侧的平台，他不顾一切地跑过去，准备沿着井壁上的栈道下去，小曹急忙喊住了他。

“小三，等一等，千万不要鲁莽下去。”

小曹虽然没有发现沐林枫的踪影，但是他看到了接近底部位置的栈道都坍塌了下去，他知道因为年代久远，栈道很可能已经腐烂了，贸然下去会有危险。

“我大哥肯定在下面……”张小三急得要哭出来了。

小曹拍拍张小三的肩膀，安慰他说：“我知道，我也相信林枫在下面，但是如果冒险下去非但救不出林枫来，还有可能把自己搭进去。”

说完，小曹转身对一个消防战士说：“你马上返回上面的洞穴，把情况向指挥部报告，请求增援，一定要把下井的装备带进来。”

就在小曹说话的空当，张小三突然发现阿黄不知去向，急忙大叫了两声：“阿黄，阿黄……”

张小三回头对小曹说：“阿黄一定是下去了。”说完小三又对着竖井下面大声叫起来：“大哥，我是小三，你在下面吗？大哥……”

昏迷中的沐林枫感觉一个毛茸茸的东西在自己的脸上爬来爬去，好像还有个湿漉漉的东西不时舔自己干裂的嘴唇……

沐林枫的意识在逐渐恢复，抬手往自己的脸上一摸，他的手触摸到了油滑的皮毛，同时一阵熟悉的叽叽声在他的耳边响起……

“阿黄！”沐林枫激动地猛然坐起来，声音沙哑地说“阿黄，是你吗？”

小精灵跳进沐林枫的怀里，两只前腿扒着他的胸膛，兴奋地直叫。

这时上面的叫喊声也传下来，沐林枫仰头往井口看，两束明亮的光线来黑漆漆的竖井内来回晃动，沐林枫张口想要答应，却发现自己光张嘴发不出声音来，越是着急也是喊不出来……

沐林枫猛然想起了打火机，急忙将Zippo拿出来，随着一声清脆的金属声，一团火苗顿时冒出来，仿佛是一团闪电将黑暗撕开一个洞，沐林枫高举起打火机来回摇摆着。

张小三第一个发现了井底的火苗，激动的眼泪哗地流了下来，兴奋地大声叫起来："快看下面，我大哥还活着……"

小曹也看到了那团火苗，一团顽强的生命之火，在黑暗中显得格外明亮……

（"守灵人系列"第一季《相墓手札》完）